岩波文庫

31-011-19

坑夫

夏目漱石作

岩波書店

目次

坑夫

一

さっきから松原《まつはら》を通《とお》ってるんだが、松原と云《い》うものは絵で見たよりも余《よ》っ程《ぽど》長いもんだ。何時《いつ》まで行っても松ばかり生《は》えていて一向要領を得ない。此方《こっち》がいくら歩行《ある》いたって松の方で発展してくれなければ駄目《だめ》な事だ。いっそ始めから突《つ》っ立《た》ったまま松と睨《にら》めっ子をしている方が増《ま》しだ。

＊東京を立ったのは昨夜《ゆうべ》の九時頃で、夜通《よどお》し無茶苦茶《むちゃくちゃ》に北の方へ歩いて来たら草臥《くたび》れて眠《ねぶ》くなった。泊《とま》る宿もなし金もないから暗闇《くらやみ》の＊神楽堂《かぐらどう》へ上《あが》って一寸《ちょっと》寝た。何でも八幡様《はちまんさま》らしい。寒くて眼《め》が覚めたら、まだ夜《よ》は明《あ》け離《はな》れていなかった。それからのべつ平押《ひらおし》にここまで遣《や》って来た様《よう》なものの、こう矢鱈《やたら》に松ばかり並んでいては歩く精《せい》がない。

足は大分《だいぶ》重くなっている。膨《ふく》ら脛《はぎ》に小さい鉄の＊才槌《さいづち》を縛《しば》り附《つ》けた様に足搔《あがき》に骨が折れる。＊袷《あわせ》の尻は無論端折《むろんはしょ》ってある。その上洋袴下《ズボンした》さえ穿《は》いていないのだから不断《ふだん》なら競走でも出来る。が、こう松ばかりじゃ所詮敵《しょせんかな》わない。

＊掛茶屋《かけぢゃや》がある。葭簀《よしず》の影から見ると粘土《ねばつち》のへっついに、錆《さび》た茶釜《ちゃがま》が掛《か》かっている。床《しょう》

几《ぎ》が二*尺《しゃく》ばかり往来《おうらい》へ食《は》み出した上から、二三足《ぞく》草鞋《わらじ》がぶら下がって、絆天《はんてん》だか、どてらだか分《わか》らない着物を着た男が脊中《せなか》を此方《こっち》へ向けて腰を掛けている。

休もうかな、廃《よ》そうかなと、通り掛《がか》りに横目で覗《のぞ》き込《こ》んで見たら、例の絆天とどてらの中《ちゅう》を行く男が突然此方を向いた。煙草《たばこ》の脂《やに》で黒くなった歯を、厚い唇《くちびる》の間《あいだ》から出して笑っている。これはと少し気味が悪くなり掛《か》ける途端《とたん》に、向《むこ》うの顔は急に真面目《まじめ》になった。今まで茶店《ちゃみせ》の婆《ばあ》さんと去《さ》る面白《おもしろ》い話をしていて、何の気もつかずに、ついそのままの顔を往来へ向けた時に、不図《ふと》僕の面相《めんそう》に出《で》っ喰《くわ》したものと見える。ともかく向うが真面目になったので漸《ようや》く安心した。安心したと思う間《ま》もなく又《また》気味が悪くなった。男は真面目になった顔を真面目な場所に据《す》えたまま、白眼《しろめ》の運動が気に掛かる程《ほど》の勢いで僕の口から鼻、鼻から額《ひたい》とじりじり頭の上へ登って行く。*鳥打帽《とりうちぼう》の廂《ひさし》を跨《また》いで、脳天《のうてん》まで届いたと思う頃又白眼がじりじり下へ降《さが》って来た。今度は顔を素通《すどお》りにして胸から臍《へそ》のあたりまで来ると一寸《ちょっと》留《と》まった。臍《へそ》の所には蟇口《がまぐち》がある。三十二銭《せん》這《は》入《い》っている。白い眼は*久留米絣《くるめがすり》の上からこの蟇口を覗《ねら》ったまま、木綿《もめん》の*兵児帯《へこおび》を乗り越してやっと股倉《またぐら》へ出た。股倉から下にあるものは空脛《からすね》ばかりだ。いくら見たって、見られる様なものは食《く》ッ附《つ》いちゃいない。ただ不断《ふだん》より少々重たくなっている。白い眼はその重たくなっている所を、わざっと、じりじり見て、とうとう親指の痕《あと》が黒くついた*俎下駄《まないたげた》の台まで降りて行った。

こう書くと、何だか、長く一所《ひとところ》に立っていて、さあ御覧下《ごらんくだ》さいと云わないばかりに振《ふる》舞《ま》った様に思われるが、そうじゃない。実は白い眼の運動が始まるや否《いな》や急に茶店へ休むのが厭《いや》になったから、すたすた歩き出した積《つもり》である。にも拘《かかわ》らず、この積が少々覚束《おぼつか》なかったと見えて、僕が親指に*まむしを拵《こしら》えて、俎下駄を捩《ねじ》る間際《まぎわ》には、もう白い眼の運動は済んでいた。残念ながら向うは早いものである。じりじり見るんだから定《さだ》めし手間が掛かるだろうと思ったら大間違《おおまちが》い。じりじりには相違《そうい》ない、何処《どこ》までも落附《おちつ》いている。がそれで滅法《めっぽう》早い。茶屋の前を通り越しながら、世の中には妙な作用を持《も》ってる眼があるものだと思った位《くらい》である。それにしても、ああ緩《ゆっ》くり見られないうちに、早く向き直る工夫はなかったもんだろうか。さんざっ腹冷《ばらひや》かされて、さあ御帰《おかえ》り、用はないからと云う段になって、もう御免蒙《ごめんこうぶ》りますと立ち上った様なものだ。此方《こっち》は馬鹿気《ばかげ》ている。彼方《あっち》は得意である。

歩き出してから五六*間《けん》の間《あいだ》は変に腹が立った。然《しか》し不愉快《ふゆかい》は五六間ですぐ消えて仕舞《しま》った。と思うと又足が重くなった。――この足だもの。何しろ鉄の才槌《さいづち》を双方の足へ縛り附けて歩いてるんだから、敏活《びんかつ》の行動は出来ない筈《はず》だ。あの白い眼にじりじり遣られたのも、満更持前《まんざらもちまえ》の*半間《はんま》からばかり来たとも云えまい。こう思い直して見ると下《くだ》らない。

二

その上こんな事を気にしていられる身分じゃない。一旦《いったん》飛び出したからは、もうどうあっても家《うち》へ戻る了見《りょうけん》はない。東京にさえ居《お》り切れない身体《からだ》だ。たとい田舎《いなか》でも落ち附く気はない。休むと後《うしろ》から追《お》っ掛《か》けられる。昨日までのいさくさ*が頭の中を切って廻《まわ》った日にはどんな田舎だって遣《や》り切《き》れない。だから只《ただ》歩くのである。けれども別段《べつだん》に目的《めあて》もない歩き方だから、顔の先一間《けんし》四方《ほう》がぼうとして何だか焼き損《そく》なった写真の様《よう》に曇《くも》っている。しかもこの曇ったものが、いつ晴れると云う的《あて》もなく、只漠然《ばくぜん》と際限《さいげん》もなく行《ゆく》手《て》に広がっている。苟《いやし》くも自分が生きている間《あいだ》は五十年でも六十年でも、いくら歩いても走《かけ》ても依然《いぜん》として広がっているに違いない。ああ、詰《つま》らない。歩くのは居たたまれないから歩くので、このぼんやりした前途《ぜんと》を抜け出す為《ため》に歩くのではない。抜け出そうとしたって抜け出せないのは知れ切っている。

東京を立った昨夜《ゆうべ》の九時から、こう諦《あきらめ》はつけてはおるが、さて歩き出して見ると、歩きながら気が気でない。足も重い、松が厭《あ》きる程《ほど》行列している。然《しか》し足よりも松よりも腹の中が一番苦しい。何の為に歩いているんだか分らなくって、しかも歩かなくっては一刻も生きていられない程の苦痛は滅多《めった》にない。

のみならず歩けば歩く程到底《とうてい》抜ける事の出来ない曇った世界の中へ段々《だんだん》深く潜《もぐ》り込《こ》んで行《ゆ》く様な気がする。振り返ると日の照っている東京はもう代《よ》が違っている。手を出しても足を伸ばしても、この世では届かない。丸《まる》で娑婆《しゃば》が違う。その癖暖《くせあたた》かな朗《ほがら》かな東京は、依然として眼先《めさき》にありありと写っておる。おういと日蔭《ひかげ》から呼びたくなる位明《くらいあきら》かに見える。と同時に足の向いてる先は漠々《ばくばく》たるものだ。この漠々のうちへ——命のあらん限り広がっているこの漠々のうちへ——自分はふらふら迷い込むのだから心細い。

この曇った世界が曇ったなりはびこって、*定業《じょうごう》の尽きるまで行《ゆ》く手《て》を塞《ふさ》いでいてはたまらない。留《と》まった片足を不安の念に駆《か》られて一歩前へ出すと、一歩不安の中《うち》へ踏み込んだ訳《わけ》になる。不安に追《お》い懸《か》けられ、不安に引《ひ》っ張《ぱ》られて、已《やむ》を得《え》ず動いてはいくら歩いてもいくら歩いても埒《らち》が明《あ》く筈《はず》がない。生涯片附《かたづか》ない不安の中を歩いて行くんだ。とてもの事に曇ったものが、一層《いっそ》段々暗くなってくれればいい。暗くなった所を又暗い方へと踏み出して行ったら、遠からず世界が闇になって、自分の眼で自分の身体が見えなくなるだろう。そうなれば気楽なものだ。

意地の悪い事に自分の行《ゆ》く路《みち》は明るくもなってくれず、と云って暗くもなってくれない。どこまでも半陰半晴《はんいんはんせい》の姿で、どこまでも片附《かたづ》かぬ不安が立《た》て罩《こ》めている。これでは生甲斐《いきがい》がない、去《さ》ればと云って死に切れない。何でも人の居ない所へ行って、たった一人で住んでいたい。それが出来なければ一層の事……

不思議な事に一層の事と観念して見たが別にどきんともしなかった。今まで東京に居た時分一層の事と無分別《むふんべつ》を起《おこ》しかけた事も度々《たびたび》あるが、その度々にどきんとしない事はなかった。後からぞっとして、まあ善《よ》かったと思わない事もなかった。所《ところ》が今度は天からどきんともぞっともしない。どきんとでもぞっとでも勝手にするが善いと云う位《くらい》に、不安の念が胸一杯に広がっていたんだろう。その上一層の事を断行するのは今が今ではないと云う安心がどこかにあるらしい。明日になるか明後日《あさって》になるか、ことに由《よ》ったら一週間も掛《かか》るか、まかり間違えば無期限に延ばしても差支《さしつかえ》ないと高《たか》を括《くく》っていたせいかも知れない。*華厳《けごん》の瀑《たき》にしても*浅間《あさま》の噴火口《ふんかこう》にしても道程《みちのり》はまだ大分《だいぶ》ある位は知らぬ間《ま》に感じていたんだろう。行き着いていよいよとならなければ誰がどきんとするものじゃない。従って一層の事を断行して見様《みよう》と云う気にもなる。この一面に曇った世界が苦痛であって、この苦痛をどきんとしない程度に於《おい》て免《まぬか》れる望《のぞみ》があると思えば重い足も前に出し甲斐《がい》がある。先《ま》ずこの位の決心であったらしい。然《しか》しこれはあとから考えた心理状態の解剖《かいぼう》である。その当時はただ暗い所へ出ればいい。何でも暗い所へ行かなければならないと、只管《ひたすら》暗い所を目的《めあて》に歩き出したばかりである。今考えると馬鹿馬鹿《ばかばか》しいが、ある場合になると吾々《われわれ》は死を目的にして進むのを責《せめ》てもの慰藉《いしゃ》と心得る様になって来る。

但《ただ》し目指す死は必ず遠方になければならないと云う事も事実だろうと思う。少《すく》とも自分はそう考える。あまり近過《ちかす》ぎると慰藉になりかねるのは死と云う因果《いんが》である。

三

只《ただ》暗い所へ行きたい、行かなくっちゃならないと思いながら、雲を攫《つか》む様《よう》な料簡《りょうけん》で歩いて来ると、後《うしろ》からおいおい呼ぶものがある。どんなに魂《たましい》がうろついてる時でも呼ばれて見ると性根《しょうね》があるのは不思議なものだ。自分は何の気もなく振り向いた。応ずる為《ため》と云う意識さえ持たなかったのは事実である。然《しか》し振り向いて見て始めて気が附いた。自分は先《さ》っきの茶店《ちゃみせ》から未《ま》だ二十間《けん》とは離れていない。その茶店の前の往来へ、例の袢天《はんてん》とどてらの合《あい》の子が出て、脂《やに》だらけの歯をあらわに曝《さら》しながら頻《しきり》に自分を呼んでいる。

昨夕《ゆうべ》東京を立ってから、まだ人間に口を利いた事がない。人から言葉を掛《か》けられ様《よう》なとは夢にも予期していなかった。言葉を掛けられる資格などは丸《まる》で無いものと自信し切っていた。所《ところ》へ突然呼び懸《か》けられたのだから――粗末《そまつ》な歯並びだが向き出しに笑顔を見せてしきりに手招きをしているのだから、ぼんやり振り返った時の心持《こころもち》が、自然と判然《はっきり》すると共《とも》に、自分の足は何時《いつ》の間《ま》にか、その男の方へ動き出した。

実をいうとこの男の顔も服装《なり》も動作もあんまり気に入っちゃいない。ことにさっき白い眼でじろじろ遣られた時なぞは、何となく嫌悪《けんお》の念が胸の裡《うち》に萌《きざ》し掛けた位《くらい》である。それがものの二十間《けん》とも歩かないうちに以前の感情は何処《どこ》かへ消えて仕舞《しま》って、打《う》って変《かわ》った一種の温味《あたたかみ》を帯びた心持《こころもち》で後帰《あとがえ》りをしたのは何故《なぜ》だか分らない。自分は暗い所へ行かなければならないと思っていた。だから茶店の方へ逆戻りをし始めると自分の目的とは反対の見当に取って返す事になる。暗い所から一歩《ひとあし》立ち退《の》いた意味になる。所がこの立退《たちのき》が何となく嬉しかった。その後《のち》色々経験をして見たが、こんな矛盾《むじゅん》は到る所に転がっている。決して自分ばかりじゃあるまいと思う。近頃ではてんで性格なんてものはないものだと考えている。よく小説家がこんな性格を書くの、あんな性格をこしらえるのと云って得意がっている。読者もあの性格がこうだの、ああだのと分った様な事を云ってるが、ありゃ、みんな嘘《うそ》をかいて楽しんだり、嘘を読んで嬉しがってるんだろう。本当の事を云うと性格なんて纏《まとま》ったものはありゃしない。本当の事が小説家などにかけるものじゃなし、書いたって、小説になる気づかいはあるまい。本当の人間は妙に纏《まと》めにくいものだ。神さまでも手古《てこ》ずる位纏まらない物体だ。然し自分だけがどうあっても纏まらなく出来上《できあが》ってるから、他人《ひと》も自分同様締《しま》りのない人間に違《ちがい》ないと早合点《はやがてん》をしているのかも知れない。それでは失礼に当る。

兎《と》に角《かく》引き返して*目《め》倉縞《くらじま》の傍《そば》まで行くと、どてらはさも馴《な》れ馴れしい声で

「若い衆《しゅう》さん」

と云いながら、大きな顎《あご》を心持襟《こころもちえり》の中へ引きながら自分の額《ひたい》のあたりを見詰《みつ》めている。自分は好加減《いいかげん》な所で、茶色の足を二本立てたまま、

「何か用ですか」

と叮嚀《ていねい》に聞いた。これが平生《へいぜい》ならこんなどてらから若い衆さんなんて云われて快《こころ》よく返辞《へんじ》をする自分じゃない。返辞をするにしてもうんとか何だとかで済《すま》したろうと思う。所がこの時に限って、人相のよくないどてらと自分とは全く同等の人間の様な気持がした。別に利害の関係からしてわざと腰を低く出たんじゃ、決してない。するとどてらの方でも自分を同程度の人間と見做《みな》した様な語気《ごき》で、

「御前《おまえ》さん、働く了見《りょうけん》はないかね」

と云った。自分は今が今まで暗い所へ行くより外《ほか》に用のない身と覚悟していたんだから、藪《やぶ》から棒《ぼう》に働く了見はないかねと聞かれた時には、何と答えて善《い》いか、薩張《さっぱ》り訳《わけ》が分らずに、空脛《からすね》を突《つ》っ張《ば》ったまま、馬鹿見《ばかみ》た様《よう》な口を開けて、ぼんやり相手《あいて》を眺めていた。

四

「御《お》前《まえ》さん、働く了見《りょうけん》はないかね。どうせ働かなくっちゃならないんだろう」

とどてらが又《また》問い返した。問い返された時分《じぶん》には此方《こっち》の腹も、どうか、こうか、受《う》け答《こたえ》の出来る位《くらい》に眼前《がんぜん》の事況《じきょう》を会得《えとく》する様《よう》になった。

「働いても善《い》いですが」

これは自分の答《こたえ》である。然《しか》しこの答が苟《いやし》くも口に出て来る程に、自分の頭が間《ま》に合《あわ》せの工面《くめん》にせよ、やっと片附《かたづ》いたと云うものは、単純ながら一順《いちじゅん》の過程を通《とお》っておる。自分は何処《どこ》へ行《ゆ》くんだか分らないが、なにしろ人の居ない処《ところ》へ行く気でいた。*のに振《ふり》向《む》いてどてらの方へあるき出したのだから、歩き出しながらも何となく自分に対して*憐《れん》然《ぜん》な感《かん》がある。と云うものはいくらどてらでも人間である。人間の居ない方へ行くべきものが、人間の方へ引き戻されたんだから、事程左様《ことほどさよう》に人間の引力が強いと云うことを証拠立《しょうこだ》てると同時に、自分の所志《しょし》にも背《そむ》かねばならぬほどに自分は薄弱《はくじゃく》なものであったと云うをも証拠立てている。手短《てみじか》に云うと、自分は暗い所へ行く気でいるんだが、実の所は已《や》むを得《え》ず行くんで、何か引っかかりが出来れば、*得《え》たり賢《かしこ》しと普通の娑婆《しゃば》に留《と》まる了見なんだろうと思われる。幸いに、どてらが向うから引っかかってくれたんで、何の気なしに足が後向《うしろむ》きに歩き出して仕舞《しま》ったのだ。云わば自分の大目的《だいもくてき》に申し訳のない裏切りを一寸《ちょっと》して見た訳《わけ》になる。だからどてらが働く気はないかねと出てくれずに、御前さん＊野《の》にするかね、それとも山にするかねとでも、切り出したら、しばらく安心して忘れかけた目的を、ぎょっと思い出させられて、急に暗い所や、人の居ない所が怖くなってぞっとしたに違《ちがい》ない。それほどの＊娑婆気《しゃばけ》が、戻り掛ける途端《とたん》にもう萌《きざ》していたのである。そうしてどてらに呼ばれれば呼ばれる程、どてらの方へ近寄れば近寄る程、この娑婆気は一歩毎《ごと》に増長《ぞうちょう》したものと見える。最後に空脛《からすね》を二本、棒の様にどてらの真向《まむこ》うに突《つ》っ立《た》てた時は、この娑婆気が最高潮に達した瞬間である。その瞬間に働く気はないかねと来た。御粗末《おそまつ》などてらだが非常に旨《うま》く自分の心理状態を利用した勧誘である。だし抜けの質問に一時《じ》はぼんやりした様なものの、ぼんやりから覚めて見れば、自分はいつか娑婆の人間になっている。娑婆の人間である以上は食わなければならない。食うには働かなくっちゃ駄目だ。

「働いても、いいですが」

答は何の苦もなく自分の口から滑《すべ》り出して仕舞った。するとどてらはそうだろうその筈《はず》さと云う様な顔附《かおつき》をした。自分は不思議にもこの顔附を尤《もっと》もだと首肯《しゅこう》した。

「働いても、いいですが、全体どんな事をするんですか」

と自分はここで再び聞き直して見た。

「大変儲《もう》かるんだが、やって見る気はあるかい。儲かる事は受合《うけあい》なんだ」

どてらは上機嫌《じょうきげん》の体《てい》で、にこにこ笑いながら、自分の返事を待っている。どうせどてらの笑うんだから、愛嬌《あいきょう》にもなんにもなっちゃいない。元来《がんらい》笑うだけ損になる様に出来上がってる顔だ。所がその笑い方が妙になつかしく思われて

「ええ、遣《や》って見ましょう」

と受けて仕舞った。

「遣って見る？　そいつあ結構だ。君儲かるよ」

「そんなに儲けなくっても、いいですが……」

「え？」

どてらはこの時妙な声を出した。

五

「全体どんな仕事なんですか」

「遣《や》るなら話すが、遣るだろうね、お前さん。話した後で厭《いや》だなんて云われちゃ困るが。きっと遣るだろうね」

どてらは無暗《むやみ》に念を押す。自分はそこで、

「遣る気です」

と答えた。然《しか》しこの答は前の様《よう》に自然天然には出なかった。云わば*いきみ出した答である。大抵《たいてい》の事なら遣って退《の》けるが、万一の場合には逃げを張る気と見えた。だから遣りますと云わずに遣る気ですと云ったんだろう。——こう自分の事を人の事の様に書くのは何となく変だが、元来人間は締《しま》りのないものだから、はっきりした事は自分の身の上でもとても云い切れない。況《ま》して過去の事になると自分も人も区別はありゃしない。凡《すべ》てがだろうに変化して仕舞《しま》う。無責任だと云うかも知れないが本当だから仕方がない。

これからさきも危《あや》しい所はいつでもこの式で行く積《つも》りだ。

そこでどてらは略《ほぼ》話が纏《まとま》ったものと呑《の》み込《こ》んで
「じゃ、まあ御這入《おはい》り。緩《ゆっ》くり御茶《おちゃ》でも呑んで話すから」

と云う。別に異存もないから、茶店《ちゃみせ》に這入ってどてらの隣《とな》りに腰を卸《おろ》したら、口のゆがんだ四十ばかりの神《かみ》さんが妙な臭いのする茶を汲んで出した。茶を飲んだら、急に思い出した様に腹が減って来た。減って来たのか、減っていたのに気が附いたのか分らない。蟇口《がまぐち》には三十二銭《せん》這入っている、何か食おうかしらと考えていると
「君、煙草《たばこ》を呑むかい」

と、どてらが「*朝日」の袋を横から差し出した。中々御世辞《なかなかおせじ》がいい。袋の角《かど》が裂けてるのは仕方がないが、何だか薄穢《うすぎた》なく垢《あか》づいた上に、びしゃりと押し潰《つぶ》されて、中にある煙草がかたまって、一本になってる様に思われる。袖のないどてらだから、入《い》れ所《どころ》に窮《きゅう》して*腹掛《はらかけ》の隠しへでも捩《ね》じ込《こ》んで置くものと見える。

「難有《ありがと》う、沢山《たくさん》です」

と断ると、どてらは別に失望の体《てい》もなく、自分でかたまったうちの一本を、爪垢《つめあか》のたまった指先で引っ張り出した。果《はた》せる哉《かな》煙草は皺《しわ》だらけになって、太刀《たち》の様に反っている。それでも破《やぶ》けた所もないと見えて、すぱすぱ吸うと鼻から煙《けむ》が出る。際《きわ》どい所で煙

草の用を足しているから不思議だ。

「御前さん、幾年《いくつ》になんなさる」

どてらは自分の事を御前さんと云ったり君と云ったりする様だが、何で区別するんだか要領を得ない。今までの所で察して見ると、儲かるときには君になって、不断《ふだん》の時には御前さんに復する様にも見える。何でも儲かる事が大分《だいぶん》気になっているらしい。

「十九です」

と答えた。実際その時は十九に違《ちが》いなかったのである。

「まだ若いんだね」

と口のゆがんだ神さんが、後向《うしろむき》になって盆を拭《ふ》きながら云った。後向きだから、どんな顔附《かおつき》をしているか見えない。独《ひと》り言《ごと》だかどてらに話しかけてるんだか、それとも自分を相手にする気なんだか分らなかった。するとどてらは、さも調子づいた様子で、

「そうさ、十九じゃ若いもんだ。働き盛りだ」

と、どうしても働かなくっちゃならない様な語気である。自分はだまって床几《しょうぎ》を離れた。

六

正面に駄菓子《だがし》を載せる台があって、縁《ふち》の毀《と》れた菓子箱の傍《そば》に、大きな皿がある。上に青い布巾《ふきん》がかかっている下から、丸い揚饅頭《あげまんじゅう》が食《は》み出している。自分はこの饅頭が食いたくなったから、腰を浮かして菓子台の前まで来たのだが、傍《そば》へ来て、つらつら饅頭の皿を覗《のぞ》き込《こ》んで見ると、恐ろしい蝿《はえ》だ。しかもそれが皿の前で自分が留《と》まるや否《いな》や足音にパッと四方に散ったんで、おやと思いながら、気を落ち附けて少しく揚饅頭を物色していると、散らばった蝿は、もう大風《おおかぜ》が通り越したから大丈夫だよと申し合せた様《よう》に、再びぱっと饅頭の上へ飛び着いて来た。黄色い油切《あぶらぎっ》た皮の上に、黒いぽちぽちが出鱈目《でたらめ》に出来る。手を出そうかなと思う矢先へもって来て、急に黒い斑点《はんてん》が、晴夜《せいや》の星宿《＊せいしゅく》の如く、縦横《じゅうおう》に行列するんだから、少し辟易《へきえき》して仕舞《しま》って、ぼんやり皿を見下《みお》ろしていた。

「御饅頭を上がんなさるかね。まだ新しい。一昨日《おととい》揚げたばかりだから」

かみさんは、何時《いつ》の間《ま》にか盆を拭いて仕舞って菓子台の向側《むこうがわ》に立っている。自分は不意と眼を上げて神《かみ》さんを見た。すると神さんは何と思ったかいきなり、節太《ふしぶと》の手を皿の上に翳《かざ》して、

「まあ、大変な蝿だ事」

と云いながら、翳した手を竪《たて》に切って、二三度左右へ振った。

「上がるんなら取って上げ様《よう》」

神さんは忽《たちま》ち棚の上から木皿を一枚卸《おろ》して、長い竹の箸《はし》で、饅頭をぽんぽんぽんと七つ程挟《はさ》み込《こ》んで、

「此方《こっち》がいいでしょう」

と木皿を、自分の腰を掛けていた床几《しょうぎ》の上へ持って行った。自分は仕方がないから又

故《もと》の席へ帰って、木皿の隣へ腰を掛けた。見ると、もう蠅が飛んで来ている。自分は蠅と饅頭と木皿を眺めながら、どてらに向って

「一つどうです」

と云って見た。これはあながち「朝日」の御礼《おれい》の為《ため》ばかりではない。幾分かはどてらが一昨日揚げた蠅だらけの饅頭を食うだろうか食わないだろうか試して見る腹もあったらしい。するとどてらは

「や、済まない」

と云いながら、何の苦もなく一番上の奴を取って頬張《ほおば》っちまった。唇《くちびる》の厚い口をもごつかせている所を観察すると、満更《まんざら》でもなさそうに見えた。そこで自分も思い切って、此方側《こちらがわ》の下から、比較的奇麗《きれい》なのを摘《つま》み出して、あんぐり遣った。油の味が舌の上へ流れ出したと思う間もなく、その中から苦い餡《あん》が卒然《そつぜん》として味覚を冒《おか》して来た。然《しか》しこの際《さい》だから別に仕損《しま》ったとも思わなかった。難なく餡も皮も油もぐいと胃の腑《ふ》へ呑み下《くだ》して仕舞ったら、自然と手が又木皿の方へ出たから不思議なものだ。どてらはこの時もう第二の饅頭を平らげて、第三に移っている。自分に比較すると大変速力《そくりょく》が早い。そうして食ってる間《あいだ》は口を利かない。働く事も儲かる事も丸で忘れているらしい。従って七つの饅頭は呼吸《いき》を二三度するうちに無くなって仕舞った。しかも自分はたった二つしか食

わない。残る五つは瞬《またた》く間にどてらの為にしてやられたのである。

如何《いか》に逡巡《しりごみ》をする程の汚ならしいものでも、一度皮切りをやると、あとはそれ程神経に障《さわ》らずに食えるものだ。これはあとで山へ行ってしみじみ経験した事で、今では何でもない陳腐《ちんぷ》の真理になって仕舞ったが、その時は饅頭を食いながら少々呆《あき》れた位後が食いたくなった。それに腹は減っている。その上相手がどてらである。このどてらが事もなげに、砂のついた饅頭をぱくつく所を見ると、多少は競争の気味にもなって、神経などは有っても役に立たない、起《おこ》すだけが損だと云う心持になる。そこで自分はとうとう神さんにたのんで饅頭の御代《おかわ》りを貰《もら》った。

七

今度は「一つ、どうです」とも何とも云わずに、木皿が床几《しょうぎ》の上に乗るや否《いな》や、自分の方で先《ま》ず一つ頬張《ほおば》った。するとどてらも、「や、済まない」とも何とも云わずに、だまって一つ頬張った。次に自分が又一つ頬張る。次にどてらが又一つ頬張る。互違《たがいちがい》に頬張りっ子をして六《む》つ目まで来た時、たった一つ残った。これが幸い自分の番に当っているので、どてらが手を出さないうちに、自分が頬張って仕舞った。それから又御代《おかわ》りを貰った。

「君、大分《だいぶ》遣《や》るね」

とどてらが云った。自分は大分遣る気も何もなかったが、云われて見ると大分遣るに違《ちがい》ない。然《しか》しこれは初手《しょて》にどてらの方で自分の食いたくないものをむしゃむしゃ食って見せて、自分の食慾《しょくよく》を誘致した結果が与《あずか》って力ある様《よう》だ。所《ところ》がどてらの方では全然此方《こっち》の責任で大分遣ってる様な口気《こうき》であった、だから自分は何だかどてらに対して弁解して見たい気がしたが、弁解する言葉が一寸《ちょっと》出て来なかった。只《ただ》雲を攫《つか》む様にどてらにも責任があるんだろうと思うだけで、どこが責任なんだか分らなかったから黙っていた。すると
「君、揚饅頭が余《よ》っ程《ぽど》好きと見えるね」

と今度は云った。饅頭にも*寄り切りで、一昨日《おととい》揚げた、砂だらけの蠅だらけの饅頭が好きな訳はない。と云って現に三皿まで代《か》えて食うものを嫌だとは無論云われない。だから今度も黙っていた。そこへ茶店の神さんが突然口を出した。――

「うちの御饅《おまん》は名代《なだい》の御饅だから、みんなが旨《うま》がって食《たべ》るだよ」

神さんの言葉を聞いた時自分は何だか馬鹿にされてる様な気がした。そこで益《ますます》黙って仕舞った。黙って聞いてると、

「旨い事この上なしだ」

とどてらが云ってる。本当なんだか御世辞《おせじ》なんだか一寸見当が附かなかった。兎《と》に角《かく》饅頭はどうでも構わないから、肝心の*労働問題を聞糺《ききただ》して見様《みよう》と思って、

「先刻《さっき》の御話《おはなし》ですがね。実は僕も色々の事情があって、働いて飯《めし》を食わなくっちゃならない身分なんですが、一体どんな事をやるんですか」

と此方《こっち》から口を切って見た。どてらは正面の菓子台を眺めていたが、この時急に顔だけを自分の方へ向けて

「君、儲かるんだぜ。嘘じゃない、本当に儲かる話なんだから是非《ぜひ》遣り給え」

と、又《また》ぞろ自分を君呼《よば》わりにして、しきりに儲けさせたがっている。此方へ向き直って、自分を誘い出そうと力《つと》める顔附《かおつき》を見ると、頰骨《ほおぼね》の下が自然《じねん》と落ち込んで、落ち込んだ肉が再び顎《あご》の枠《わく》で角張《かくばっ》ている。そこへ表から射し込む日の加減で、小鼻の下から弓形《ゆみなり》に出来上った皺《しわ》が深く映っている。この様子を見た自分は何となく儲けるのが恐ろしくなった。

「僕はそんなに儲けなくっても、いいです。然《しか》し働く事は働くです。*神聖な労働なら何でもやるです」

　どてらの頰の辺《あたり》には、はてなと云う景色が一寸見えたが、やがて、かの弓形の皺を左右に開いて、脂《やに》だらけの歯を遠慮なく剝《む》き出《だ》した。そうして一種特別な笑い方をした。

あとから考えるとどてらには神聖な労働と云う意味が通じなかったらしい。苟《いやしく》も人間たるものが金儲《かねもうけ》の意味さえ知らないで、小六《こむ》ずかしい口巧者《くちこうしゃ》な事を云うから、気の毒だと云うのでどてらは笑ったのである。自分は今が今まで死ぬ気でいた。死なないまでも人間の居ない所へ行く気でいた。それが出来損《できそこな》ったから、生きる為《ため》に働く気になったまでである。儲かるとか儲からないとか云う問題は、てんで頭の中にはない。今ないばかりじゃない、東京にいて親の厄介《やっかい》になってる時分からなかった。どころじゃない儲主義《もうけしゅぎ》は大いに軽蔑《けいべつ》していた。日本中どこへ行ってもその位《くらい》な考《かんがえ》は誰にもあるだろう位に信じていた。だからどてらがさっきから儲かる儲かると云うのを聞くたんびに何の為だろうと不思議に思っていた。無論癪《しゃく》には障《さわ》らない。癪に障る様な身分でもなし、境遇でもないから、一向平気ではいたが、これが人間に対する至大《しだい》の甘言《かんげん》で、勧誘の方法として、尤《もっと》も利目《ききめ》のあるものだとは夢にも想い至らなかった。そこで、どてらから笑われちまった。笑われてさえ一向通じなかった。今考えると馬鹿馬鹿しい。

八

一種特別な笑い方をしたどてらは、その笑いの収まりかけに、

「お前さん、全体今まで働いた事があんなさるのかね」

と少し真面目《まじめ》な調子で聞いた。働くにも働かないにも、昨日自宅《うち》を逃げ出したばかりである。自分の経験で働いた試しは*撃剣《げきけん》の稽古《けいこ》と野球の練習位《くらい》なもので、稼いで食《くっ》た事はまだ一日《いちんち》もない。

「働いた事はないです、然《しか》しこれから働かなくっちゃあならない身分です」

「そうだろう。働いた事がなくっちゃ……じゃ、君、まだ儲けた事もないんだね」

と当り前の事を聞いた。自分は返事をする必要がないから、黙ってると、茶店のかみさんが、菓子台の後《うしろ》から、

「働くからにゃ、儲けなくっちゃあね」

と云いながら、立ち上がった。どてらが、

「全くだ。儲けようったって、今時そう儲け口が転がってるもんじゃない」

と幾分か自分に対して恩に被《き》せる様《よう》に答えるのを、

「そうさ」

と幾分かさげすむ様に聞き流して、裏へ出て行った。このそうさが妙に気になって、ことによると、まだその後があるかも知れないと思った所為《せい》か、何気《なにげ》なく後姿《うしろかげ》を見送っていると、大きな黒松の根方《ねがた》の処《ところ》へ行って、立小便をし始めたから、急に顔を背《そむ》けて、どてらの方を向いた。どてらはすぐ、

「私だから、お前さん、見ず知らずの他人にこんな旨い話をするんだ。これが外《ほか》のものだったら、受合《うけあ》ってただじゃ話しっこない旨い口なんだからね」

と又恩に被《き》せる。自分は、面倒くさいから大人しく、

「難有《ありがた》いです」

と四角張って答えて置いた。

「実はこう云う口なんだがね」

と、どてらが、すぐに云う。自分は黙って聞いていた。

「実はこう云う口なんだがね。銅山《やま》へ行って仕事をするんだが、私が周旋《しゅうせん》さえすれば、すぐ坑夫になれる。すぐ坑夫になれりゃ大したもんじゃないか」

自分は何か返事を促《うなが》される様な気がしたけれども、どうもどてらの調子に載せられて、そうですとは答える訳に行かなかった。坑夫と云えば鉱山の穴の中で働く労働者に違《ちがい》ない。世の中に労働者の種類は大分《だいぶん》あるだろうが、そのうちで尤《もっと》も苦しくって、尤も下等なものが坑夫だとばかり考えていた矢先へ、すぐ坑夫になれりゃ大したものだと云われたのだから、調子を合す所《どころ》の騒ぎじゃない、おやと思う位《くらい》内心では少《すく》からず驚いた。坑夫の下にはまだまだ坑夫より下等な種属があると云うのは、大晦日《おおみそか》の後にまだ沢山《たくさん》日が余ってると云うのと同じ事で、自分には殆《ほとん》ど想像がつかなかった。実を云うとどてらが

こんな事を饒舌《しゃべ》るのは、自分を若年《じゃくねん》と侮《あなど》って、好《い》い加減《かげん》に人を瞞《だま》すのではないかと考えた。所《ところ》が相手は存外真面目である。

「何しろ、取附《とっつけ》からすぐに坑夫なんだからね。坑夫なら楽なもんさ。忽《たちま》ちのうちに金がうんと溜《たま》っちまって、好《すき》な事が出来らあね。なに銀行もあるんだから、預け様《よう》と思やあ、いつでも預けられるしさ。ねえ、御《お》かみさん、始めっから坑夫になれりゃ、結構なもんだね」

とかみさんの方へ話の向《むき》を持って行くとかみさんは、さっき裏で、立ちながら用を足したままの顔をして、

「そうとも、今からすぐ坑夫になって置きゃあ四五年立つうちにゃ、唸《うな》る程溜るばかりだ。──何《なに》しろ十九だ。──働き盛りだ。──今のうち儲けなくっちゃ損だ」

と一句、一句間《あいだ》を置いて独《ひと》り言《ごと》の様に述べている。

九

要するにこのかみさんも是非《ぜひ》坑夫になれと云わぬばかりの*口占《くちうら》で、全然どてらと同意見を持っている様《よう》に思われた。無論それでよろしい。又それでなくっても一向構わない。妙な事にこの時程《ほど》大人しい気分になれた事は自分が生れて以来始めてであった。相手が

どんな間違《まちがい》を主張しても自分は只《ただ》はいはいと云って聞いていたろうと思う。実を云うと過去一年間に於《おい》て仕出《しで》かした不都合やら義理やら人情やら煩悶《＊はんもん》やらが破裂して大衝突《だいしょうとつ》を引き起した結果、あてどもなくここまで落ちて来たのだから、昨日までの自分の事を考えると、どうしたって、こんなに温和《おとな》しくなれる訳がないのだが、実際この時は人に逆《さから》う様な気分は薬にしたくっても出て来なかった。そうして又それを矛盾とも不思議とも考えなかった。恐らく考える余裕がなかったんだろう。人間のうちで纏《まとま》ったものは身体《からだ》だけである。身体が纏ってるもんだから、心も同様に片附いたものだと思って、昨日と今日と丸で反対の事をしながらも、矢張《やは》り故《もと》の通りの自分だと平気で済ましているものが大分《だいぶ》ある。のみならず一旦《いったん》責任問題が持ち上がって、自分の反覆《＊はんぷく》を詰《なじ》られた時ですら、いや私《わたくし》の心は記憶があるばかりで、実はばらばらなんですからと答えるものがないのは何故《なぜ》だろう。こう云う矛盾を屢《しばしば》経験した自分ですら、無理と思いながらも、聊《いささ》か責任を感ずる様だ。して見ると人間は中々重宝《ちょうほう》に社会の犠牲になる様に出来上ったものだ。

同時に自分のばらばらな魂がふらふら不規則に活動する現状を目撃して、自分を他人扱いに観察した贔屓目《ひいきめ》なしの真相から割り出して考えると、人間程的《あて》にならないものはない。約束とか契《ちかい》とか云うものは自分の魂を自覚した人にはとても出来ない話だ。又その約束を楯《たて》にとって相手をぎゅぎゅ押し附けるなんて蛮行《ばんこう》は野暮《やぼ》の至りである。大抵《たいてい》の約束を実行する場合を、よく注意して調べて見ると、どこかに無理があるにも拘《かかわ》らず、その無理を強《しい》て圧《お》しかくして、知らぬ顔で遣って退《の》けるまでである。決して魂の自由行動じゃない。はやくから、ここに気が附いたなら、無暗《むやみ》に人を恨んだり、悶《もだ》えたり、苦しまぎれに自宅《うち》を飛び出したりしなくっても済んだかも知れない。たとい飛び出してもこの茶店まで来て、どてらと神さんに対する自分の態度が、昨日までの自分とは打って変った所を、他人扱いに落ち着き払って比較するだけの余裕があったら、少しは悟れたろう。

惜《おし》い事に当時の自分には自分に対する研究心と云うものが丸でなかった。只口惜《くや》しくって、苦しくって、悲しくって、腹立たしくって、そうして気の毒で、済まなくって、世の中が厭《いや》になって、人間が棄《す》て切れないで、居ても立っても、居たたまれないで、無茶苦茶に歩いて、どてらに引《ひ》っ掛《かか》って、揚饅頭《あげまんじゅう》を食ったばかりである。昨日は昨日、今日は今日、一時間前は一時間前、三十分後は三十分後、只眼前《がんぜん》の心より外《ほか》に心と云うものが丸でなくなっちまって、平生《へいぜい》から繋続《つなぎ》の取れない魂がいとどふわつき出して実際あるんだか、ないんだか頗《すこぶ》る明瞭《めいりょう》でない上に、過去一年間の大きな記憶が、悲劇の夢の様に、朦朧《もうろう》と一団の*妖氛《ようふん》となって、虚空遥《こくうはるか》に際限もなく立て罩《こ》めてる様な心持であった。

そこで平生《へいぜい》の自分なら、何故《なぜ》坑夫になれば結構なんだとか、どうして坑夫より下等なものがあるんだとか、自分は儲ける事ばかりを目的に働く人間じゃないとか、儲けさえすりゃ何処《どこ》がいいんだとか、何とか蚊《か》とか理窟《りくつ》を捏《こ》ねて、出来るだけ自己を主張しなければ堪弁《かんべん》しない所を、只《ただ》大人しく控えていた。口だけ大人しいのではない、腹の中から丸で抵抗する気が出なかったのである。

十

何でもこの時の自分は、単に働けばいいと云う事だけを考えていたらしい。苟《いや》しくも働きさえすれば、――苟しくもこのふわふわの魂が五体のうちに、うろつきながらも居《お》られさえすれば――要するに死に切れないものを、強《し》いて殺して仕舞《しま》うほどの無理を冒《おか》さない以上は、坑夫以上だろうが、坑夫以下だろうが、儲かろうが、儲かるまいが、頓《とん》と問題にならなかったものと見える。只《ただ》働く口さえ出来ればそれで結構であるから、働き方の等級や、性質や、結果に就《つい》て、如何《いか》に自分の意見と相容《あいい》れぬ法螺《ほら》を吹かれても、又その法螺が、単に自分を誘致する為《ため》にする打算的の法螺であっても、又その法螺に乗る以上は*理致《りち》の人間として自分の人格に尠《すくな》からぬ汚点を貽《のこ》す恐れがあっても、丸で気にならなかったんだろう。こんな時には複雑な人間が非常に単純になるもんだ。

その上坑夫と聞いた時、何《な》んとなく嬉しい心持《こころもち》がした。自分は第一に死ぬかも知れないと云う決心で自宅《うち》を飛び出したのである。それが第二には死ななくっても好《い》いから人の居ない所へ行きたいと移って来た。それがまた何時《いつ》の間《ま》にか移って、第三にはともかくも働こうと変化しちまった。所《ところ》で、さて働くとなると、並の働き方よりも第二に近い方がいい、一歩進めて云えば第一に縁故《えんこ》のある方が望ましい。第一、第二、第三と知らぬ間に心変《こころがわ》りがした様《よう》なものの、変りつつ進んで来た、心の状態は、有耶無耶《うやむや》の間《あいだ》に縁《えん》を引いて、擦《ず》れ落ちながらも、振り返って、故《もと》の所を慕いつつ押されて行くのである。単に働くと云う決心が、第二を振り切る程突飛《とっぴ》でもなかったし、第一と交渉を絶つ程遠くにも居なかったと見える。働きながら、人の居ない所にいて、尤《もっと》も死に近い状態で作業が出来れば、最後の決心は意の如《ごと》くに運びながら、幾分か当初の目的にも叶《かな》う訳になる。坑夫と云えば名前の示す如く、坑《あな》の中で、日の目を見ない家業《かぎょう》である。娑婆《しゃば》に居ながら、娑婆から下へ潜《もぐ》り込《こ》んで、暗い所で、*鉱塊土塊《あらがねつちくれ》を相手に、浮世の声を聞かないで済む。定《さだ》めて陰気だろう。そこが今の自分には何よりだ。世の中に人間はごてごているが、自分程坑夫に適したものは決してないに違《ちがい》ない。坑夫は自分に取って天職である。――とここまで明瞭には無論考えなかったが、只坑夫と聞いた時、何となく陰気な心持ちがして、その陰気が又何となく嬉しかった。今思い出して見ると、矢《や》っ張《ぱ》りどうあっても他人《ひと》の事としか受け取れない。

そこで自分はどてらに向ってこう云った。

「僕は一生懸命に働く積《つもり》ですが、坑夫にしてくれるでしょうか」

するとどてらは中々鷹揚《おうよう》な態度で、

「すぐ坑夫になるのは中々六《む》ずかしいんだが、私が周旋さえすりゃきっと出来る」

と云うから自分もそんなものかなと考えて、暫《しばら》く黙っていると、茶店のかみさんが又口を出した。

「長蔵《ちょうぞう》さんが口を利きさえすりゃ、坑夫は受合《うけあい》だ」

自分はこの時始めてどてらの名前が長蔵だと云う事を知った。それから一所《いっしょ》に汽車に乗ったり、下りたりする時に、自分もこの男を捕《つらま》えて二三度長蔵さんと呼んだ事がある。然《しか》し長蔵とはどう書くのか今以《いまもっ》て知らない。ここに書いたのは勿論《もちろん》当字《あてじ》である。始めて家庭を飛び出した鼻をいきなり引張《ひっぱ》って、思いも寄らない見当に向けた、云わば自分の生活状態に一転化《てんか》を与えた人の名前を口で覚えていながら、筆に書けないのは異《い》な事だ。

さてこの長蔵さんと、茶店のかみさんがきっと坑夫になれると受合うから、自分もなれるんだろうと思って、

「じゃ、どうか何分《なにぶん》願います」

と頼んだ。然しこの茶店に腰を掛けているものが、どうして、何処《どこ》へ行って、どんな

手続《てつづき》で坑夫になるんだかその辺《へん》は薩張《さっぱ》り分らなかった。

十一

何しろ先方でこの位《くらい》勧めるものだから、何分願いますと云ったら、長蔵さんがどうかするに違ないと思って、あとは聞かずに黙っていた。すると長蔵さんは、勢いよくどてらの尻を床几《しょうぎ》から立てて、

「それじゃこれから、すぐに出掛け様《よう》。御前さん、支度《したく》はいいかい。忘れもののない様によく気をつけて」

と云った。自分はうちを出る時、着のみ着のままで出たのだから、身体《からだ》より外《ほか》に忘れ物のある筈《はず》がない。そこで、

「何《な》にも無いです」

と立ち上がったが、神さんと顔を見合せて気が附いた。肝心の揚饅頭《あげまんじゅう》の代《だい》を忘れている。長蔵さんは平気な面《つら》をして、もう半分程葭簀《よしず》の外に出て往来を眺めていた。自分は懐中《かいちゅう》から三十二銭《せん》入りの蟇口《がまぐち》を出して、饅頭三皿の代を払って、序《ついで》だから茶代として五銭やった。饅頭の代はとうとう忘れちまって思い出せない。ただその時かみさんが、

「坑夫になって、うんと溜《た》めて帰りに又御寄《およ》り」

と云ったのを記憶している。その後《のち》坑夫はやめたが、遂《つい》にこの茶店へは寄る機会がなかった。それから長蔵さんに尾《つ》いて、例の飽き飽きした松原へ出て、一本筋《すじ》を足の甲まで埃《ほこり》を上げて、やって来ると、さっきの長たらしいのに引《ひ》き易《か》えて今度は存外早く片附いちまった。何時《いつ》の間《ま》にやら松がなくなったら、*板橋街道《いたばしかいどう》の様な希知《けち》な宿の入口に出て来た。矢《や》ッ張《ば》り板橋街道の様に*我多馬車《がたばしゃ》が通る。一足《ひとあし》先へ出た長蔵さんが、振り返って、

「御前さん馬車へ乗るかい」

と聞くから、

「乗っても好《い》いです」

と答えた。そうしたら今度は、

「乗らなくっても可《い》いかい」

と反対の事を尋《たず》ねた。自分は、

「乗らなくっても可いです」

と答えた。長蔵さんは三度目に、

「どうするね」

と云ったから、

「どうでも可いです」

と答えた。その内に馬車は遠くへ行って仕舞《しま》った。

「じゃ、歩く事にしよう」

と長蔵さんは歩き出した。自分も歩き出した。向うを見ると、今通った馬車の埃が日光にまぶれて、往来が濁《にご》った様に黄色く見える。そのうちに人通りが段々多くなる。町並が次第に立派になる。仕舞《しまい》には*牛込《うしごめ》の神楽坂《かぐらざか》位《くらい》な繁昌《はんじょう》する所へ出た。ここいらの店附《みせつき》や人の様子や、衣服は全く東京と同じ事であった。長蔵さんの様なのは殆《ほとん》ど見当らない。

自分は長蔵さんに、

「ここは何と云ぅ所です」

と聞いたら、長蔵さんは、

「ここ？　ここを知らないのかい」

と驚いた様子であったが、笑いもせずすぐ教えてくれた。それで所*の名は分ったが、ここにはわざと云わない。自分がこの繁華《はんか》な町の名を知らなかったのを余程不思議に感じたと見えて、長蔵さんは、

「お前さん、一体生れは何処《どこ》だい」

と聞き出した。考えると、今まで長蔵さんが自分の過去や経歴について、ついぞ一《ひ》と口《くち》も自分に聞いた事がなかったのは、人を周旋する男の所為《しょい》としては、少しく無頓着《むとんじゃく》過

ぎる様にも思われたが、この男は全くそんな事に冷淡《れいたん》な性《たち》であった事が後で分った。この時の質問は全く自分の無知に驚いた結果から出た好奇心に過ぎなかった。その証拠には、自分が、

「東京です」

と答えたら、

「そうかい」

と云ったなり、あとは何にも聞かずに、自分を引張《ひっぱ》る様にして、ある横町《よこちょう》を曲った。

十二

実を云うと自分は相当の地位を有《も》ったものの子である。込《こ》み入《い》った事情があって、耐《こら》え切れずに生家《うち》を飛び出した様《よう》なものの、あながち親に対する不平や面当《つらあて》ばかりの無分別じゃない。何となく世間が厭《いや》になった結果として、わが生家まで面白《おもしろ》くなくなったと思ったら、もう親の顔も親類の顔も我慢《がまん》にも見ていられなくなっていた。これは大変だと気がついて、根気に心を取り直そうとしたが、遅かった。踏み答えて見様《みよう》と百方《ひゃっぽう》に焦慮《あせ》れば焦慮る程厭になる。揚句《あげく》の果《はて》は踏張《ふんばり》の栓《せん》が一度にどっと抜けて、堪忍《かんにん》の陣立《じんだて》が総崩れとなった、その晩にとうとう生家を飛び出して仕舞《しま》ったのである。

事の起りを調べて見ると、中心には一人の少女がいる。そうしてその少女の傍《そば》に又一人の少女がいる。この二人の少女の周囲《まわり》に親がある。親類がある。世間が万遍《まんべん》なく取《と》り捲《ま》いている。所《ところ》が第一の少女が自分に対して丸くなったり、四角になったりする。すると何かの因縁《いんねん》で自分も丸くなったり四角になったりしなくっちゃならなくなる。然《しか》し自分はそう丸くなったり四角になったりしては、第二の少女に対して済まない約束を以《もっ》て生れて来た人間である。自分は年の若い割には自分の立場をよく弁別《わきまえ》ていた。が済まないと思えば思う程丸くなったり四角になったりする。仕舞《しまい》には形態*ばかりじゃない組織まで変る様《よう》になって来た。それを第二の少女が恨めしそうに見ている。親も親類も見ている。世間も見ている。自分は自分の心が伸びたり縮んだり、曲ったりくねったりする所を、どうかして隠そうと力《つと》めたが、何しろ第一の少女の方で少しも已《や》めてくれないで、無暗《むやみ》に伸びて見せたり、縮んで見せたりするもんだから、隠し終《おお》せる段じゃない。親にも親類にも目附《めつ》かって仕舞った。怪《け》しからんと云う事になった。怪しかるとは自分でも思っていなかったが、段々聞き糺《ただ》して見ると、怪しからん意味が大分《だいぶ》違ってる。そこで色々弁解して見たが中々聞いてくれない。親の癖《くせ》に自分の云う事をちっとも信用しないのが第一不都合だと思うと同時に、第一の少女の傍にいたら、この先どうなるか分らない、ことに因《よ》ると実際弁解の出来ない様な怪しからん事が出来《しゅったい》するかも知れないと考え出した。がどうしても離れる事が出来ない。しかも第二の少女に対しては気の毒である、済まん事になったと云う念が日々烈《にちにちはげ》しくなる。——こんな具合で三方四《さんぼうし》方《ほう》から、両立しない感情が攻め寄せて来て、*五色《ごしき》の糸のこんがらかった様に、此方《こっち》を引くと、彼方《あっち》の筋が詰《つま》る、彼方をゆるめると此方が釣れると云う按排《あんばい》で、乱れた頭はどうあっても解《ほど》けない。色々に工夫を積んで自分に愛想の尽きる程ひねくって見たが、到底《とうてい》思う様に纏《まと》まらないと云う一点張《いってんばり》に落ちて来た時に——やっと気がついた。つまり自分が苦しんでるんだから、自分で苦《くるし》みを留《と》めるより外《ほか》に道はない訳だ。今までは自分で苦しみながら、自分以外の人を動かして、どうにか自分に都合のいい様な解決があるだろうと、只管《ひたすら》に外のみを当《あて》にしていた。つまり往来で人と行《ゆ》き合《あ》った時、此方《こちら》は突ッ立ったまま、向うが泥濘《ぬかるみ》へ避《よ》けてくれる工面《くめん》ばかりしていたのだ。此方《こっち》が動かない今のままの此方で、それで相手の方だけを思う通りに動かそうと云う出来ない相談を持ち懸けていたのだ。自分が鏡の前に立ちながら、鏡に写る自分の影を気にしたって、どうなるもんじゃない。世間の掟《おきて》という鏡が容易に動かせないとすると、自分の方で鏡の前を立ち去るのが何よりの上分別《じょうふんべつ》である。

十三

そこで自分はこの入《い》り組んだ関係の中から、自分だけをふいと煙《けむ》にして仕舞《しま》おうと決心した。然《しか》し本当に煙にするには自殺するより外《ほか》に致し方がない。そこで度々《たびたび》自殺をしかけて見た。所《ところ》が仕掛《しかけ》るたんびにどきんとして已《や》めて仕舞った。自殺はいくら稽古《けいこ》をしても上手《じょうず》にならないものだと云う事を漸《よう》く悟《ようや》った。自殺が急に出来なければ自滅するのが好《よ》かろうとなった。然し自分は前に云う通り相当の身分のある親を持って朝夕《あさゆう》に事を欠かぬ身分であるから生家《うち》に居ては自滅しようがない。どうしても逃亡《かけおち》が必要である。

逃亡をしてもこの関係を忘れる事は出来まいとも考えた。又忘れる事が出来るだろうとも考えた。要するに、して見なければ分らないと考えた。たとい煩悶《はんもん》が逃亡に附《つ》け纏《まと》って来るにしてもそれは自分の事である。あとに残った人は自分の逃亡の為《ため》に助かるに違いないと考えた。のみならず逃亡をしたって、何時《いつ》までも逃亡《かけおち》ている訳じゃない。急に自滅がしにくいから、まずその一着《いっちゃく》として逃亡て見るんである。だから逃亡て見ても矢張《やっぱ》り過去に追われて苦しい様《よう》なら、その時徐《おもむ》ろに自滅の計《はかりごと》を廻《めぐ》らしても遅くはない。それでも駄目《だめ》と極《き》まればその時こそきっと自殺して見せる。――こう書くと自分は如何《いか》にも下《くだ》らない人間になって仕舞うが、事実を露骨《ろこつ》に云うとこれだけの事に過ぎないんだから仕方がない。又こう書けばこそ下らなくなるが、その当時のぼんやりした意気込《いきごみ》を、ぼんやりした意気込のままに叙《じょ》したなら、これでも小説の主人公になる資格は十分あるんだろうと考える。

それでなくっても実際その当時の、二人の少女の有様《ありさま》やら、日毎《ひごと》に変る局面の転換やら、自分の心配やら、煩悶《はんもん》やら、親の意見や親類の忠告やら、何《なに》やら蚊《か》やらを、そっくりそのまま書き立てたら、大分《だいぶん》面白い続き*ものが出来るんだが、そんな筆もなし時もないから、まあ已《や》めにして、折角《せっかく》の坑夫事件だけを話す事にする。

兎《と》に角《かく》こう云う訳で自分はいよいよとなって出奔《しゅっぽん》したんだから、固《もと》より生きながら葬《ほうぶ》られる覚悟でもあり、又自《みずか》ら葬って仕舞う了見《りょうけん》でもあったが、さすがに親の名前や過去の歴史はいくら棄鉢《すてばち》になっても長蔵さんには話したくなかった。長蔵さんばかりじゃない、凡《すべ》ての人間に話したくなかった。凡ての人間は愚か、自分にさえ出来る事なら語りたくない程情《なさけ》ない心持《こころもち》でひょろひょろしていた。だから長蔵さんが人を周旋する男にも似合わず、自分の身元に就《つい》て一言《いちげん》も聞き糺《ただ》さなかったのは、変と思いながらも、内々《ないない》嬉しかった。本当を云うと、当時の自分はまだ嘘《うそ》を吐《つ》く事を能《よ》く練習していなかったし、胡魔《ごま》化《か》すと云う事は大変な悪事《あくじ》の様に考えていたんだから、聞かれたら定《さだ》めし困ったろうと思う。

そこで長蔵さんに尾《つ》いて、横町《よこちょう》を曲って行くと、一二丁《ちょう》行ったか行かないうちに町並が急に疎《まばら》になって、所々《ところどころ》に田圃《たんぼ》の片割れが細く透《す》いて見える。表はあんなに繁昌《はんじょう》しても、繁昌は横幅《よこはば》だけであるなと気が附いたら、又急に横町を曲らせられて、又賑《にぎ》やかな所へ出された。その突き当りが*停車場《ステーション》であった。汽車に乗らなくっては坑夫になる手続きが済まないんだと云う事をこの時漸《ようや》く知った。実は鉱山の出張所でもこの町にあって、まずそこへ連れて行《ゆ》かれて、そこから又役人が山へでも護送してくれるんだろうと思っていた。

そこで停車場《ステーション》へ這入《はい》る五六間《けん》手前になってから、

「長蔵さん、汽車に乗るんですか」

と後《うしろ》から、呼び掛けながら聞いて見た。自分がこの男を長蔵さんと云ったのはこの時が始めてである。長蔵さんは一寸《ちょっと》振り返ったが、あかの他人から名前を呼ばれたのを不審がる様子もなく、すぐ、

「ああ、乗るんだよ」

と答えたなり、停車場に這入った。

十四

自分は停車場《ステーション》の入口《いりくち》に立《たっ》て考え出した。あの男は一体自分と一所《いっしょ》に汽車へ乗って先方《さき》まで行《ゆ》く気なんだろうか、それにしては余り親切過ぎる。なんぼなんでも見ず知らずの

自分をこんなに叮嚀《ていねい》に世話をするのは可笑《おか》しい。ことによると彼奴《あいつ》は詐欺師《かたり》かも知れない。自分は下《くだ》らん事に今更《いまさら》の如《ごと》くはっと気が附いて急に汽車へ乗るのが厭《いや》になって来た。一層《いっそ》の事又停車場《ステーション》を飛び出そうかしらと思って、今までプラットフォームの方を向いていた足を、入口の見当《けんとう》に向け易《か》えた。然《しか》しまだ歩き出す程の決心も附かなかったと見えて、茫然《ぼうぜん》として、停車場前の茶屋の赤い暖簾《のれん》を眺めていると、いきなり大きな声を出して遠くから呼びとめられた。自分はこの声を聞くと共《とも》に、その所有者は長蔵さんであって、松原以来の声であると云う事を悟った。振り返ると、長蔵さんは遠方から顔だけ斜《はす》に出して、しきりに此方《こっち》を見て、首を竪《たて》に振っている。何でも身体《からだ》は便所の塀にかくれているらしい。折角《せっかく》呼ぶものだからと思って、自分は長蔵さんの顔を目的《めあて》に歩いて行くと、

「御前《おまえ》さん、汽車へ乗る前に一寸《ちょっと》用を足したら善《よ》かろう」

と云う。自分はそれには及ばんから、一応辞退して見たが、中々承知しそうもないから、そこで長蔵さんと相並《あいなら》んで、きたない話だが、小便を垂れた。その時自分の考えは又変った。自分は身体より外《ほか》に何《な》にも持っていない。取られ様《よう》にも瞞《かた》られ様にも、名誉も財産もないんだから初手《しょて》から見込の立たない代物《しろもの》である。昨日の自分と今日の自分とを混同して、長蔵さんを恐ろしがったのは、免職になりながら俸給《ほうきゅう》の差《さ》し抑《おさえ》を苦《く》にする

様なものであった。長蔵さんは教育のある男ではあるまいが、自分の風体《ふうてい》を見て一目《ひとめ》騙《かた》るべからずと看破《かんぱ》するには教育も何も要ったものではない。だからことによると、自分を坑夫に周旋して、あとから周旋料でも取るんだろうと思い出した。それならそれで構わない。給料のうちを幾分か遣《や》れば済む事だなどと考えながら用を足した。——実は自分がこれだけの結論に到着する為《ため》には、僅《わず》かの時間内だがこれだけの手数と推論とを要したのである。これ位《くらい》骨を折ってすら、まだ長蔵さんのポン引き*なる事を所謂《いわゆる》ポン引きなる純粋の意味に於《お》いて会得《えとく》する事が出来なかったのは、年が十九だったからである。年の若いのは実に損なもので、こんなにポン引きの近所までどうか、こうか、漕《こ》ぎ附《つ》けながら、それでも、もしや好意ずくの世話ずきから起った親切じゃあるまいかと思って、飛んだ気兼《きがね》をしたのは可笑《おか》しかった。

実は二人して、用を足して、のそのそ三等待合所*の入口まで来た時、自分は比較的威儀《いぎ》を正《ただ》して長蔵さんに、こんな事を云ったんである。

「あなたに、わざわざ先方《さき》まで連れて行って頂いては恐縮ですから、もうこれで沢山《たくさん》です」

すると長蔵さんは返事もせずに変な顔をして、黙って自分の方を見ているから、これは礼の云い様《よう》がわるいのかとも思って、

「色々御世話になって難有《ありがた》いです。これから先はもう僕一人で遣《や》りますから、どうか御構《おかま》いなく」

と云って、頻《しきり》に頭を下げた。すると、

「一人で遣れるものかね」

と長蔵さんが云った。この時だけは御前さんを省《はぶ》いた様である。

「なに遣れます」

と答えたら、

「どうして」

と聞き返されたんで、少し面喰《めんくら》ったが、

「今貴方《あなた》に伺って置けば、先へ行って貴方の名前を云って、どうかしますから」

ともじもじ述べ立てると、

「御前さん、私の名前位で、すぐ坑夫になれると思ってるのは大間違いだよ。坑夫なんて、そんなに容易になれるもんじゃないよ」

と跳附《はねつ》けられちまった。仕方がないから

「でも御気の毒ですから」

と言訳《いいわけ》旁《かたがた》挨拶《あいさつ》をすると、

「なに遠慮しないでもいい。先方《さき》まで送ってあげるから心配しないがいい。――＊袖摩《そです》り合うも何とかの因念《いんねん》だ。ハハハハハ」

と笑った。そこで自分は最後に、

「どうも済みません」

と礼を述べて置いた。

十五

それから二人でベンチへ隣り合せに腰を掛けていると、段々停車場《ステーション》へ人が寄ってくる。大抵《たいてい》は田舎者《いなかもの》である。中には長蔵さんの様《よう》な袢天《はんてん》兼どてらを着た上に、天秤棒《てんびんぼう》さえ荷《かつ》いだのがある。そうかと思うと光沢《つや》のある前掛《まえかけ》を締めて、＊中折帽《なかおれぼう》を妙に凹《へこ》ました江戸ッ子流の商人《あきうど》もある。その他《た》の何《なに》やら蚊《か》やらでベンチの四方が足音と人声《ひとごえ》でざわついて来た時に切符口《きっぷぐち》の戸がかたりと開《あ》いた。待《ま》ち兼《か》ねた連中《れんじゅう》は急いで立ち上がって、みんな鉄網《かなあみ》の前へ集《あつま》ってくる。この時長蔵さんの態度は落ちつき払ったものであった。例の太刀《たち》の如《ごと》く反《そ》っ繰返《くりかえ》った「朝日」を厚い唇の間に啣《くわ》えながらあの角張《かどば》った顔を三が＊二程自分の方へ向けて

「御前さん、汽車賃を持っていなさるかい」

と聞いた。又自分の未熟な所を発表する様だが、実を云うと汽車賃の事は今が今まで自分の考えには毫《ごう》も上《のぼ》らなかったのである。汽車に乗るんだなと思いながら、幾何《いくら》金を払うものか、又金を払う必要があるものか、頓《とん》と思い至らなかったのは愚《ぐ》の至《いたり》である。愚はどこまでも承認するがこの質問に出逢《であ》うまでは無賃《ただ》で乗れるかの如き心持《こころもち》で平気でいたのは事実である。よく分らないけれども、何でも自分の腹の底には、長蔵さんにさえ食《く》っ附《つ》いてさえおれば、どうか為《し》てくれるんだろうと云う依頼心が妙に潜《ひそ》んでいたんだろう。但《ただ》し自分じゃ決してそう思っていなかった。今でもそうだとは自分の事ながら申しにくい。けれども、こう云う安心がないとすれば、いくら馬鹿だって、十九だって、停車場《ステーション》へ来て汽車賃の汽の字も考えずにおられるもんじゃない。その癖こんなに依頼しておる長蔵さんに対して、もう御世話にならなくっても、好《よ》う御座《ござ》いますの、これから一人で行きますのと平《ひら》に同行を断ったのは、どう云う了簡《りょうけん》だろう。自分はこう云う場合に度々《たびたび》出逢ってから、仕舞《しまい》には自分で一つの理論を立てた。——病気に潜伏期《せんぷくき》がある如く、吾々《われわれ》の思想や、感情にも潜伏期がある。この潜伏期の間《あいだ》には自分でその思想を有《も》ちながら、その感情に制せられながら、ちっとも自覚しない。又この思想や感情が外界の因縁《いんねん》で意識の表面へ出て来る機会がないと、生涯その思想や感情の支配を受けながら、自分は決してそんな影響を蒙《こうぶ》った覚《おぼえ》がないと主張する。その証拠はこの通りと、どしどし反対の行為言動をして見せる。がその行為言動が、傍《はた》から見ると矛盾《むじゅん》になっている。自分でもはてなと思う事がある。はてなと気が附かないでも飛んだ苦しみを受ける場合が起ってくる。自分が前に云った少女に苦しめられたのも、元はと云えば、矢っ張《やば》りこの潜伏者を自覚し得なかったからである。この正体の知れないものが、少しも自分の心を冒《おか》さない先に、劇薬でも注射して、悉《ことごと》く殺し尽す事が出来たなら、人間幾多《いくた》の矛盾や、世上《せじょう》幾多の不幸は起らずに済んだろうに。所《ところ》がそう思う様に行かんのは、人にも自分にも気の毒の至りである。

それで、自分が長蔵さんから「御前さん汽車賃を持っていなさるか」と問われた時に、自分ははっと思って、少《すく》なからず狼狽《うろたえ》た。三十二銭のうちで饅頭《まんじゅう》の代《だい》と茶代を引くと何にもありゃしない。汽車賃もない癖に、坑夫になろうなんて呑込顔《のみこみがお》に受合ったんだから、自分は少し図迂図迂《ずうずう》しい人間であったんだと気がついたら、急に頬辺《ほっぺた》が熱くなった。その時分の事を考えると自分ながら可愛《かあい》らしい。これが今だったら、たとい電車の中で借金の催促をされ様とも、只《ただ》困るだけで、決して赤面はしない。ましてぽん引きの長蔵さんなどに対して、神聖なる羞恥《しゅうち》の血色《けっしょく》を見せるなんて勿体《もったい》ない事は、夢にも遣《や》る気遣《きづか》いはありゃしない。

十六

自分はどう云うものか、長蔵さんに対して、汽車賃はありますと答えたかった。然《しか》し実際がないんだから嘘《うそ》を吐《つ》く訳には行《ゆ》かない。嘘を吐きっ放《ぱなし》にして済ませられるなら、思い切って、嘘を吐く事にしたろうが、とにかく今切符を買うと云う間際《まぎわ》で、吐けばすぐ露見して仕舞《しま》うんだから始末がわるい。と云って汽車賃はありませんと答えるのが如《い》何《か》にも苦痛である。どうも子供だから、しかも満更《まんざら》の子供でなくって、少し大きくなりかけた、色気の附いた煩悶《はんもん》をしている、つまらん常識がある様《よう》な、ない様な子供だから、なおなお不都合だった。そこで汽車賃はありますとも、ありませんとも云いにくかったもんだから、

「少しあります」

と答えた。それも響《ひびき》の物に応ずる如く、停滞《ていたい》なく出《いず》ればよかったが、何しろ勿体《もったい》なくも頬辺《ほっぺた》を赤くしたあとで、甚《はなは》だ恐縮の態度で出したんだから、馬鹿である。

「少しって、御前さん、若干《いくら》持ってるい」

と長蔵さんが聞き返した。長蔵さんは自分が頬辺を赤くしても、恐縮しても、丸で頓《とん》着《じゃく》しない。ただいくら持ってるか聞きたい様子であった。所《ところ》が生憎《あいにく》肝心の自分にはいく

らあるか判然《はんぜん》しない。何しろ〆《しめ》て三十二銭のうち、饅頭を三皿《みさら》食って、茶代を五銭やったんだから、残る所は沢山《たくさん》じゃない。あっても無くっても同じ位《くらい》なものだ。

「ほんの僅《わず》かです。とても足りそうもないです」

と正直な所を云うと、

「足りない所は私が足して、上げるから、構わない。何しろ有るだけ御出《おだ》し」

と、思ったよりは平気である。自分はこの際一銭銅《いっせんどう》や二銭銅を勘定するのは、如何《いか》にも体裁《ていさい》がわるいと考えた上に、有るものを無いと隠す様に取られては厭《いや》だから、懐《ふところ》から例の蟇口《がまぐち》を取り出して、蟇口ごと長蔵さんに渡した。この蟇口は鰐《わに》の皮で拵《こしら》えた頗《すこぶ》る上等なもので、親父《おやじ》から貰《もら》う時も、これは高価な品であると云う講釈を篤《とく》と聴かされた贅《ぜい》沢物《たくもの》である。長蔵さんは蟇口を受け取って、ちょっと眺めていたが、

「ふうん、安くないね」

と云ったなり中味《なかみ》も改めずに腹掛《はらかけ》の隠しへ入れちまった。中味を改めない所はよかったが、

「じゃ、私が切符を買って来て上げるから、ちゃんとここに待っていなくっちゃ、いけない。はぐれると、坑夫になれないんだからね」

と念を押して、ベンチを離れて切符《きっぷ》口《ぐち》の方へすたすた行って仕舞った。見ていると人《ひと》

込《ごみ》の中へ這入《はい》ったなり振り返りもしないで切符を買う番のくるのを待っている。さっき松原の掛茶屋《かけぢゃや》を出てから、今先方《いまさきがた》までの長蔵さんは始終自身の傍《そば》に食《く》っ附《つ》いていて、たまに離れると便所からでも顔を出して呼ぶ位であったのに、蟇口《がまぐち》を受け取って、切符を買う買う時は丸で自分を忘れている様に見受けられた。あんまり人が多くって、此方《こっち》へ眼をつけて暇がなかったんだろう。これに反して自分は一生懸命に長蔵さんの後姿《うしろすがた》を見守って、札《ふだ》を買う順番が一人一人に廻《まわ》って来るたんびに長蔵さんが段々切符口へ近附いて行くのを、遠くから妙な神経を起して眺めていた。蟇口は立派だが中を開けられたら銅貨が出るばかりだ。開けて見て、何だこれっぱかりっか持っていないのかと長蔵さんが驚くに違《ちが》いない。どうも気の毒である。いくら足し前をするんだろうなどと入《い》らざる事を苦《く》に病《や》んでいると、やがて長蔵さんは平生《へいぜい》の顔附《かおつき》で帰《かえ》って来た。

「さあ、これが御前さんの分だ」

と云いながら赤い切符*を一枚くれたぎりいくら不足だとも何とも云わない。極《きま》りが悪かったから、自分も只《ただ》

「難有《ありがと》う」

と受取ったぎり賃銭《ちんせん》の事は口へ出さなかった。蟇口の事もそれなりにして置いた。長蔵さんの方でも蟇口の事はそれっきり云わなかった。従って蟇口はついに長蔵さんに遣《や》

った事になる。

十七

それから、とうとう二人して汽車へ乗った。汽車の中では別にこれと云う出来事もなかった。只《ただ》自分の隣りに腫物《できもの》だらけの、*腐爛目《ただれめ》の、痘痕《あばた》のある男が乗ったので、急に心《こころ》持《もち》が悪くなって向う側へ席を移した。どうも当時の状態を今からよく考えて見ると余《よ》っ程《ぽど》可笑《おか》しい。生家《うち》を逃亡《かけおち》て、坑夫にまで、なり下《さが》る決心なんだから、大抵《たいてい》の事に辟易《へきえき》しそうもないもんだが矢張《やっぱ》り醜《きた》ないものの傍《そば》へは寄りつきたくなかった。あの按排《あんばい》では自殺の一日前でも腐爛目の隣を逃げ出したに違《ちが》いない。それなら万事こう几帳面《きちょうめん》に段落を附けるかと思うと、そうでないから困る。第一長蔵さんや茶店のかみさんに逢った時なんぞは平生《へいぜい》の自分にも似ず、喁《ぐう》の音《ね》も出さずに心《しん》から大人しくしていた。議論も主張も気概も何もあったもんじゃありゃしない。尤《もっと》もこれは大分《だいぶ》餓《ひも》じい時であったから、少しは差引《さしひ》いて勘定を立てるのが至当《しとう》だが、決して空腹の為《ため》ばかりとは思えない。どうも矛盾《むじゅん》――又矛盾が出たから廃《よ》そう。

自分は自分の生活中尤も色彩の多い当時の冒険を暇さえあれば考え出して見る癖がある。考え出す度《たび》に、昔の自分の事だから、遠慮なく厳密なる解剖《かいぼう》の刀を揮《ふる》って、縦横《たてよこ》十文字《じゅうもんじ》に自分の*心緒《しんしょ》を切りさいなんで見るが、その結果はいつも千遍一律《せんぺんいちりつ》で、要するに分らないとなる。昔《むか》しだから忘れちまったんだなどと云っては不可《いけ》ない。この位《くらい》切実な経験は自分の生涯中に二度とありゃしない。二十《はたち》以下の無分別から出た無茶だから、その筋道が入り乱れて要領を得んのだと評してはなお不可ない。経験の当時こそ入り乱れて滅多矢鱈《めったやたら》に盲動《もうどう》するが、その盲動に立ち至るまでの経過は、落ち着いた今日《こんにち》の頭脳の批判を待たなければとても分らないものだ。この鉱山行《こうざんゆき》だって、昔の夢の今日だから、この位《くらい》人に解《わか》る様《よう》に書く事が出来る。色気がなくなったから、あらいざらい書き立てる勇気があると云うばかりじゃない。その時の自分を今の眼の前に引擦《ひきず》り出して、根掘り葉掘り研究する余裕がなければ、たといこれ程にだって到底《とうてい》書けるものじゃない。俗人はその時その場合に書いた経験が一番正しいと思うが、大間違《おおまちがい》である。刻下《こっか》の事況《じきょう》と云うものは、*転瞬《てんしゅん》の客気《かっき》に駆られて、飛んでもない誤謬《ごびゅう》を伝え勝《が》ちのものである。自分の鉱山行などもその時そのままの心持を、日記にでも書いて置いたら、定《さだ》めし乳臭《ちちくさ》い、気取った、偽《いつわ》りの多いものが出来上ったろう。到底、こうやって人の前へ御覧下さいと出された義理じゃない。

　自分が腐爛目《ただれめ》の難を避けて、向う側に席を移すと、長蔵さんは一目《ひとめ》一寸《ちょっと》自分と腐爛目を見たなりで、矢張り元の所へ腰を掛けたまま動かなかった。長蔵さんの神経が自分より余程剛健《ごうけん》なのには少《すくな》からず驚嘆した。のみならず、平気な顔で腐爛目と話し出したに至って、少しく愛想《あいそ》が尽きた。

「又《また》山行きかね」

「ああ又一人連れて行くんだ」

「あれかい」

と腐爛目は自分の方を見た。長蔵さんはこの時何か返事をしかけたんだろうが不図《ふと》自分と顔を見合せたものだから、そのまま厚い唇を閉じて横を向いて仕舞った。その顔について廻《まわ》って、腐爛目は、

「又大分儲《だいぶんもう》かるね」

と云った。自分はこの言葉を聞くや否《いな》や忽《たちま》ち窓の外へ顔を出した。そうして窓から唾液《つばき》をした。するとその唾液が汽車の風で自分の顔へ飛んで来た。何だか不愉快《ふゆかい》だった。前の腰掛《こしかけ》で知らない男が二人弁じている。

「泥棒《どろぼう》が這入《はい》るとするぜ」

「ここそがかい」

「なに強盗がよ。それで以《もっ》て、抜身《ぬきみ》か何《なん》かで威嚇《おど》した時によ」

「うん、それで」

「それで、主人《あるじ》が、泥棒だからってんで贋銭《にせがね》を遣って帰《けえ》したとするんだ」

「うんそれから」

「後で泥棒が贋銭と気がついて、あすこの亭主は贋銭使《にせがねつかい》だ贋銭使だって方々《ほうぼう》振れて歩くんだ。常公《つねこう》の前《めえ》だが、何方《どっち》が罪が重いと思う」

「何方たあ」

「その亭主と泥棒がよ」

「そうさなあ」

と相手は解決に苦しんでいる。自分は眠《ねぶ》くなったから、窓の所へ頭を持たしてうとうととした。

十八

寝ると急に時間が無くなっちまう。だから時間の経過が苦痛になるものは寝るに限る。死んでも恐らく同じ事だろう。然《しか》し死ぬのは、やさしい様《よう》で中々容易でない。先《ま》ず凡人は死ぬ代《かわ》りに睡眠で間に合せて置く方が軽便《けいべん》である。柔道《じゅうどう》をやる人が、時々朋友《ほうゆう》に咽喉《のど》を締めて貰《もら》う事がある。夏の日永《ひなが》のだるい時などは、絶息《ぜっそく》したまま五分も道場に死んでいて、それから活《かつ》を入れさせると、生《うま》れ代《かわ》る様な好《い》い気分になる——但《ただ》し人の話だが。

――自分は、もしや死にっきりに死んじまやしないかと云う神経の為《ため》に、ついぞこの荒《あら》療治《りょうじ》を頼んだ事がない。睡眠はこれ程の効験《こうけん》もあるまいが、その代り生き戻り損《そこな》う危険も伴《ともな》っていないから、心配のあるもの、煩悶《はんもん》の多いもの、苦痛に堪《た》えぬもの、ことに自滅の一着《いっちゃく》として、生きながら坑夫になる者に取っては、至大《しだい》なる自然の賚《たまもの》である。その自然の賚が偶然にも今自分の頭の上に落《おち》て来た。難有《ありがた》いと礼を云う閑《ひま》もないうちに、うっとりとしちまって、生きている以上は是非《ぜひ》共《とも》その経過を自覚しなければならない時間を、丸潰《まるつぶ》しに潰していた。所《ところ》が眼が覚めた。後から考えて見たら、汽車の動いてる最中に寝込んだもんだから、汽車の留《とま》った為《ため》に、眠《ねぶ》りが調子を失って何処《どこ》かへ飛んで行ったのである。自分は眠っていると、時間の経過だけは忘れているが、空間の運動には依然《いぜん》として反応《はんのう》を呈《てい》する能力がある様だ。だから本当に煩悶を忘れる為には矢張《やは》り本当に死ななくっては駄目《だめ》だ。但《ただ》し煩悶がなくなった時分には、又生き返りたくなるに極《きま》ってるから、正直な理想を云うと、死んだり生きたり互違《たがいちがい》にするのが一番よろしい。――こんな事をかくと、何だか飄軽《ひょうきん》な冗談を云ってる様だが決してそんな浮いた了見《りょうけん》じゃない。本気に真面目を話してる積《つもり》である。その証拠にはこの理想は只今《ただいま》過去を回想して、面白《おもしろ》半分興《はんぶんきょう》に乗《じょう》じて、好《よ》い加減に附け加えたんじゃない。実際汽車が留って、不意に眼が覚めた時、この通りに出て来たのである。馬鹿《ばか》気《げ》た感じだから滑稽《こっけい》の様に思われるけれども、その時は正直にこんな馬鹿気た感じが起ったんだから仕方がない。この感じが滑稽に近ければ近い程、自分は当時の自分を可愛想《かあいそう》に思うのである。こんな常識をはずれた希望を、真面目に抱《いだ》かねばならぬ程、その時の自分は情《なさけ》ない境遇に居《お》ったんだと云う事が判然《はんぜん》するからである。

自分が不図《ふと》眼を開けると、汽車はもう留っていた。汽車が留ったなと云う考えよりも、自分は汽車に乗っていたんだなと云う考えが第一に起った。起ったと思うが早いか、長蔵さんが居《お》るんだ、坑夫になるんだ、汽車賃がなかったんだ、生家《うち》を出奔《しゅっぽん》したんだ、どうしたんだ、こうしたんだと凡《すべ》て十二三のたんだがむらむらと塊《かた》まって、頭の底から一度に湧《わ》いて来た。その速い事と云ったら、言語《ごんご》に絶《ぜっ》すると云おうか、電光石火《でんこうせっか》と評しようか、実に恐ろしい位だった。*ある人が、溺《おぼ》れかかったその刹那《せつな》に、自分の過去の一生を、細大洩《さいだいも》らさずありありと、眼の前に見た事があると云う話をその後《のち》聞いたが、自分のこの時の経験に因《よ》って考えると、これは決して嘘じゃなかろうと思う。要するにその位早く、自分は自分の実世界に於《お》ける立場と境遇とを自覚したのである。自覚すると同時に、急に厭《いや》な心持になった。只《ただ》厭では、とても形容が出来ないんだが、去《さ》ればと云って、別に叙述し様《よう》もない心持ちだからただの厭でとめて置く。自分と同じ様な心持ちを経験した人ならば、只これだけで、成程あれだなと、直《すぐ》勘づくだろう。又経験した事がないならば、それこそ幸福だ、決して知るに及ばない。

十九

その内同じ車室に乗っていたものが二三人立ち上がる。外からも二三人這入《はい》って来る。何処《どこ》へ陣取ろうかと云う眼附《めつき》できょろきょろするのと、忘れものはないかと云う顔附きでうろうろするのと、それから何の用もないのに姿勢を更《か》えて窓へ首を出したり、欠伸《あくび》をしたりするのと、が一度に合併して、凡《すべ》て動揺の状態に世の中を崩し始めて来た。自分は自分の周囲のものが、悉《ことごと》く活動しかけるのを自覚していた。自覚すると共《とも》に、自分は普通の人間と違って、みんなが活動する時分でさえ、他《ひと》に釣り込まれて気分が動いて来ない様《よう》な仲間外れだと考えた。袖が触《す》れ違って、膝《ひざ》を突き合せていながらも、魂《たましい》だけは丸《まる》で縁《えん》も由緒《ゆかり》もない、他界から迷い込んだ幽霊の様な気持であった。今までは、どうか、こうか、人並に調子を取って来たのが汽車が留《と》まるや否《いな》や、世間は急に陽気になって上へ騰《あが》る、自分は急に陰気になって下へ降《さが》る、到底交際《とうていつきあい》は出来ないんだと思うと、脊《せ》中《なか》と胸の厚さがしゅうと減って、臓腑《ぞうふ》が薄《うす》っ片《ぺら》な一枚の紙のように圧《お》しつけられる。途《と》端《たん》に魂だけが地面の下へ抜け出しちまった。洵《まこと》に申し訳のない、御恥《おは》ずかしい心持ちをふらつかせて、凹《へこ》んでいた。

所《ところ》へ長蔵さんが、立って来て

「御前さん、まだ眼が覚めないかね。ここから降りるんだよ」

と注意してくれた。それで漸《ようや》く成程《なるほど》と気が附いて立ち上った。魂が地の底へ抜け出して行《ゆ》く途中でも、手足に血が通《かよ》ってるうちは、呼ぶと返って来るから可笑《おか》しなものだ。然《しか》しこれがもう少し烈《はげ》しくなると、中々思う様に魂が身体《からだ》に寄りついてくれない。その後台湾沖《ごたいわんおき》で難船した時などは、殆《ほとん》ど魂に愛想を尽かされて、非常な難儀をした事がある。何《な》にでも上には上があるもんだ。これが行《ゆ》き留《どま》りだの、突き当りだのと思って、安心してかかると、飛んだ目に逢う。然しこの時はこの心持が自分に取って尤《もっと》も新しくて、しかも甚《はなは》だ苦い経験であった。

長蔵さんのどてらの尻を嗅《か》ぎながら改札場《かいさつじょう》から表へ出ると、＊大きな宿《しゅく》の通りへ出た。一本筋の通りだが存外広い、ばかりではない、心持の判然《はっきり》する程真直《まっすぐ》である。自分はこの広い往還の真中《まんなか》に立って遥《はる》か向うの宿外《しゅくはずれ》を見下《みおろ》した。その時、一種妙な心持になった。この心持も自分の生涯中にあって新らしいものであるから、序《ついで》にここに書いて置く。自分は肺の底が抜けて魂が逃げ出しそうな所を、漸く呼びとめて、多少人間らしい了見《りょうけん》になって、宿の中へ顔を出したばかりであるから、魂が吸《ひ》く息につれて、やっと＊胎心《たいしん》に舞い戻っただけで、まだふわふわしている。少しも落ち附いていない。だからこの世にいても、この汽車から降りても、この停車場《ステーション》から出ても、又この宿の真中に立っても、云わば魂がいやいやながら、義理に働いてくれた様なもので、決して本気の沙汰《さた》で、自分の仕事として引き受けた専門の職責とは心得られなかった位《くらい》、鈍い意識の所有者であった。そこで、ふらついている、気の遠くなっている、凡《すべ》てに興味を失った、*かなつぼ眼《まなこ》を開《ひら》いて見ると、今までは汽車の箱に詰み込まれて、上下四方とも四角に仕切られていた眼界が、はっと云う間に、一本筋の往還を沿うて、十丁《ちょう》ばかり飛んで行った。しかもその突当りに滴《したた》る程の山が、自分の眼を遮《さえぎ》りながらも、邪魔にならぬ距離を有《たも》って、どろんとしたわが眸《ひとみ》を、翠《みどり》の裡《うち》に吸寄《すいよ》せている。――そこで何《な》んとなく今云った様な心持になっちまったのである。

二十

第一には*大道砥《だいどうし》の如《ごと》しと、成語《せいご》にもなってる位《くらい》で、平《ひら》たい真直《まっすぐ》な道は蟠《わだか》まりのない爽《さわやか》なものである。もっと分り安《やす》く云うと、眼を迷附《まごつか》せない。心配せずに此方《こっち》へ御出《おいで》と誘う様《よう》に出来上ってるから、少しも遠慮や気兼《きがね》をする必要がない。ばかりじゃない。御《お》出《いで》と云うから一本筋の後を食《く》ッ附《つ》いて行《ゆ》くと、何処《どこ》までも行ける。奇体なことに眼が横町《ちょう》へ曲りたくない。道が真直に続いていればいる程、眼も真直に行かなくっては、窮屈《きゅうくつ》で且《かつ》不愉快《ふゆかい》である。一本の大道は眼の自由行動と平行して成り上ったものと自分は堅く信じている。それから左右の家並《いえなみ》を見ると、――これは瓦葺《かわらぶき》も藁葺《わらぶき》もあるんだが――瓦葺だろうが、藁葺だろうが、そんな差別はない。遠くへ行けば行く程次第次第に屋根が低くなって、何百軒とある家が、一本の針金で勾配《こうばい》を纏《まと》められる為《ため》に向うのはずれから此方《こっち》まで突き通されてる様に、行儀よく、斜《はす》に一筋を引っ張って、何所《どこ》までも進んでいる。そうして進めば進む程、地面に近寄ってくる。自分の立っている左右の二階屋《にかいや》などは――宿屋の様に覚えているが――見上げる程の高さであるのに、宿外《しゅくはず》れの軒《のき》を透《すか》して見ると、指の股《また》に這入《はい》ると思《おも》われる位《くらい》低い。その途中に暖簾《のれん》が風に動いていたり、*腰障子《こししょうじ》に大きな蛤《はまぐり》がかいてあったりして、多少の変化は無論あるけれども、軒並《のきなみ》だけを遠くまで追っ掛けて行くと、*一里が半秒《セコンド》で眼の中に飛び込んで来る。それ程明瞭《めいりょう》である。

前に云った通り自分の魂は二日酔《ふつかよい》の体《てい》たらくで、何処《どこ》までもとろんとしていた。所《ところ》へ停車場《ステーション》を出るや否《いな》や断りなしにこの明瞭な――盲目《めくら》にさえ明瞭なこの景色にぱったり打《ぶ》つかったのである。魂の方では驚かなくっちゃならない。又実際驚いた。驚いたには違《ちが》いないが、今まであやふやに不精無精《ふしょうぶしょう》に徘徊《はいかい》していた惰性《だせい》を一変《いっぺん》して屹《きっ》となるには、多少の時間がかかる。自分の前《さき》に云った一種妙な心持と云うのは、魂が寝返りを打たないさき、景色が如何《いか》にも明瞭であるなと心附《こころづ》いたあと、――その際《きわ》どい中間に起った心持ちである。この景色は斯様《かよう》に暢達《のびのび》して、斯様に明白で、今までの自分の情緒《じょうしょ》とは、丸《まる》で似つかない、景気のいいものであったが、自身の魂がおやと思って、本気にこの*外界《げかい》に対《むか》い出したが最後、いくら明《あきら》かでも、いくら暢《のん》びりしていても、全く実世界の事実となって仕舞《しま》う。実世界の事実となると如何な*御光《ごこう》でも難有味《ありがたみ》が薄くなる。仕合《しあわ》せな事に、自分は自分の魂が、ある特殊《とくしゅ》の状態にいた為——明かな外界《げかい》を明かなりと感受する程の能力は持ちながら、これは実感であると自覚する程作用が鋭くなかった為——この真直な道、この真直な軒を、事実に等しい明かな夢と見たのである。この世でなければ見る事の出来ない明瞭な程度と、これに伴う爽涼《はっきり》した快感を以《もっ》て、他界の幻影《まぼろし》に接したと同様の心持になったのである。自分は大きな往来の真中に立っている。その往来は飽《あ》くまでも長くって、飽くまでも一本筋に通っている。歩いて行けばその外《はずれ》まで行かれる。慥《たしか》にこの宿を通り抜ける事は出来る。左右の家は触れば触る事が出来る。二階へ上《の》れば上る事が出来る。出来ると云う事はちゃんと心得ていながらも、出来ると云う観念を全く遺失して、単に切実なる感能の印象だけを眸《ひとみ》のなかに受けながら立っていた。

自分は学者でないから、こう云う心持ちは何と云うんだか分らない。残念な事に名前を知らないのでついこう長くかいて仕舞った。学問のある人から見たら、そんな事をと笑われるかも知れないが仕方がない。その後《のち》これに似た心持は時々経験した事がある。

然しこの時程強く起った事は曽《かつ》てない。だから、ひょっとすると何かの参考になりはすまいかと思って、わざわざここに書いたのである。但《ただ》しこの心持ちは起ると忽《たちま》ち消えて仕舞《しま》った。

二十一

見ると日はもう傾《かたぶ》きかけている。初夏の日永《ひなが》の頃だから、日差《ひざし》から判断して見ると、まだ四時過ぎ、恐らく五時にはなるまい。山に近い所為《せい》か、天気は思った程よくないが、現に日が出ている位《くらい》だから悪いとは云われない。自分は斜《はす》かけに、長い一筋の町を照らす太陽を眺めた時、あれが西の方だと思った。東京を出て北へ北へと走った積《つもり》だが、汽車から降りて見ると、丸で方角がわからなくなっていた。この町を真直《まっすぐ》に町の通ってるなりに、下《くだ》ると、突き当りが山で、その山は方角から推《お》すと、矢張《やは》り北であるから、自分と長蔵さんは相変らず、北の方へ行《ゆ》くんだと思った。

その山は距離から云うと大分《だいぶん》ある様《よう》に思われた。高さも決して低くはない。色は真蒼《まっさお》で、横から日の差す所だけが光る所為か、陰の方は蒼《あお》い底が黒ずんで見えた。尤《もっと》もこれは日の加減と云うよりも杉檜《すぎひのき》の多い為《ため》かも知れない。ともかくも蓊鬱《こんもり》として、奥深い様子であった。自分は傾きかけた太陽から、眼を移してこの蒼い山を眺めた時、あの山は一本立《ぼんだち》だろうか、又は続きが奥の方にあるんだろうかと考えた。長蔵さんと並んで、段々山の方へ歩いて行くと、どうあっても、向うに見える山の奥の又その奥が果《はて》しもなく続いていて、そうしてその山々は悉《ことごと》く北へ北へと連なっているとしか思われなかった。これは自分達が山の方へ歩いて行くけれど、只《ただ》行くだけで中々麓《ふもと》へ足が届かないから、山の方で奥へ奥へと引き込んでいく様な気がする結果とも云われるし。日が段々傾いて陰の方は蒼い山の上皮《うわかわ》と、蒼い空の下層《したがわ》とが、双方で本分を忘れて、好《よ》い加減《かげん》に他《ひと》の領分を犯し合ってるんで、眺める自分の眼にも、山と空の区劃《くかく》が判然《はんぜん》しないものだから、山から空へ眼が移る時、つい山を離れたと云う意識を忘却して、矢張り山の続きとして空を見るからだとも云われる。そうしてその空は大変広い。そうして際限なく北へ延びている。そうして自分と長蔵さんは北へ行くんである。

　自分は昨夕《ゆうべ》東京を出て、*千住《せんじゅ》の大橋まで来て、袷《あわせ》の尻を端折《はしょ》ったなり、松原へかかっても、茶店へ腰を掛けても、汽車へ乗っても、空脛《からすね》のままで押し通して来た。それでも暑い位《くらい》であった。所《ところ》がこの町へ這入《はい》ってから何だか空脛では寒い気持がする。寒いと云うよりも淋《さび》しいんだろう。長蔵さんと黙って足だけを動かしていると、丸で秋の中を通り抜けてる様である。そこで自分は又空腹になった。度々《たびたび》空腹になった事ばかりを書くのは如何《いかが》わしい事で、且《かつ》この際空腹になっては、どうも詩的でないが、致し方がない。

実際自分は空腹になった。家《うち》を出てから、只歩くだけで、人間の食うものを食わないから、忽《たちま》ち空腹になっちまう。どんなに気分がわるくっても、煩悶《はんもん》があっても、魂が逃げ出しそうでも、腹だけは十分減るものである。いや、そう云うよりも、魂を落附《おちつ》ける為には飯《めし》を供えなくっちゃ不可《いけ》ないと云い換えるのが適当かも知れない。品の悪い話だが、自分は長蔵さんと並んで往来の真中《まんなか》を歩きながら、左右に眼をくばって、両側の飲食店を覗《のぞ》き込《こ》む様にして長い町を下《くだ》って行った。所がこの町には飲食店が大分《だいぶん》ある。*旅屋《はたごや》とか料理屋とか云う上等なものは駄目《だめ》としても、自分と長蔵さんが這入《はい》って然《しか》るべき*やたいち流のがあすこにもここにも見える。然し長蔵さんは毫《ごう》も支度《したく》をしそうにない。最前《さいぜん》の我多馬車《がたばしゃ》の時の様に「御前さん夕食《ゆうめし》を食うかね」とも聞いてくれない。その癖《くせ》自分と同じ様に、きょろきょろ両側に眼を配って何だか発見したい様な気色《けしき》がありありと見える。自分は今に長蔵さんが恰好《かっこう》な所を見附けて、晩食《ばんめし》をしたために自分を連れ込む事と自信して、気を永く辛抱《しんぼう》しながら、長い町を北へ北へと下って行った。

二十二

自分は空腹を自白《じはく》したが、倒れる程ひもじくは無かった。胃の中にはまだ先刻《さっき》の饅《まん》頭《じゅう》が多少残ってる様《よう》にも感ぜられた。だから歩けば歩かれる。ただ汽車を下りるや否《いな》や滅《め》り込《こ》みそうな精神が、真直《まっすぐ》な往来の真中《まんなか》に抛《ほう》り出されて、おやと眼を覚したら、山里の空気がひやりと、夕日の間《あいだ》から皮膚《ひふ》を冒《おか》して来たんで、心機一転の結果としてここに何か食って見たくなったんである。従って食わなければ食わないでも済む。長蔵さん何か食わしてくれませんかと云う程苦しくもなかった。然《しか》し何だか口が淋《さび》しいと見えて、しきりに縄暖簾《なわのれん》や、お煮〆《にしめ》や、御中食所《おちゅうじきどころ》が気にかかる。相手の長蔵さんが又申し合せた様に右左と覗き込むので、此方《こっち》は益《ますます》食意地《くいいじ》が張ってくる。自分はこの長い町を通りながら、自分等《じぶんら》に適当と思う程度の一膳《いちぜん》めし屋を遂《つい》に九軒まで勘定した。数えて九軒目に至ったら、さしもに長い宿《しゅく》はとうとう御仕舞《おしまい》になり掛けて、もう一町《ちょう》も行《ゆ》けば宿外《しゅくはず》れへ出抜《でぬ》けそうである。甚《はなは》だ心細かった。時に不図《ふと》右側を見ると、又酒めしと云う看板に逢《ほう》着《ちゃく》した。すると自分の心のうちにこれが最後だなと云う感じが起った。それが為《ため》か煤《すす》けた軒《のき》の腰障子《こししょうじ》に、肉太《にくふと》に認《したた》めた酒めし、御肴と云う文字《もんじ》が尤《もっと》も劇烈な印象を以て自分の頭に映じて来た。その映じた文字がいまだに消えない。酒の字でも、めしの字でも、御《お》肴《さかな》の字でもありあり見える。この様子では、いくら耄碌《もうろく》してもこの五字だけは、そっくりそのまま、紙の上に書く事が出来るだろう。

　自分が最後の酒、めし、御肴をしみじみ見ていると、不思議な事に長蔵さんも一生懸命に腰障子の方に眼をつけている。自分は流石頑強《さすがかんきょう》の長蔵さんも今度こそ食いに這入《はい》るに違《ちがい》なかろうと思った。所《ところ》が這入らない。その代りぴたりと留《とま》った。見ると腰障子の奥の方では何だか赤いものが動いている。長蔵さんの顔色を窺《うかが》うと、何でもこの赤いものを見詰《みつ》めているらしい。この赤いものは無論人間である。が長蔵さんが何故《なぜ》立ち留ってこの赤い人間を覗《のぞ》き込《こ》むのか、頓《とん》と自分には分らなかった。人間には違ないが、只薄暗く赤いばかりで、顔附《かおつき》などは無論判然《はんぜん》しやしない。がと思って、自分も不審かたがた立ち留っていると、やがて障子の奥から＊赤毛布《あかゲット》が飛び出した。いくら山里でも五月の空に毛布《ケット》は無用だろうと云う人があるかも知れないが、実際この男は赤毛布で身を堅めていた。その代り下には手織の＊単衣《ひとえもの》一枚だけしきゃ着ていないんだから、つまり〆《しめ》て見ると自分と大した相違はない事になる。尤《もっと》も単衣一枚で凌《しの》いでると云う事は、あとからの発見で、障子の影から飛び出した時には只赤いばかりであった。

するとと長蔵さんは、いきなり、この赤い男の傍《そば》へつかつか遣《や》って行って、

「お前さん、働く気はないかね」

と云った。自分が長蔵さんに捕《つら》まった時に聞かされた、第一の質問は矢張《やは》り「働く気はないかね」であったから、自分はおや又働かせる気かなと思って、少《すく》なからぬ興味の念に駆られながら二人を見物していた。その時この長蔵さんは、誰を見ても手頃な若い衆とさえ鑑定すれば、働く気はないかねと持ち掛ける男だと云う事を判然と覚った。つま

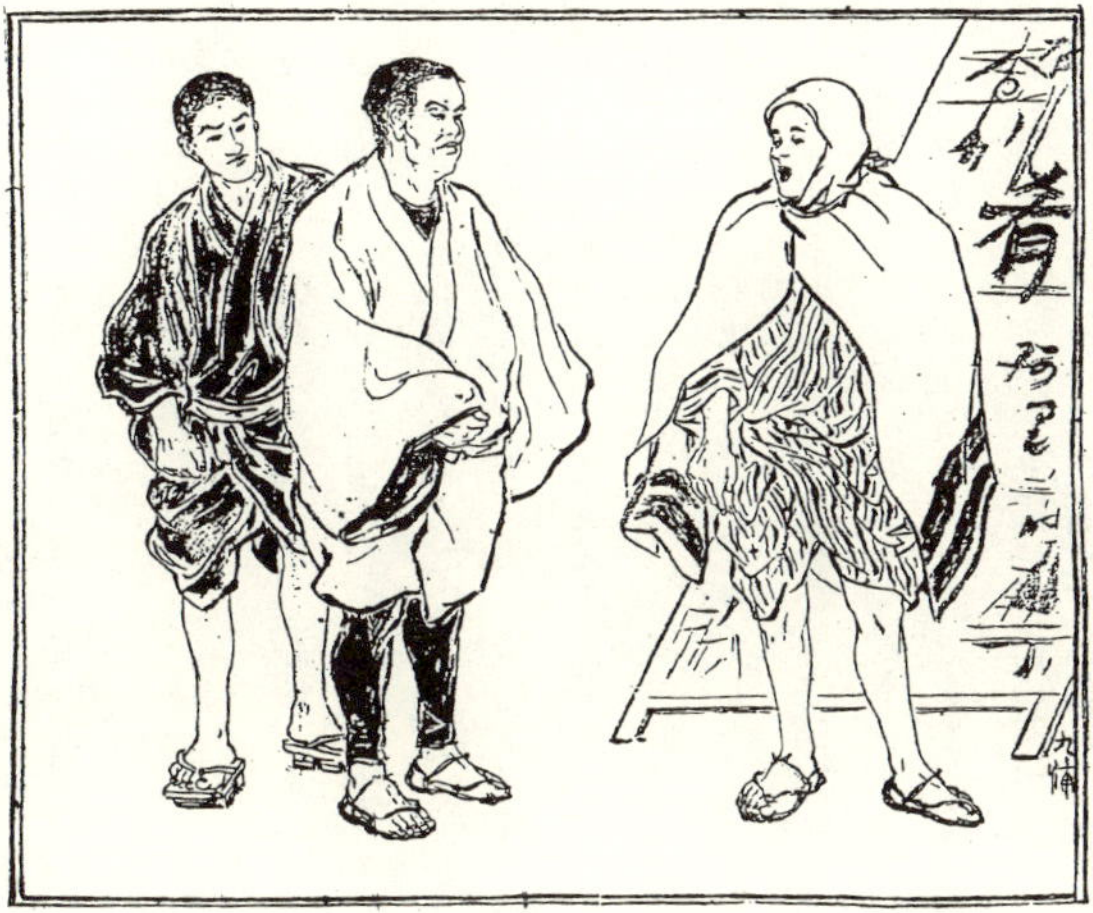

り長蔵さんは働かせる事を商売にするんで、決して自分一人を非常な適任者と認めて、それで坑夫に推挙した訳ではなかった。大方《おおかた》どこで、どんな人に、幾人《いくたり》逢おうとも、版行《はんこう》で押した様な口調で御前さん働く気はないかねを根気よく繰返し得《う》る男なんだろう。考えると、よくこんな商売を厭《あ》きもせず、長《なが》の歳月《としつき》遣られたものだ。長蔵さんだって、天性御前さん働く気はないかねに適した訳でもあるまい。矢《や》っ張《ば》り何かの事情已《やむ》を得ず御前さんを復習しているんだろう。こう思えば、まことに罪のない男である。要するに芸がないから外《ほか》の事は出来ないんだが、外の事が出来ないんだと意識して煩悶する気色《けしき》

もなく、自分でなくっちゃ御前さんをやり得る人間は天下広しといえども二人と有るまいと云う程の平気な顔で、やっている。

二十三

その当時自分にこれだけの長蔵観があったら大分面白かったろうが、何しろ魂に逃げだされ損なっている最中だったから、中々そんな余裕は出て来なかった。この長蔵観は当時の自分を他人と見做《みな》して、若い時の回想を紙の上に写す只今《ただいま》、始めて序《じょ》の節《せつ》に浮かんだのである。だから矢《や》ッ張《ぱ》り紙の上だけで消えてなくなるんだろう。然《しか》しその時その砌《みぎ》りの長蔵観と比較して見ると大分違ってる様だ。——

自分は長蔵さんと赤毛布《あかゲット》の立談《たちばなし》を聞きながら、自分は長蔵さんから毫《ごう》も人格を認められていなかったと云うことを見出《みいだ》した。——尤《もっと》も人格はこの際少し可笑《おか》しい。苟《いやし》くも東京を出奔《しゅっぽん》して坑夫にまでなり下がる者が人格を云々《うんぬん》するのは変梃《へんてこ》な矛盾である。それは自分も承知している。現に今筆を執《と》って人格と書き出したら、何となく馬鹿《ばか》気《げ》ていて、思わず噴《ふ》き出しそうになった位《くらい》である。自分の過去を顧《かえり》みて噴き出しそうになる今の身分を、昔と比べて見ると実に結構の至《いたり》であるが、その時は中々噴き出す所《どころ》の騒ぎではなかった。——長蔵さんは明《あきら》かに自分の人格を認めていなかった。

と云うのは、彼《か》れはこの酒、めし、御肴《おんさかな》の裏から飛び出した若い男を捕《つら》まえて、第二世《だいにせい》の自分である如く、全く同じ調子と、同じ態度と、同じ言語と、もっと立ち入って云えば、同じ熱心の程度を以《もっ》て、同じく坑夫になれと勧誘している。それを自分は何故《なぜ》だか少々怪《け》しからん様に考えた。その意味を今から説明して見ると、ざっとこんな訳なんだろう。――

坑夫は長蔵さんの云う如く頗《すこぶ》る結構な家業だとは、常識を質に入れた当時の自分にも尤《もっと》もと思い様がなかった。先《ま》ず牛から馬、馬から坑夫という位《くらい》の順だから、坑夫になるのは不名誉だと心得ていた。自慢にゃならないと覚《さと》っていた。だから坑夫の候補者が自分ばかりと思《おも》いの外《ほか》突然居酒屋の入口から赤毛布になって、あらわれ様とも別段神経を悩ます程の大事件じゃない位は分りきってる。然しこの赤毛布の取扱方《とりあつかいかた》が全然自分と同様であると、同様であると云う点に不平があるよりも、自分は全然赤毛布と一般な人間であると云う気になっちまう。取扱方の同様なのを延《ひ》き伸ばして行くと、つまり取り扱われるものが同様だからと云う妙な結論に到着してくる。自分はふらふらとそこへ到着していたと見える。長蔵さんが働かないかと談判しているのは赤毛布で、赤毛布は即《すなわ》ち自分である。何だか他人《ひと》が赤毛布を着て立ってる様には思われない。自分の魂が、自分を置き去りにして、赤毛布の中に飛び込んで、そうして長蔵さんから坑夫になれと談じつけられている。そこで、どうも情《なさけ》なくなっちまった。自分が直接に長蔵さんと応対している間《あいだ》は、人格も何も忘れているんだが、自分が赤毛布《あかゲット》になって、君儲《もう》かるんだぜと説得されている体裁《ていさい》を、自分が傍《わき》へ立って見た日には方《かた》なしである。自分は果《はた》してこんなものかと、少しく興《きょう》を醒《さ》まして赤毛布を、つらつら観察していた。所《ところ》が不思議にもこの赤毛布が又自分と同じ様な返事をする。被《かぶ》ってる赤毛布ばかりじゃない、心底から、この若い男は自分と同じ人間だった。そこで自分はつくづく詰まらないなと感じた。その上もう一つ詰らない事が重なったのは、長蔵さんが、にくにくしい程公平で、自分の方が赤毛布よりも坑夫に適していると云う所を少しも見せない。全く器械的にやっている。先口《せんくち》だから、もう少し此方《こっち》を贔屓《ひいき》にしたら好《よ》かろうと思う位であった。——これで見ると人間の虚栄心はどこまでも抜けないものだ。窮《きゅう》して坑夫になるとか、ならないとか云う切歯《せっぱ》詰《つま》った時でさえ自分はこれ程の虚栄心を有《も》っていた。泥棒に義理があったり、乞食《こじき》に礼式があるのも全くこの格なんだろう。——然しこの虚栄心の方は、自分即《すなわ》ち赤毛布であると云うことを自覚して、大《おおい》に詰らなくなったよりも、余程詰らなさ加減が少《すくな》かった。

二十四

自分が大に詰らなくなって、ぼんやり立っていると、二人の談判は見る間に片附いて仕舞《しま》った。これは必ずしも長蔵さんが事程左様《ことほどさよう》に上手《じょうず》だからと云う訳ではない。赤毛布《あかゲット》の方が事程左様に馬鹿だったからである。自分はこの男を一概に馬鹿と云うが、あながち、自分に比較して軽蔑《けいべつ》する気じゃ決してない。自分の当時は、長蔵さんの話をはいはい聞く点に於《お》て、すぐ坑夫になろうと承知する点に於て、その他《た》色々の点に於て、全くこの若い男と同等即《すなわ》ち馬鹿であったのである。もし強《し》いて違う所を詮議《せんぎ》したら赤毛布を被《かぶ》ってるのと絣《かすり》を着ているとの差違位《ちがいくらい》なものだろう。だから馬鹿と云うのは、自分と同じく気の毒な人と云う意味で、馬鹿のうちに少し位は同情の意を寓《ぐう》した積《つもり》である。

で、馬鹿が二人長蔵さんに尾《つ》いて一所《いっしょ》に銅山まで引っ張られる事になった。然《しか》るに自分が赤毛布と肩を並べて歩き出した時、不図《ふと》気が附いて見ると、さっきの詰まらない心持ちがもう消えていた。どうも人間の了見《りょうけん》程出たり引っ込んだりするものはない。有るんだなと安心していると、既《すで》にない。ないから大丈夫と思ってると、いや有る。有る様で、ない様でその正体はどこまで行っても捕《つら》まらない。その後《のち》去る温泉場《おんせんじょう》で退屈だから、宿の本を借りて読んで見たら色々下らない御経《おきょう》の文句が並べてあったなかに、心は三世《さんぜ》*にわたって不可得《ふかとく》なりとあった。三世にわたるなんてえのは、大袈裟《おおげさ》な法螺《ほら》だろうが、不可得と云うのは、こんな事を云うんじゃなかろうかと思う。尤《もっと》もある人が自分の話を聞いて、いやそれは念と云うもので心じゃないと反対した事がある。自分は孰《いず》れでも御《ご》随意《ずいい》だから黙っていた。こんな議論は全く余計な事だが、何故《なぜ》云いたくなるかというと、世間には大変利口な人物でありながら、全く人間の心を解《かい》していないものが大分《だいぶん》ある。心は固形体だから、去年も今年も虫さえ食わなければ大抵《たいてい》同じもんだろう位に考えているには弱らせられる。そうして、そう云う呑気《のんき》な料簡《りょうけん》で、人を自由に取り扱うの、教育するの、思う様にして見せるのと騒いでいるから驚いちまう。水だって流れりゃ返って来やしない。愚図愚図《ぐずぐず》していりゃ蒸発しちまう。

兎《と》に角《かく》この際は、赤毛布《あかゲット》と並んで歩き出した時、もう先刻《さっき》の詰《つま》らない考えが蒸発していたと云う事だけを記憶して置いて貰《もら》えばいい。――そうして吾《われ》ながら驚いたのは、どうも赤毛布と並んで歩くのが愉快《ゆかい》になって来た。尤《もっと》もこの男は茨城《いばらき》か何かの田舎《いなか》もので、鼻から逃げる妙な発音をする。芋《いも》の事を芋と訓《え》じたのはこれから先《さ》きの逸話《いつわ》に属するが、歩き出したてから、あんまり難有《ありがた》い音声ではなかった。その上顔が人並に出来ていなかった。この男に比べると角張《かくば》った顎《あご》の、厚唇《あつくちびる》の長蔵さんなどは威風堂々《いふうどうどう》たるものである。のみならず茨城の田舎を突《つ》っ走《ぱし》ったのみで、未《いま》だ曽《かつ》て東京の地《つち》を踏んだことがない。そうして、赤い毛布が妙に臭い。それにも拘《かかわ》らず自分はこの山里で、銅山行きの味方を得た様な心持ちがして嬉しかった。自分はどうせ捨てる身だけれども、一人で捨てるより道件《みちづれ》があって欲しい。一人で零落《おちぶれ》るのは二人で零落るのよりも淋《さび》しいもんだ。そう明《あか》らさまに申しては失礼に当るが、自分はこの男に就《つい》て何一つ好いてる所はなかったけれども、只一所《いっしょ》に零落てくれると云う点だけが難有《ありがた》いのでそれが為《ため》大いに愉快を感じた。それで歩き出すや否《いな》や、少し話もし掛けて見た位に、近しい仲となって仕舞った。これから推《お》して考えると、川で死ぬ時は、きっと船頭《せんどう》の一人や二人を引《ひ》き擦《ず》り込《こ》みたくなるに相違ない。もし死んでから地獄へでも行く様な事があったなら、人の居ない地獄よりも、必ず鬼の居る地獄を択《えら》ぶだろう。

二十五

そう云う訳で、忽《たちま》ち赤毛布《あかゲット》が好きになって、約一二町《ちょう》も歩いて来たら、又空腹を覚え出した。よく空腹を覚える様《よう》だが、これは前段の続きで決して新しい空腹ではない。順序を云うと、第一に精神が稀薄《きはく》になって、尤《もっと》も*刻下《こっか》感《かん》に乏《とぼ》しい時に汽車を下りたんで、次に真直《まっすぐ》な往来を真直に突き当りの山まで見下《みおろ》したもんだから漸《ようや》く正気づいたのは前申《まえ》した通りである。それが機縁になって、今度は食気《くいけ》が附いて、それから人格を認められていない事を認識して、甚《はなは》だ詰《つま》らなくなって、詰らなくなったと思ったら坑夫の同類が出来て、少しく頽勢《たいせい》を挽回《ばんかい》したと云う次第になる。だに因《よ》って又空腹に立ち戻ったと説明したら善《よ》く呑《の》み込《こ》めるだろう。さて空腹にはなったが、最後の一膳飯屋《いちぜんめしや》はもう通り越している。宿《しゅく》は既《すで》に尽きかかった。行《ゆ》く手《て》は暗い山道である。到底願《とうていねがい》は叶《かな》いそうもない。それに赤毛布《あかゲット》は今食ったばかりの腹だから、勇《いさ》ましくどんどん歩く。どうも、降参《こうさん》しちまった。そこで思い切って、最後の手段として長蔵さんに話しかけて見た。

「長蔵さん、これからあの山を越すんですか」

「あの取附《とりつき》の山かい。あれを越しちゃ大変だ。これから左へ切れるんさ」

と云ったなり又すたすた歩いて行く。どうも是非《ぜひ》に及ばない。

「まだ余《よ》ッ程《ぽど》あるんですか、僕は少し腹が減ったんだが」

と、とうとう空腹の由《よし》を自白した。すると長蔵さんは

「そうかい。芋《いも》でも食うべい」

と、云いながら、すぐさま、左側の芋屋へ飛び込んだ。よく約束した様に、そこん所《ところ》に芋屋があったもんだ。これを大袈裟《おおげさ》に云えば天佑《てんゆう》である。今でもこの時の上出来に行った有様《ありさま》を回顧《かいこ》すると、可笑《おか》しいばかりじゃない、嬉しい。尤《もっと》も東京の芋屋の様に奇麗《きれい》じゃなかった。殆《ほと》ど名状しがたい位に真黒《まっくろ》になった芋屋で、芋屋と云えば芋屋だが、芋専門じゃない。と云って芋の外《ほか》に何を売ってるんだったか、今は忘れちまった。食う方に気を取られ過ぎた所為《せい》かとも思う。

やがて長蔵さんは両手に芋を載せて、真黒な家《うち》から、のそりと出て来た。入れ物がないもんだから、両手を前へ出して、

「さあ、食った」

と云う。自分は眼前《がんぜん》に芋を突き附けられながら、ただ

「難有《ありがと》う」

と礼を述べて、芋を眺めていた。どの芋にしようかと考えた訳ではない。そんな選択を許す様な芋ではなかった。赤くって、黒くって、瘠《や》せていて、湿っぽそうで、それで所々皮が剝《は》げて、剝げた中《うち》から緑青《ろくしょう》を吹いた様な味《み》が出ている。どれに打《ぶ》つかったって大同小異《だいどうしょうい》である。そんなら一目《ひとめ》惨澹《さんたん》たるこの芋の光景に辟易《へきえき》して、手を出さなかったかと云うと、そうでもない。自分の胃の状況から察すると、芋中《いもちゅう》の穢多《えた》＊とも云わるべきこの御薩《おさつ》を快《こころ》よく賞翫《しょうがん》する食慾《しょくよく》は十分有《あ》った様に思う。然《しか》し「さあ、食った」と突き附けられた時は、何だかおびえた様な気分で、おいきたと手を出し損《そく》なった。これは大方《おおかた》「さあ、食った」の云い方が悪かったんだろう。

自分が芋を取らないのを見て、長蔵さんは、少々もどかしいと云う眼附《めつき》で、再び

「さあ」

と、例の顎《あご》で芋を指しながら、前へ出した手《て》頸《くび》を、食えと云う相図《あいず》に一寸《ちょっと》動かした。

よく考えて見ると、両手が芋で塞《ふさが》ってるんで、自分がどうかして遣《や》らないと、長蔵さんは、いくら芋が食いたくても、口へ持って行く事が出来ないんであった。じれたのも尤《もっと》もである。そこで自分は漸《ようや》く気がついて、二の腕で、変な曲線を描《えが》いて、右の手を芋まで持って行こうとすると、持って行く途中で、芋の方が一本ころころと往来の中へ落ちた。これはすぐさま赤毛布《あかゲット》が拾った。拾ったと思ったら、

「この芋《えも》は好芋《えええも》だ。おれが貰《もら》おう」

と云った。それでこの男は芋を芋《えも》と発音すると云う事が分った。

自分はこの時長蔵さんから、最初*に三本、あとから一本、〆《しめ》て五本、前後二回に受け取ったと記憶している。そうして、それを懐かしげに食いながら、いよいよ宿外《しゅくはず》れまで来ると又一事件《ひとじけん》起った。

二十六

宿《しゅく》の外れには橋がある。橋の下は谷川*で、青い水が流れている。自分はもう町が尽きるんだなとは思いながら、つい芋に心を奪われて、橋の上へ乗っかかるまでは川があるとも気がつかなかった。所《ところ》が急に水の音がするんで、おやと思うと橋へ出ている。川がある。水が流れている。——何だか馬鹿気《ばかげ》た話だが、事実に尤《もっと》も近い叙述をやろうとす

ると、まあ、こう書くのが一番適切だろう、こう書いて置く。決して小説家の弄《もてあそ》ぶ様《よう》な法螺《ほら》七分《しちぶ》の形容ではない。これが形容でないとするとその時の自分が如何《いか》に芋を旨《うま》がったかがおのずから分明《ぶんみょう》になる。さて水音に驚いて、欄干《らんかん》から下を見ると、音のするのは尤もで、川の中に大きな石が大分《だいぶん》ある。そうしてその形状《かっこう》が如何《いか》にも不作法に出来上って、あたかも水の通り道の邪魔になる様に寝たり、突っ立ったりしている。それへ水がやけに打《ぶ》つかる。しかもその水には勾配《こうばい》がついている。山から落ちた勢いを済《な》し崩《くず》しに持ち越して、追っ懸けられる様に跳《おど》って来る。だから川と云う様なものの、実は幅の広い瀑《たき》を*月賦《げっぷ》に引き延ばした位《くらい》なものである。従って水の少《すく》ない割には大変烈《はげ》しい。鼻っ端《はなっぱし》の強い江戸ッ子の様に無暗矢鱈《むやみやたら》に突っかかって来る。そうして白い泡を噴《ふ》いたり、青い飴《あめ》の様になったり、曲ったり、くねったりして下《しも》へ流れて行く。どうも非常に八釜《やかま》しい。時に日は段々暮れてくる。仰向《あおむ》いて見たが、日向《ひなた》は何処《どこ》にも見えない。只《ただ》日の落ちた方角がぼうっと明るくなって、その明かるい空を脊負《しょ》ってる山だけが目立って蒼黒《あおぐろ》くなって来た。時は五月だけれども寒いもんだ。この水音だけでも夏とは思われない。況《ま》して入日《いりひ》を背中から浴びて、正面は陰になった山の色と来たら、——ありゃ全体何と云う色だろう。只形容するだけなら紫でも黒でも蒼でも構わないんだが、あの色の気持を書こうとすると駄目《だめ》だ。何でもあの山が、今に動き出して、自分の頭の上へ来て、どっと圧《お》っ被《かぶ》さるんじゃあるまいかと感じた。それで寒いんだろう。実際今から一時間か二時間のうちには、自分の左右前後四方八方悉《ことごと》く、あの山の様な気味のわるい色になって、自分も長蔵さんも茨城県も、全く世界一色《いっしき》の内に裹《つつ》まれて仕舞《しま》うに違《ちがい》ないと云う事を、それとはなく意識して、一二時間後に起る全体の色を、一二時間前に、入日の方《かた》の局部の色として認めたから、局部から全体を唆《そその》かされて、今にあの山の色が広がるんだなと、どっかで虫が知らせた為《ため》に、山の方が動き出して頭の上へ圧っ被さるんじゃあるまいかと云う気を起したんだなと――自分は今机の前で解剖《かいぼう》して見た。閑《ひま》があると兎角《とかく》余計な事がしたくなって困る。その時は只《ただ》寒いばかりであった。傍《そば》に居る茨城県の毛布《ケット》が羨《うらや》ましくなって来た位であった。

するとの向《むこう》うから――向たって突き当りが山で、左右が林だから、人家《じんか》なんぞは一軒もありゃしない。――実際自分はこう突然人家が尽きて仕舞《しま》おうとは、自分が自分の足で橋板を踏むまでは思いも寄らなかったのである。――その淋《さむ》しい山の方から、小僧が一人やって来た。年は十三四位で、*冷飯草履《ひやめしぞうり》を穿《は》いている。顔は始めのうちはよく分らなかったが、何しろ薄暗い林の中を、少し明るく通り抜けてる石ころ路《みち》を、たった一人して此方《こっち》へひょこひょこ歩いて来る。どこから、どうして現れたんだか分らない。木下闇《したやみ》の一本路が一二丁《ちょう》先で、ぐるりと廻《まわ》り込《こ》んで、先が見えないから、不意に姿を出したり、隠したりする様な仕掛《しかけ》に出来てるのかも知れないが、何しろ時が時、場所が場所だから、一寸《ちょっと》驚いた。自分は四本目の芋を口へ宛《あて》がったなり、顎《あご》を動かす事を忘れて、この小僧を少時《しばらく》の間《あいだ》眺めていた。尤《もっと》も少時と云ったって、僅《わず》か二十秒位なものである。芋はそれからすぐに食い始めたに違いない。

二十七

小僧の方では、自分等《ら》を見て、驚いたか驚かないか、その辺はしかと確《たしか》められないが、何しろ遠慮なく近附《ちかづ》いて来た。五六間《けん》の此方《こっち》から見ると頭の丸い、顔の丸い、鼻の丸い、いずれも丸く出来上った小僧である。品質から云うと赤毛布《あかゲット》よりもずっと上製である。自分等が三人並んで橋向うの小路《こみち》を塞《ふさ》いでいるのを、頓《とん》と苦にならない様子で通り抜け様《よう》とする。頗《すこぶ》る平気な態度であった。すると長蔵さんが、又、

「おい、小僧さん」

と呼び留《と》めた。小僧は臆《おく》した気色《けしき》もなく、

「なんだ」

と答えた。ぴたりと踏み留《とま》った。その度胸には自分も少々驚いた。さすがこの日暮《ひくれ》に山から一人で降りて来るがものはある。自分などがこの小僧の年輩の頃は夜青山*の墓地

を抜けるのが聊《いささ》か苦になったものだ。中々えらいと感心していると、長蔵さんは、

「芋を食わないかね」

と云いながら、食い残しを、気前よく、二本、小僧の鼻の前《さき》に出した。すると小僧は忽《たちま》ち二本とも引ったくる様に受け取って、難有《ありがと》うとも何とも云わず、すぐその一本を食い始めた。この手っ取り早い行動を熟視した自分は、成程《なるほど》山から一人で下りてくるだけあって自分とは少々訳《わけ》が違うなと、又感心しちまった。それとも知らぬ小僧は無我無心《むがむしん》に芋を食っている。しかも頰張《ほおばっ》た奴を、唾液《つばき》も交《ま》ぜずに、無暗《むやみ》に呑《の》み下《くだ》すので、咽喉《のど》が、ぐいぐいと鳴る様に思われた。もう少し落ち附いて食う方が楽だろうと心配するにも拘《かかわ》らず、当人は、傍《はた》で見る程苦しくはないと云わんばかりにぐいぐい食う。芋だから無論堅いも

んじゃない。いくら鵜呑《うのみ》にしたって咽喉に傷の出来っ子はあるまいが、その代《かわ》り咽喉が一杯に塞《ふさ》がって、芋が食道を通り越すまでは呼息《いき》の詰《つま》る恐れがある。それを小僧は一向苦にしない。今咽喉がぐいと動いたかと思うと、又ぐいと動く。後の芋が、前《さき》の芋を追っ懸けてぐいぐい胃の腑《ふ》へ落ち込んで行く様だ。二本の芋は、随分《ずいぶん》大きな奴だったが、これが為《ため》忽ち見る間に無くなって仕舞《しま》った。そうして、小僧は遂《つい》に何等《なんら》の異状もなかった。自分等三人は何にも云わずに、三方から、この小僧の芋を食う所を見ていたが、三人共《とも》、食って仕舞うまで、一句も言葉を交わさなかった。自分は腹の中《うち》で少しは可笑《おか》しいと思った。然《しか》し何となく憐《あわ》れだった。これは単に同情の念ばかりではない。自分が空腹になって、長蔵さんに芋をねだったのは、つい、今しがたで、餓《ひも》じい記憶は気の毒な程近くにあるのに、この小僧の食い方は、自分より二三層倍《ぞうばい》餓じそうに見えたからである。そこへ持って来て、長蔵さんが、

「旨《う》まかったか」

と聞いた。自分は芋へ手を出さない先から難有うと礼を述べた位だから、食ったあとの小僧は無論何とか云うだろうと思っていたら、小僧は生憎《あやにく》何とも云わない。黙って立っている。そうして暮れかかる山の方を見た。後から分ったがこの小僧は全く野生で、丸《まる》で礼を云う事を知らないんだった。それが分ってからは左程《さほど》にも思わなかったが、こ

の時は何だ顔に似合わない無愛嬌《ぶあいきょう》な奴だなと思った。然《しか》しその丸い顔を半分傾《かたぶ》けて、高い山の黒ずんで行く天辺《てっぺん》を妙に眺めた時は、又可愛想《かあいそう》になった。それから又少し物騒《ぶっそう》になった。何故《なぜ》物騒になったんだかは一寸《ちょっと》疑問である。小さい小僧と、高い山と、夕暮と山の宿《しゅく》とが、何か深い因縁《いんねん》で互《たがい》に持ち合ってるのかも知れない。詩だの文章だのと云うものは、あんまり読んだ事がないが、恐らくこんな因縁に勿体《もったい》をつけて書くもんじゃないかしら。そうすると妙な所で詩を拾ったり、文章に打《ぶ》つかったりするもんだ。自分はこの永年方々《ながねんほうぼう》を流浪してあるいて、折々こんな因縁に出っ食わして我ながら変に感じた事が時々ある。――然しそれも落ちついて考えると、大概解《と》けるに違《ちがい》ない。この小僧なんか矢《や》っ張《ぱ》り子供の時に聞いた、山*から小僧が飛んで来たが化け損《そく》なった所位《とこくらい》だろう。それ以上は余計な事だから考えずに置く。何《なん》しろ小僧は妙な顔をして、黒い山の天辺を眺めていた。

二十八

すると長蔵さんが又聞き出した。

「御前《おまえ》、何所《どこ》へ行《ゆ》くかね」

小僧は忽《たちま》ち黒い山から眼を離して、

「何所へも行きゃあしねえ」

と答えた。顔に似合わず頗《すこぶ》る無愛想である。長蔵さんは平気なもんで、

「じゃ何所へ帰るかね」

と、聞き直した。小僧も平気なもんで、

「何処《どこ》へも帰りゃしねえ」

と云ってる。自分はこの問答を聞きながら、益《ますます》物騒な感じがした。この小僧は宿無《やどなし》に違《ちがい》ないんだが、こんなに小さい、こんなに淋《さむ》しいそうして、こんなに度胸の据《すわ》った宿無を、今まで曽《かつ》て想像した事がないものだから、宿無とは知りながら、只《ただ》の宿無に附属する憐《あわ》れとか気の毒とかの念慮よりも、物騒の方が自然勢力を得た次第である。尤《もっと》も長蔵さんにはそんな感じは少しも起らなかったらしい。長蔵さんは、この小僧が宿無か宿無でないかを突き留めさえすれば、それで沢山《たくさん》だったんだろう。どこへも行かない、又どこへも帰らない小僧に向って、

「じゃ、おいらと一所《いっしょ》に御出《おいで》。御金《おかね》を儲《もう》けさしてやるから」

と云うと、小僧は考えもせず、すぐ、

「うん」

と承知した。赤毛布《あかゲット》と云い、小僧と云い、実に面白い様に早く話が纏《まと》まって仕舞《しま》うに

は驚いた。人間もこれ位《くらい》単簡《たんかん》に出来ていたら、御互《おたがい》に世話はなかろう。然《しか》しそう云う自分がこの赤毛布《あかゲット》にもこの小僧にも遜《ゆず》らない尤《もっと》も世話のかからない一人であったんだから妙なもんだ。自分はこの小僧の安受合《やすうけあい》を見て、少《すく》からず驚くと共《とも》に、天下には自分の様に右へでも左へでも誘われ次第、好《よ》い加減《かげん》に、ふわつきながら、流れて行くものが大分《だいぶん》あるんだと云う事に気が附いた。東京に居《お》るときは、目眩《めまぐるし》い程《ほど》人が動いていても、動きながら、みんな根が生えてるんで、たまたま根が抜けて動き出したのは、天下広しといえども、自分だけであろう位で、千住《せんじゅ》から尻を端折《はしょ》って歩き出した。だから心細さも人一倍であったが、この宿《しゅく》で、はからずも赤毛布を手に入れた。赤毛布を手に入れてから、二十分と立たないうちに又この小僧を手に入れた。そうして二人とも自分よりは遥《はるか》に根が抜けている。こう続々同志が出来てくると、行く先は山だろうが、河だろうが、あまり苦にはならない。自分は幸か不幸か、中《ちゅう》以上の家庭に生れて、昨日の午後九時までは申し分のない坊《ぼっ》ちゃんとして生活していた。煩悶《はんもん》も坊ちゃんとしての煩悶であったのは勿論《もちろん》だが、煩悶の極《きょく》試みたこの駆落《かけおち》も、矢《や》っ張《ぱ》り坊ちゃんとしての駆落であった。去《さ》ればこそ、この駆落に対して、不相当に勿体《もったい》ぶった意味をつけて、難有《ありがた》がらないまでも、一生の大事件の様に考えていた。生死《しょうし》の分《わか》れ路《みち》の様に考えていた。と云うものは坊ちゃんの眼で見渡した世の中には、駆落をしたものは一人もない。――たまにあれば新聞にあるばかりである。所《ところ》が新聞では駆落が平面になって、一枚の紙に浮いて出るだけで、云わば*あぶり出しの駆落だから、食べたって身にはならない。あたかも別世界から、*電話がかかった様なもので、はあ、はあ、と聞いてる分の事である。だから本当の意味で切実な駆落をするのは自分だけだと云う難有味《ありがたみ》がつけ加わってくる。尤《もっと》も自分はただ煩悶して、ただ駆落をしたまでで、詩とか美文とか云うものを、あんまり読んだ事がないから、自分の境遇の苦しさ悲しさを一部の小説と見立てて、それから自分でこの小説の中を縦横《じゅうおう》に飛《と》び廻《まわ》って、大いに苦しがったり、又大《おおい》に悲しがったりして、そうして同時に自分の惨状《さんじょう》を局外から自分と観察して、どうも詩的だなどと感心する程なませた考えは少しもなかった。自分が自分の駆落に不相当な有難味を附けたと云うのは、自分の不経験からして、左《さ》程《ほど》大袈裟《おおげさ》に考えないでも済む事を、さも仰山《ぎょうさん》に買い被《かぶ》って、独《ひと》りでどぎまぎしていた事実を指すのである。然《しか》るにこのどぎまぎが赤毛布に逢い、小僧に逢って、両人《ふたり》の平然たる態度を見ると共《とも》に、何時《いつ》の間《ま》にやら薄らいだのは、矢張《やっぱり》経験の賜《たまもの》である。白状すると当時の赤毛布でも当時の小僧でも、当時の自分より余《よ》っ程《ぽど》偉かった様だ。

二十九

こう手もなく赤毛布《あかゲット》がかかる。小僧がかかる。そう云う自分も、たわいもなく攻め落された事実を綜合《そうごう》して考えて見ると、成程《なるほど》長蔵さんの商売も、満更《まんざら》*待ち草臥《くたびれ》の骨折損《ほねおりぞん》となる訳でもなかった。坑夫になれますよ、はあ、なれますか、じゃなりましょうと二つ返事で承知する馬鹿は、天下広しといえども、尻端折《しりばしょり》で夜逃《よにげ》をした自分位《くらい》と思っていた。従って長蔵さんの様な気楽な商売は日本にたった一人あれば沢山《たくさん》でしかもその一人が、まぐれ当りに自分に廻《めぐ》り合《あわ》せると云う運勢を以《もっ》て生れて来なくっちゃ、とても商売にならない筈《はず》だ。だから*大川端《おおかわばた》で眼の下三尺《じゃく》の鯉《こい》を釣るよりも余《よ》っ程《ぽど》の根気仕事だと、始めから腰を据えてかかるのが当然なんだが、長蔵さんは頓《とん》とそんな自覚は無用だと云わぬばかりの顔をして、これが世間尤《もっと》も普通の商売であると社会から公認された様な態度で、わるびれずに往来の男を捉《つら》まえる。するとその捉まえられた男が、不思議な事に、一も二もなく、すぐにうんと云う。何となくこれが世間尤も普通の商売じゃあるまいかと疑念を起す様に成功する。これ程成功する商売なら、日本に一人じゃとても間に合わない、幾人《いくたり》あっても差支《さしつかえ》ないと云う気になる。——当人は無論そう思ってるんだろう。自分もそう思った。

この呑気《のんき》な長蔵さんと、更《さら》に呑気な小僧に赤毛布と、それから見様見真似《みようみまね》で、大いに呑気になりかけた自分と、都合四人で橋向うの小路《こみち》を左へ切れた。これから川に沿《つ》いて登りになるんだから、気を附けるが好《い》いと云う注意を受けた。自分は今芋を食ったばかりだから、もう空腹じゃない。足は昨夕《ゆうべ》から歩き続けで草臥《くたび》れてはいるが、あるけばまだ歩ける。そこで注意の通り、成るべく気を附けて、長蔵さんと赤毛布の後を跟《つ》けて行った。路があまり広くないので四人《よったり》は一行《ぎょう》に並べない。だから後を跟ける事にした。小僧は小さいからこれも一足後《ひとあしおく》れて、自分と摺々《すれすれ》位になって食っ附いてくる。

自分は腹が重いのと、足が重いのとの両方で、口を利くのが厭《いや》になった。長蔵さんも橋を渡ってから以後頓《とん》と御前《おまえ》さんを使わなくなった。赤毛布はさっき一膳飯屋《いちぜんめしや》の前で談判をした時から、余り多弁ではなかったが、どう云うものかここに至って益《ますます》無口となっちまった。小僧の無口は更《さら》に甚《はなは》だしかった。穿《は》いている冷飯草履《ひやめしぞうり》がぴちゃぴちゃ鳴るばかりである。

こう、みんな黙って仕舞《しま》うと、山路《やまみち》は静かなものである。ことに夜だからなお淋《さび》しい。夜と云ったって、まだ日が落ちたばかりだから、歩いてる道だけはどうか、こうか分る。左手を落ちて行く水が、気の所為《せい》か、少しずつ光って見える。尤《もっと》もきらきら光るんじゃない。なんだか、どす黒く動く所が光る様に見えるだけだ。岩にあたって砕ける所は比較的判然《はっきり》と白くなっている。そうしてその声がさあさあと絶え間なくする。中々八ケ釜《やかま》しい。それで中々淋しい。

その中《うち》細い道が少しずつ、上《のぼ》りになる様な気持がしだした。上りだけならこの位な事はそう骨は折れないんだが、路が何だか凸凹《でこぼこ》する。岩の根が川の底から続いて来て、急に地面の上へ出たり、引っ込んだりするんだろう。この凸凹に下駄を突っ掛ける。烈《はげ》しいときは内臓が飛び上がる様になる。大分《だいぶ》難義になって来た。長蔵さんと赤毛布は山路《やまみち》に馴《な》れていると見えて、よくも見えない木下闇《こしたやみ》を、すたすた調子よくあるいて行く。これは仕方がないが、小僧が——この小僧は実際物騒《ぶっそう》である。冷飯草履をぴしゃぴしゃ云わして、暗い凸凹を平気に飛び越して行く。しかも全く無言である。昼間なら左程《さほど》にも思わないんだが、この際だから、薄暗い中でぴしゃりぴしゃりと草履の尻の鳴るのが気になる。何だか蝙蝠《こうもり》と一所に歩いてる様だ。

三十

そのうち路が段々登りになる。川はいつしか遠くなる。呼息《いき》が切れる。凸凹《でこぼこ》は益《ます》烈《ます》しくなる。耳があんと鳴って来た。これが駆落《かけおち》でなくって、遠足なら、よほど前から、何とか文句をならべるんだが、根が自殺の仕損《しそくな》いから起った自滅の第一着《だいいっちゃく》なんだから、苦しくっても、辛《つら》くっても、誰に難題を持ち掛ける訳にも行《ゆ》かない。相手は誰だと云えば、自分より外《ほか》に誰も居やしない。よし居たって、こだわるだけの勇気はない。その上先方《さき》は相手になってくれない程平気である。すたすた歩いて行く。口さえ利かない。丸《まる》で取附端《とっつきは》がない。已《やむ》を得ず呼息《いき》を切らして、耳をがあんと鳴らして、黙って後から神《しん》妙《びょう》に尾《つ》いて行く。神妙と云う字は子供の時から覚えていたんだが、神妙の意味を悟ったのはこの時が始めてである。尤《もっと》もこれが悟り始めの悟り仕舞《じまい》だと笑い話にもなるが、一度悟り出したら、その悟りが大分《だいぶ》長い事継《つづ》いて、ついに鉱山の中で絶高頂に達して仕舞った。神妙の極《きょく》に達すると出るべき涙さえ遠慮して出ない様になる。涙がこぼれる程だと譬《たとえ》に云うが、涙が出る位なら安心なものだ。涙が出るうちは笑う事も出来るに極《きま》ってる。

不思議な事にこれ程神妙にあてられたものが、今はけろりとして、一切神妙気《しんびょうげ》を出さないのみか、人からは横着者《おうちゃくもの》の様に思われている。その時御世話になった長蔵さんから見たら、定《さだ》めし増長《ぞうちょう》した野郎だと思う事だろう。が又今の朋友から評すると、昔は気の毒だったと云ってくれるかも知れない。増長したにしても気の毒だったにしても構わない。昔は神妙で今は横着なのが天然自然の状態である。人間はこう出来てるんだから致し方がない。夏になっても冬の心を忘れずに、ぶるぶる悸《ふる》えていろったって出来ない相談である。病気で熱の出た時、牛肉を食わなかったから、もう生涯ロースの鍋へ箸《はし》を着けちゃならんぞと云う命令はどんな御大名《おだいみょう》だって無理だ。咽喉元《のどもと》過ぐれば熱さを忘れると云って、よく、忘れては怪《け》しからん様に持ち掛けてくるが、あれは忘れる方が当り前で、忘れない方が嘘《うそ》である。こう云うと詭弁《きべん》の様に聞えるが、詭弁でもなんでもない。正直正銘《しょうじきしょうめい》の所を云うんである。一体人間は、自分を四角張った不変体の様に思い込み過ぎて困る様に思う。周囲の状況なんて事を眼中に置かないで、平押《ひらおし》に他人《ひと》を圧《お》し附《つ》けたがる事が大分ある。他人なら理窟《りくつ》も立つが、自分で自分をきゅきゅう云う目に逢わせて嬉しがってるのは聞えない様だ。そう一本調子にしようとすると、立体世界を逃げて、平面国へでも行かなければならない始末が出来てくる。無暗《むやみ》に他人の不信とか不義とか変心とかを咎《とが》めて、万事万端向うがわるい様に噪《さわ》ぎ立てるのは、みんな平面国に籍を置いて、*活版に印刷した心を眺《にら》んで、旗を揚《あ》げる人達である。御嬢さん、坊っちゃん、学者、世間見ず、御大名、にはこんなのが多くて、話が分り悪《にく》くって、困るもんだ。自分もあの時駆落《かけおち》をしずに、可愛らしい坊ちゃんとして大人しく成人したなら、――自分の心の始終動いているのも知らずに、動かないもんだ、変らないもんだ、変っちゃ大変だ、罪悪だなどとくよくよ思って、年を取ったら――只《ただ》学問をして、月給を貰《もら》って、平和な家庭と、尋常な友達に満足して、内省《ないせい》の工夫を必要と感ずるに至らなかったら、又内省が出来る程の心機転換の活作用に見参《げんざん》しなかったならば——あらゆる苦痛と、あらゆる窮迫《きゅうはく》と、あらゆる流転《るてん》と、あらゆる漂泊《ひょうはく》と、困憊《こんぱい》と、懊悩《おうのう》と、得喪《とくそう》と、利害とより得たこの経験と、最後にこの経験を尤も公明に解剖《かいぼう》して、解剖したる一々を、一々に批判し去る能力がなかったなら——難有《ありがた》い事に自分はこの至大《しだい》なる賚《たまもの》を有《も》っている、——凡《すべ》てこれ等《ら》がなかったならば、自分はこんな思い切った事を云《い》やしない。いくら思い切った事を云ったって自慢にゃならない。ただこの通りだからこの通りだと云うまでである。その代り昔し神妙《しんびょう》なものが、今横着《おうちゃく》になる位だから、今の横着がいつ何時《なんどき》又神妙にならんとは限らない。——抜けそうな足を棒の様に立てて聴くと、がんと鳴ってる耳の中へ、遠くからさあさあ水音が這入《はい》ってくる。自分は益《ますます》神妙になった。

三十一

この状態で大分《だいぶ》来た。何里《なんり》だか見当のつかない程来た。夜道だから平生《へいぜい》よりは、只《ただ》でさえ長く思われる上へ持ってきて、凸凹《でこぼこ》の登りを膨《ふくら》っ脛《ぱぎ》が腫《は》れて、膝頭《ひざがしら》の骨と骨が擦《す》れ合って、股《もも》が地面《じびた》へ落ちそうに歩くんだから、長いの、長くないのって——それでも、生きてる証拠には、どうか、こうか、長蔵さんの尻を五六間《けん》と離れずに、遣《や》って来た。これはただ神妙に自己を没却《ぼっきゃく》した諦《あきらめ》の体《てい》たらくから生じた結果ではない。五六間以上後《おく》れると、長蔵さんが、振り返って五六歩ずつは待合《まちあわ》してくれるから、仕方なしに追い附くと、追い附かない先に向《むこ》うは又歩き出すんで、已《やむ》を得《え》ずだらだら、ちびちびに自己を奮興《ふんこう》させた成行《なりゆき》に過ぎない。それにしても長蔵さんは、よく後《うしろ》が見えたもんだ。ことに夜中《やちゅう》である。右も左も黒い木が空を見事に突っ切って、頭の上は細く上まで開《あい》ているなと、仰向《あおむ》いた時、始めて勘づく位《くらい》な暗い路《みち》である。星明《ほしあか》りと云うけれど、あまり便《たより》にゃならない。提灯《ちょうちん》なんか無論持ち合せ様筈《ようはず》がない。自分の方から云うと、先へ行《ゆ》く赤毛布《あかケット》が目標《めあて》である。夜だから赤くは見えないが、何だか赤毛布らしく思われる。明るいうちから、あの毛布《ケット》、あの毛布と御題目《おだいもく》の様に見詰めて覘《ねらい》を附けて来たせいで、日が暮れて、突然の眼には毛布だか何だか分らない所を、自分だけにはちゃんと赤毛布に見えるんだろう。信心の功徳《くどく》なんてえのは大方《おおかた》こんな所から出るに違《ちがい》ない。自分はこう云う訳で、どうにか目標《めじるし》だけは附けて置いた様なものの、長蔵さんに至っては、どの位あとから自分が跟《つ》いてくるか分り様がない。所《ところ》をちゃんと五六間以上になると留《と》まってくれる。留まってくれるんだか、留まる方が向うの勝手なんだか判然《はんぜん》しないが、兎《と》に角《かく》留まることは慥《たしか》だった。到底素人《とうていしろうと》にゃ出来ない芸である。自分は苦しいうちにも、これが長蔵さんの商売に必要な芸で、長蔵さんはこの芸を長い間練習して、これまでに仕上げたんだなと、少《すく》なからず感心した。赤毛布は長蔵さんと並んでいるんだから、長蔵さんさえ留まればきっととまる。長蔵さんが歩き出せば必ず歩き出す。丸《まる》で人形の様に活動する男であった。ややともすると後れ勝《が》ちの自分よりはこの赤毛布の方が遥《はるか》に取り扱い易《やす》かったに違《ちが》いない。小僧は――例の小僧は消えて無くなっちまった。始めのうちこそ小僧だから後《あと》になるんだろうと思って、草臥《くたび》れたら励ましてやろう位の了簡《りょうけん》があったんだが、かの冷《ひや》飯草履《めしぞうり》をぴしゃりぴしゃりと鳴《な》らしながら凸凹路《でこぼこみち》を飛《と》び跳《は》ねて進行する有様《ありさま》を目撃してから、こりゃ敵《かな》わないと覚悟をしたのは、余程《よっぽど》前の事である。それでも暫《しば》らくの間はぴしゃりぴしゃりが自分の袖と擦《す》れ擦れ位になって、登って来たが、今じゃもう自分の近所にゃ影さえなくなった。並んで歩くうちは、あまり小僧の癖に活潑《かっぱつ》にあるくんで――活潑だけならいいが、活潑の上に非常に沈黙なんで――、随分物騒《ずいぶんぶっそう》な心持ちだった。もし笑うなら、極めて小さくって、非常に活潑で、そうして口を利かない動物を想像して見ると分る。滅多《めった》にありゃしない。こんな動物と一所に夜道を山越《やまごえ》をしたとすると、誰だって物騒な気持になる。自分はこの時この小僧の事を今考えても、妙な感じが出て来る。さっき蝙蝠《こうもり》の様だと云ったが、全く蝙蝠だ。長蔵さんと赤毛布がいたから、好《よ》い様なものの、蝙蝠とたった二人限《ぎり》だったら――正直な所降参する。

三十二

すると長蔵さんが、暗闇《くらやみ》の中で急に、

「おおい」

と声を揚《あ》げた。淋《さむ》しい夜道で、急に人声《ひとごえ》を聞いた人があるかないか知らないが、聞いて見ると一寸《ちょっとい》異な感じのするものだ。それも普通の話し声なら、まだ好《い》いが、おおいと人を呼ぶ奴は気味がよくない。山路《やまみち》で、黒闇《くらやみ》で、人っ子一人通らなくって、御負《おまけ》に蝙蝠《こうもり》なんぞと道伴《みちづれ》になって、いとど物騒な虚《きょ》に乗じて、長蔵さんが事ありげに声を揚げたんである。事のあるべき筈《はず》でない時で、しかも事がありかねまじき場所でおおいと来たんだから、突然と予期が合体して、自分の頭に妙な響《ひびき》を与えた。この声が自分を呼んだんなら、何か起ったなとびくんとするだけで済むんだが、五六間後《うしろ》から行《ゆ》く自分の注意を惹《ひ》く為《ため》とは受取れない程大きかった。且《かつ》声の伝わって行く方角が違う。此方《こっち》を向いた声じゃない。おおいと右左《みぎひだ》りに当ったが、立ち木に遮《さえぎ》られて、細い道を向うの方へ遠く逃げのびて、遥《はるか》の先でおおいと云う反響があった。反響は慥《たしか》にあったが、返事はない様だ。すると長蔵さんは、前より一層大きな声を出して、

「小僧やあ」

と呼んだ。今考えると、名前も知らないで、小僧やあと呼ぶなんて少しとぼけているがその時は中々《なかなか》とぼけちゃいなかった。自分はこの声を聞くと同時に、蝙蝠が隠れたんだなと気がついた。先へ行ったと思うのが当り前で、まかり間違っても逃げたと鑑定をつけべき筈だのに、隠れたんだとすぐ胸先《むなさき》へ浮んで来たのは、余《よ》っ程《ぼど》蝙蝠に祟《たた》られていたに違ない。この祟《たたり》は翌朝《あした》になって太陽が出たらすっかり消えて仕舞《しま》って、自分で自分を何て馬鹿だろうと思った位だが、実際小僧やあの呼び声を聞いた時は、一寸烈敷《ちょっとはげしく》来た。

所《ところ》が又反響が例の如く向うへ延びて、突き当りがないもんだから、人魂《ひとだま》の尻尾《しっぽ》の様に、幽《かす》かに消えて、その反動か、有らん限りの木も山も谷もしんと静まった時、――何とも返事がない。この反響が心細く継続《つながり》ながら消えて行く間《あいだ》、消えてから、凡《すべ》ての世界がしんと静まり返るまで、長蔵さんと赤毛布《あかゲット》と自分と三人が、暗闇に鼻を突き合せて黙って立っていた。あんまり好《い》い心持ちじゃなかった。やがて、長蔵さんが、

「少し急いだら、追《お》っ附《つ》くべえ。御前《おまえ》さん好《い》いかね」

と云った。無論好《よ》くはないが、仕方がないから承知をして、急ぎ出した。元来この場に臨んで急ぐなんて生意気な事が出来る筈がないんだが、そこが妙なもので、急ぐ気も、急ぐ力もない癖に受合っちまった。定《さだ》めし変な顔をして受合ったんだろうが、受合ったら急げても、急げないでも無茶苦茶に急いで仕舞った。この間はどこをどんな具合に通

ったか、まあ断然知らないと云った方が穏当だろう。やがて長蔵さんがぴたりと留《とま》ったんで、不図《ふと》気がついた。すると一《ひと》つ家《や》の前へ出ている。ランプが点《つ》いている。ランプの灯《ひ》が往来へ映っている。はっと嬉しかった。赤毛布《あかゲット》がありあり見える。そうして小僧もいる。小僧の影が往来を横に切って向うの谷へ折れ込んでいる。小僧にしては長い影だ。

自分はこんな所に人の住む家があろうとは丸で思いがけなかったし、その上眼がくらんで、耳が鳴って、夢中に急いで、どこまで急ぐんだかあてても希望もなく遣《や》って来て、ぴたりと留まるや否《いな》や、ランプの灯がまぶしい様に眼に這入《はい》って来たんだから、驚いた。驚くと共《とも》にランプの灯は人間らしいものだとつくづく感心した。ランプがこんなに難有《ありがた》かった事は今日《こんにち》までまだ曽《かつ》てない。後から聞いたら小僧はこのランプの灯まで抜《ぬ》け掛《がけ》をして、そこで自分達を待ってたんだそうだ。おおいと云う声も小僧やあと云う声も聞えたんだが返事をしなかったと云う話しだ。偉い奴だ。

三十三

同勢《どうぜい》はこれで漸《よう》く揃《そろ》ったが、この先どうなる事だろうと思いながら、相変らず神妙《しんびょう》にしていると、長蔵さんは自分達を路傍《みちばた》に置きっ放しにして、一人で家《うち》の中へ這入《はい》って行った。仕方がないから家と云うが、実の所は、家じゃ勿体《もったい》ない。牛さえいれば牛小屋で馬さえ断《な》けば馬小屋だ。何でも*草鞋《わらじ》を売る所らしい。壁と草鞋とランプの外《ほか》に何にもないから、自分はそう鑑定した。間口《まぐち》は一間《けん》ばかりで、入口《いりくち》の雨戸《あまど》が半分程閉《た》ててある。残る半分は*夜《よ》っぴて明《あ》けて置くんじゃないかしら。ことによると、敷居の溝《みぞ》に食い込んだなり動かないのかも知れない。屋根は無論藁葺《わらぶき》で、その藁が古くなって、雨に腐《ふ》やけた所為《せい》か、崩れかかって漠然《ばくぜん》としている。夜と屋根の継目《つぎめ》が分らない程、ぶくついて見える。その中へ長蔵さんは這入って行った。なんだか穴の中へでも潜《もぐ》り込《こ》んで行ったような心持《こころもち》だった。そうして話している。三人は表に待っている。自分の顔は見えないが、赤毛布《あかゲット》と小僧の顔は、小屋の中から斜《はす》に差してくるランプの灯でよく見える。赤毛布は依然として、散漫《さんまん》なものである。この男はたとい*地震がゆって、梁《はり》が落ちて来ても、親の死目《しにめ》に逢うか、逢わないかと云う大事な場合でも、いつでも、こんな顔をしているに違ない。小僧は空を見ている。まだ物騒《ぶっそう》だ。

　所へ長蔵さんがあらわれた。然《しか》し往来へは出て来ない。敷居の上へ足を乗せて、此方《こっち》を向いて立った股倉《またぐら》から、ランプの灯だけが細長く出て来る。ランプの位置がいつの間にか低くなったと見える。長蔵さんの顔は無論よく分らない。

「御前さん、これから山越《やまごえ》をするのは大変だから、今夜はここへ泊って行《ゆ》こう。みんな這入るがいい」

自分はこの言葉を聞くと等しく、今までの神妙《しんびょう》が急に破裂して、身体《からだ》がぐたりとなった。この牛小屋で一夜を明《あか》す事が、それ程の慰藉《いしゃ》を自分に与え様《よう》とは、牛小屋を見た今が今まで、頓《とん》と気がつかなかった。矢張《やは》り神妙の結果泊る所が見附《みつか》っても、泊る気が起らなかったんだろう。こうなると人間程御《ぎょ》し易《やす》いものはない。無理でも何でもはいはい畏《かしこ》まって聞いて、そうして少しも不平を起さないのみか大《おおい》に嬉しがる。当時を思い出す度《たび》に、自分は尤《もっと》も順良な又尤も励精《れいせい》な人間であったなと云う自信が伴《ともな》ってくる。兵隊はああでなくっちゃ不可《いけ》ないなどと考える事さえある。同時に、もし人間が物の用を無視し得《う》るならば、かねて物の用をも忘れ得るものだと云う事も悟った。――こう書いて見たが、読み直すと何だか六《む》ずかしくって解らない。実を云うと、もっとずっとやさしいんだが、短く詰めるものだからこんなに六ずかしくなっちまった。例えば酒を飲む権利はないと自信して、酒の徳を、あれどもなきが如くに見做《みな》す事さえ出来れば、徳利《とくり》が前に並んでも、酒は飲むものだとさえ気がつかずにいる位《くらい》な所である。御互《おたがい》が泥棒にならずに済むのも、つまりを云えば幼少の時から、人工的にこの種の境界《きょうがい》に馴《な》らされているからの事だろう。が一方から云うと、こんな境界は人性《じんせい》の一部分を麻痺《まひ》さした結果として出来上るもんだから、図に乗ってきゅきゅ押して行くと、人間がみんな馬鹿になっちまう。まあ泥棒さえしなければ好《い》いとして、その他《た》の精神器《せいしんき》械《かい》は残らず相応に働く事が出来る様にしてやるのが何よりの功徳《くどく》だと愚考する。自分が当時の自分のままで、のべつに今日《こんにち》まで生きていたならば、如何《いか》に順良だって、如何に励精だって、馬鹿に違ない。だれの眼から見たって馬鹿以上の不具《かたわ》だろう。人間であるからは、たまには怒るがいい。反抗するがいい。怒る様に、反抗する様に出来てるものを、無理に怒らなかったり、反抗しなかったりするのは、自分で自分を馬鹿に教育して嬉しがるんだ。第一身体の毒である。それを迷惑だと云うなら、怒らせない様に、反抗させない様に、御膳立《おぜんだて》をするが至当《しとう》じゃないか。

三十四

自分は当時種々《しゅじゅ》の状況で、万事長蔵さんの云う通りはいはい云っていたし、又そのはいはいを自然と思いもするが、その代《かわ》り、今の様な身分に居るからは、たとい百の長蔵さんが、七日《なぬか》七晩《ななばん》引っ張りつづけに引っ張ったって一寸《ちょっと》も動きゃしない。今の自分にはこの方が自然だからである。そうしてこう変るのが人間たる所だと思ってる。分り易い様に長蔵さんを引合《ひきあい》に出したが、よく調べて見ると、人間の性格は一時間毎《ごと》に変っている。変るのが当然で、変るうちには矛盾《むじゅん》が出て来る筈《はず》だから、つまり人間の性格には矛盾が多いと云う意味になる。矛盾だらけの仕舞《しまい》は、性格があってもなくっても同じ事に帰着する。嘘だと思うなら、試験して見るがいい。他人《ひと》を試験するなんて罪な事をしないで先吾身《まずわがみ》で吾身を試験して見るがいい。坑夫にまで零落《おちぶれ》ないでも分る事だ。神さまなんかに聞いて見たって、以上分り子《こ》ない。この理窟《りくつ》がわかる神さまは自分の腹のなかにいるばかりだ。などと、学問もない癖に、学者めいた事を云っては済まない。こんな景気のいいタンカを切る所存は毛頭なかったんだが、実を云うとこう云う仔細《しさい》である。自分はよく人から、君は矛盾の多い男で困る困ると苦情を持ち込まれた事がある。苦情を持ち込まれるたんびに苦い顔をして謝罪《あやま》っていた。自分ながら、どうも困ったもんだ、これじゃ普通の人間として通用しかねる、何とかして改良しなくっちゃ信用を落して路頭に迷う様な仕儀《しぎ》になると、ひそかに心配していたが、色々境遇に身を置いて、前に述べた通りの試験をして見ると、改良も何も入《い》ったものじゃない。これが自分の本色《ほんしょく》なんで、人間らしい所は外《ほか》にありゃしない。それから人も試験して見た。所《ところ》が矢っ張《ば》り自分と同じ様に出来ている。苦情を持ち込んでくるものが、みんな苦情を持ち込まれて然《しか》るべき人間なんだから可笑《おか》しくなる。要するに御腹《おなか》が減って飯《めし》が食いたくなって、御腹が張ると眠《ねぶ》くなって、*窮して濫《らん》して、*達して道を行って、惚《ほ》れて一所《いっしょ》になって、愛想が尽きて夫婦別れをするまでの事だから、悉《ことごと》く臨機応変の沙汰《さた》である。人間の特色はこれより外にありゃしない。と、こう感服しているんだから、一寸《ちょっと》言って見たまでである。然《しか》し世の中には学者だの教育家だの坊主だのと云う六《む》ずかしい仲間が大分居て、それぞれ専門に研究している事だから、自分だけ、訳の分った様に弁じ立てては善《よ》くない。

そこで元気のいい今の気焔《きえん》をやめて、再びもとの神妙《しんびょう》な態度に復して、山の中の話をする。長蔵さんが敷居の上に立って、往来を向きながら、ここへ泊って行こうと云い出した時、こんな破屋《あばらや》でも泊る事が出来るんだったと、始めて意識したよりも、凡《すべ》ての家と云うものが元来泊る為《ため》に建ててあるんだなと、漸《ようや》く気が附いた位《くらい》、泊る事は予期していなかった。それでいて身体《からだ》は蒟蒻《こんにゃく》の様に疲れ切ってる。平生《いつも》なら泊りたい、泊りたいで凡ての内臓が張切《はちきれ》そうになる筈《はず》だのに、没自我《ぼつじが》の坑夫《こうふ》行《ゆき》、即《すなわ》ち自滅の前座《ぜんざ》としての堕《だ》落《らく》と諦めを附けた上の疲労だから、いくら身体に泊る必要があっても、身体の方から魂《たましい》へ宛てて宿泊の件を請求していなかった。所へ泊ると命令が天から逆に魂に下ったんで、魂は一寸まごついたかたちで、取り敢《あえ》ず手足に報告すると、手足の方では非常に嬉しがったから、魂も成程難有《ありがた》いと、始めて長蔵さんの好意を感謝した。と云う訳になる。*何となく落語じみて巫山戯《ふざけ》ているが、実際この時の心の状態は、こう譬《たとえ》を借りて来ないと説明が出来ない。

自分は長蔵さんの言葉を聞くや否や、急に神経が弛《ゆる》んで、立ち切れない足を引《ひ》き摺《ず》って、第一番に戸口の方へ近寄った。赤毛布《あかゲット》はのそのそ這入《はい》ってくる。小僧は飛んで来た。

飛んだんじゃあるまいが、草履《ぞうり》の尻が勢いよく踵《かがと》へあたるんで、ぴしゃぴしゃ云う音が飛ぶ様に思われた。

三十五

這入《はい》って見るとぷんと臭《にお》った。何の臭《におい》だか更《さら》に分らない。小僧が鼻をぴくつかせたので、小僧もこの臭に感じたなと気が附いた。長蔵さんと赤毛布《あかゲット》は丸で無頓着《むとんじゃく》であった。土間から上へあがる段になって、雑巾《ぞうきん》でもと思ったが、小僧は委細《いさい》構わず、草履を脱いで上がっちまった。小僧の草履は尻が無いんだから、半分裸足《はだし》である。ひどい奴だと眺めていると、長蔵さんが、

「御前さんも下駄だから、御上《おあが》り」

と注意した。それで気味がわるいが、ほこりも払わず上がった。畳《たたみ》の上へ一足《ひとあし》掛けて見るとぶくっとした。小僧はその上へころりと転がっている。自分は尻だけ卸《おろ》して、障子《しょうじ》――障子は二枚あった――その障子の影に胡坐《あぐら》をかいた。この障子は入口に立ててあるから、振り向くと、長蔵さんと赤毛布が草鞋《わらじ》を脱いでいる。二人共《とも》腰から手拭《てぬぐい》を出して、ぱたぱた足をはたいている。そうして、すぐ上がって来た。足を洗うのが面倒だと見える。所《ところ》へ主人が次の間《ま》から茶と煙草盆《たばこぼん》を持って来た。

主人だの、次の間だの、茶だの、煙草盆だの、と云うと頗《すこぶ》る尋常に聞えるが、その実《じつ》名ばかりで、一々説明すると、大変な誤解をしていたんだねと呆《あき》れ返るものばかりである。がとにかく主人が次の間から、茶と煙草盆を持って来たには違いない。そうして長蔵さんと談話《はなし》をし始めた。談話の筋は忘れたが、その様子から察すると、二人はもとからの知合《しりあい》で、御互《おたがい》の間《あいだ》には貸《かし》や借《かり》があるらしい。何でも馬の事をしきりに云ってた。自分だの、赤毛布だの、小僧などの事は丸で聞きもしない。まるで眼中《がんちゅう》にない訳でもあるまいが、さっき長蔵さんが一人で談判に這入った時に、残らず聞いて仕舞《しま》ったんだろう。それとも長蔵さんはたびたびこんな呑気屋《のんきや》を銅山《やま》へ連れて行くんで、自然その往《ゆ》き還《かえ》りにはこの主人の厄《やっ》

介《かい》になりつけてるから、別段気にも留めないのかも知れない。

　自分は、長蔵さんと主人との話を聞きながら、居眠《いねむり》を始めた。いつから始めたか知らない。馬を売損《うりそこな》って、どうとかしたと云う所から、段々判然《はっきり》しなくなって、自然《じねん》と長蔵さんが消える。赤毛布が消える。小僧が消える。主人と茶と煙草盆が消えて、破屋《あばらや》までも消えた時、こくりと眠《ねむり》が覚めた。気がつくと頭が胸の上へ落ちている。はっと思って、擡《もちゃ》げると甚《はなは》だ重い。主人は矢《や》っ張《ぱり》馬の話をしている。まだ馬かと思ってるうちに、又気が遠くなった。気が遠くなったのを、遠いままにして打遣《うっちゃ》って置くと、忽然《こつぜん》ぱっと眼があいた。薄暗い部屋の中に、影の様な長蔵さんと亭主が膝《ひざ》を突き合せている。丁度《ちょうど》、借がどうとかしてハハハハと亭主が笑った所だった。この亭主は額《ひたい》が長くって、斜《はす》に頭の天辺《てっぺん》まで引込《ひっこ》んでるから、横から見ると切通《きりどお》しの坂位な勾配《こうばい》がある。そうして上になればなる程毛が生えている。その毛は五分《ぶ》位なのと一寸《すん》位なのとが交《まじ》って、不規則にしかも疎《まばら》にもじゃもじゃしている。自分が居眠《いねぶ》りからはっと驚いて、急に眼を開けると、第一にこの頭が眸《ひとみ》の底に映った。ランプが煤《すす》だらけで暗いものだから、この頭も煤だらけになって映って来た。その癖距離は近い。だから映った影は明瞭《めいりょう》である。自分はこの明瞭で且朦朧《かつもうろう》たる亭主の頭を居眠《いねぶ》りの不知覚《ふちかく》から我に返る咄嗟《とっさ》に不図《ふと》見たんである。この時はあまり好《い》い心持ではなかった。それが為《ため》、居眠りもしばらく見合せる様な気になって、部屋中を見廻《みまわ》すと、向うの隅に小僧が倒れている。こちらの横に茨城県が長く伸びている。毛布《ケット》の下から大きな足が見える。突当りが壁で、壁の隅に穴が開いて、穴の奥が真黒《まっくら》である。上は一面の屋根裏で、寒い程黒くなってる所へ、油煙《ゆえん》とともにランプの灯があたるから、よく見ていると、藁葺《わらぶき》の裏側が震《ふる》える様に思われた。

三十六

それから又眠《ねぶ》くなった。又頭が落ちる。重いから上げると又落ちる。始めのうちは、上げた頭が落ちながら段々うっとりして、うっとりの極《きょく》、胸の上へがくりと落ちるや否《いな》や、一足飛《いっそくとび》に正気へ立ち戻ったが、三回四回と重なるにつけて、眼だけ開けても気は判然《はっきり》しない。ぼんやりと世界に帰って、又ぞろすぐと不覚に陥《おちい》っちまう。それから例の如く首が落ちる。微《かすか》に生きてる様《よう》な気になる。かと思うと又一切空《くう》に這入《はい》る。仕舞《しまい》には、とうとう、いくら首がのめって来ても、動じなくなった。或《あるい》はのめったなり、頭の重みで横に打《ぶ》っ倒《たお》れちまったのかも知れない。兎《と》に角安々《かくやすやす》と夜明《よあけ》まで寝て、眼が覚めた時は、もう居眠《いねぶ》りはしていなかった。通例の如く身体《からだ》全体を畳の上に附けて長くなっていた。そうして涎《よだれ》を垂れている。——自分は馬の話を聞いて居眠りを始めて、眼をあけて借金の話を聞いて、又居眠りの続《つづき》を復習しているうちに、とうとう居眠りを本式に崩して長くなったぎり、魂《たましい》の音沙汰《おとさた》を聞かなかったんだから、眼が覚めて、夜が明けて、世の中が土台から陰《いん》と陽《よう》に引《ひ》ッ繰《く》り返ってるのを見るや否や、眼をあいて涎《よだれ》を垂れて、横になったまま、じっとしていた。自覚があって死んでたらこんなだろう。生きてるけれども動く気にならなかった。昨夜《ゆうべ》の事は一から十までよく覚えている。然《しか》し昨夜の一から十までが自然《じねん》と延びて今日まで持ち越したとは受け取れない。自分の経験は凡《すべ》てが新しくって、かつ痛切であるが、その新しい痛切の事々物々《じじぶつぶつ》が何だか遠方にある。遠方にあると云うよりも、昨夜と今日の間に厚い仕切りが出来て、截然《せつぜん》と区別がついた様だ。太陽が出ると引き込むだけの差で、こう心に連続がなくなっては不思議な位《くらい》自分で自分が当《あて》にならなくなる。要するに人世《じんせい》は夢の様なもんだ。と一寸《ちょっと》考えたもんだから、涎も拭《ふ》かずに沈んでいると、長蔵さんが、ううんと伸《のび》をして、寝たまま握《にぎ》り拳《こぶし》を耳の上まで持ち上げた。握り拳がぬっと真直《まっすぐ》に畳の上を擦《こす》って、腕のありたけ出た所で、勢《せい》がゆるんで、ぐにゃりとした。又寝るかと思ったら、今度は右の手を下へさげて、凹《くぼ》んだ頬《ほお》っぺたをぼりぼり掻《か》き出《だ》した。起きてるのかも知れない。そのうち、むにゃむにゃ何か云うんで、矢《や》っ張《ぱ》り眼が覚めていないなと気が附いた時、小僧がむくりと飛び起きた。これは真正《しんせい》の意味に於《お》いて飛び起きたんだから、どしんと音がして、根太《ねだ》が抜けそうに響いた。すると、さすが長蔵さんだけあって、むにゃむにゃを已《や》めて、すぐ畳に附いた方の肩を、肘《ひじ》の高さまで上げた。眼をぱちつかせている。

こうなると、自分も何時《いつ》まで沈んでいたって際限がないから、起き上った。長蔵さんも全く起きた。小僧は立ち上がった。寝ているものは赤毛布《あかゲット》ばかりである。これは又呑《のん》気《き》なもんで、依然《いぜん》として毛布《ケット》から大きな足を出してぐうぐう鼾声《いびき》をかいて寝ている。それを長蔵さんが起す。――

「御前さん。おい御前さん。もう起きないと御午《おひる》までに銅山《やま》へ行《ゆ》きつけないよ」

御前さんが三四遍繰返《へんくりかえ》されたが、毛布はよく寝ている。仕方がないから長蔵さんは毛布の肩へ手を掛けて、

「おい、おい」

と揺《ゆす》り始めたんで、已《やむ》を得ず、毛布の方でも「おい」と同じ様な返事をして、中途半端に立ち上った。これでみんな起きた様なものの、自分は顔も洗わず、飯も食わず、どうして好《い》いか迷ってると、長蔵さんが、

「じゃ、そろそろ出掛《でかけ》よう」

と云って、真先《まっさき》に土間へ降りかけたには驚いた。小僧がつづいて降りる。毛布も不得《ふとく》要領《ようりょう》に土間へ大きな足をぶら下げた。こうなると自分も何とか片をつけなくっちゃならないから、一番あとから下駄を突掛《つっか》けて、長蔵さんと赤毛布が草鞋《わらじ》の紐《ひも》を結ぶのを、不

景気な懐手《ふところで》をして待っていた。

三十七

土間へ下りた以上は、顔を洗わないのかの、朝飯《あさめし》を食わないのかのと、当然の事を聞くのが、さも贅沢《ぜいたく》の沙汰《さた》の様《よう》に思われて、頓《とん》と質問して見る気にならない。習慣の結果、必要とまで見做《みな》されているものが、急に余計な事になっちまうのは可笑《おか》しい様《よう》だが、その後《のち》この顚倒事件《てんどうじけん》を布衍《ふえん》して考えて見たら、こんな、例は沢山《たくさん》ある。つまり世の中では大勢のやってる事が当然になって、一人だけでやる事が余計の様に思われるんだから、当然になろうと思ったら味方を大勢拵《こしら》えて、さも当然であるかの容子《ようす》で不当な事を遣《や》るに限る。遣っては見ないがきっと成功するだろう。相手が長蔵さんと赤毛布《あかゲット》でさえ自分にはこれ程の変化を来たしたんでも分る。

すると長蔵さんは草鞋《わらじ》の紐を結んで、足元に用がなくなったもんだから、ふいと顔を上げた。そうして自分を見た。そうして、こんな事を云う。

「御前さん、飯は食わなくっても好《い》いだろうね」

飯を食わなくって好い法はないが、わるいと云ったって、始まり様がないから、自分はただ、

「好いです」

と答えて置いた。すると長蔵さんは、

「食いたいかね」

と云って、にやにやと笑った。これは自分の顔に飯が食《く》いたい様な根性が幾分か現れた為《ため》か、又は十九年来の予期に反した起きなり飯抜きの出立《しゅったつ》に、自然不平の色が出ていた為だろう。それでなければ草鞋の紐を結んで仕舞《しま》ってから、こんな事を聞く訳がない。現に長蔵さんは、赤毛布にも小僧にもこの質問を呈出《ていしゅつ》しなかったんでも分る。今考えると、一寸両人《ちょっとふたり》にも同じ事を聞いて見れば善《よ》かった様な気もする。朝飯を食わないで五里十里と歩き出すものは宿無しか、又は準宿無しでなくっちゃならない。目が醒《さ》めて、夜が明けてるのに、汁の烟《けむ》も、漬物の香《におい》も、一向連想に乗って来ないからは、行《ゆ》きなり放題に、今日は今日の命を取《と》り留めて、その日その日に魂《たましい》の供養《くよう》をする呑気屋《のんきや》で、世の中にあしたと云うものがないのを当り前と考える程に、不幸な又幸《さいわい》な人間である。自分は十九年来始めて、こう云う人間と一つ所《とこ》に泊って、これから又一所《いっしょ》に歩き出すんだなと思った。赤毛布と小僧の顔色を伺って見ると少しも朝飯を予期している様子がないんで、双方共《とも》朝飯を食い慣《つ》けていない一種の人類だと勘づいて見ると、自分の運命は坑夫にならない先から、もう、坑夫以下に摺《ず》り落《お》ちていたと云う事が分った。然《しか》し分ったと云うばかりで別に悲しくもなかった。涙は無論出なかった。ただ長蔵さんが、この朝飯の経験に乏しい人間に向《むか》って、「御前さん達も飯が食いたいかね」と尋ねてくれなかったのを、今では残念に思ってる。食った事が少《すくな》いから、今までの習慣性で、「食わないでも好《い》い」と答えるか、それとも、たまさかに有りつけるかも知れないと云う意外の望《のぞみ》に奨励されて「食いたい」と答えるか。――つまらん事だが何方《どっち》か聞いて見たい。

長蔵さんは土間へ立って、一寸後ろを振り返ったが、

「熊さん、じゃ行ってくる。色々御世話様」

と軽く力足《ちからあし》を二三度踏んだ。熊さんは無論亭主の名であるが、まだ奥で寝ている。覗《のぞ》いて見ると、昨夕《ゆうべ》うつつに気味をわるくした、もじゃもじゃの頭が布団《ふとん》の下から出ている。この亭主は敷蒲団《しきぶとん》を上へ掛けて寝る流儀と見える。長蔵さんが、このもじゃもじゃの頭に話しかけると、頭は、むくりと畳を離れた。そうして熊さんの顔が出た。この顔は昨夜《ゆうべ》見た程妙でもなかった。然し額《ひたい》がさかに瘠《こ》けて、脳天まで長くなってる事は、今朝でも争われない。熊さんは床《とこ》の中から

「いや、何《な》にも御構《おかまい》申さなかった」

と云った。成程《なるほど》何にも構わない。自分だけ布団をかけている。

「寒かなかったかね」

とも云った。気楽なもんだ。長蔵さんは
「いいえ。なあに」

と受けて、土間から片足踏み出した時、後《うしろ》から、熊さんが欠交《あくびまじ》りに、

「じゃ、又帰りに御寄り」

と云った。

三十八

それから長蔵さんが往来へ出る。自分も一足後《ひとあしおく》れて、小僧と赤毛布《あかゲット》の尻を追っ懸けて出た。みんな大急ぎに急ぐ。こう云う道中には慣れ切ったものばかりと見える。何でも長蔵さんの云う所によると、これから山越《やまごえ》をするんだが、午《ひる》までには銅山《やま》へ着かなくっちゃならないから急ぐんだそうだ。何故《なぜ》午までに着かなくっちゃならないんだか、訳が分らないが、聞いて見る勇気がなかったから、黙って食《く》っ附《つ》いて行った。すると成程《なるほど》登りになって来た。昨夕《ゆうべ》あれ程登った積《つもり》だのに、まだ登るんだから嘘の様でもあるが実際見渡して見ると四方は山ばかりだ。山の中に山があって、その山の中に又山があるんだから馬鹿馬鹿しい程奥へ這入《はい》る訳になる。この模様《もよう》では銅山のある所は、定《さだ》めし淋《さび》しいだろう。呼息《いき》を急《せ》いて登りながらも心細かった。ここまで来る以上は、都へ帰るのは大

変だと思うと、何の酔興《すいきょう》で来たんだか浅間《あさま》しくなる。と云って都に居《お》りたくないから出奔《しゅっぽん》したんだから、おいそれと帰りにくい所へ這入《はい》って、親親類《おや》の目に懸からない様に、朽果《くちは》てて仕舞《しま》うのは寧《むし》ろ本望《ほんもう》である。自分は高い坂へ来ると、呼息《いき》を継ぎながら、一寸《ちょっと》留《とま》っては四方の山を見廻《みまわ》した。するとその山がどれもこれも、黒ずんで、凄《すご》い程木を被《かぶ》っている上に、雲がかかって見る間に、遠くなって仕舞う。遠くなると云うより、薄くなると云う方が適当かも知れない。薄くなった揚句《あげく》は、次第次第に、深い奥へ引き込んで、今までは影の様に映ってたものが、影さえ見せなくなる。そうかと思うと、雲の方で山の鼻面《はなづら》を通り越して動いて行く。しきりに白いものが、捲《ま》き返しているうちに、薄く山の影が出てくる。その影の端《はじ》が段々濃くなって、木の色が明《あきら》かになる頃は先刻《さっき》の雲がもう隣りの峰へ流れている。すると又後からすぐに別の雲が来て、折角《せっかく》見え出した山の色をぼうとさせる。仕舞《しまい》には、どこにどんな山があるか一向見当が附かなくなる。頭の上の空さえ、立ちながら眺めると、木も山も谷も滅茶滅茶になって浮き出して来る。際限もない高い所から手の届く辺《あたり》まで落ちかかった。長蔵さんは

「こりゃ、雨だね」

と、歩きながら独言《ひとりごと》を云った。誰も答えたものはない。四人《よったり》とも雲の中を、雲に吹かれる様な、取り捲かれる様な、又埋《うず》められる様な有様《ありさま》で登って行った。自分にはこの雲

が非常に嬉しかった。この雲の御蔭《おかげ》で自分は世の中から隠したい身体《からだ》を十分に隠すことが出来た。そうして、さのみ苦しい思いもしずにその中を歩いて行ける。手足は自由に働いて、閉《と》じ籠《こ》められた様な窮屈《きゅうくつ》も覚えない上に、人目にかからん徳は十分ある。生きながら葬られると云うのは全くこの事である。それが、その時の自分には唯一の理想であった。だからこの雲は全く難有《ありがた》い。難有いという感謝の念よりも、雲に埋められ出してから、まあ安心だと、ほっと一息した。今考えると何が安心だか分りゃしない。全くの気違《きちがい》だと云われても仕方がない。仕方がないが、こう云う自分が、時と場合によれば、翌《あす》が日にも、亦《また》雲が恋しくならんとも限らない。それを思うと何だか変だ。吾が身で吾が身が保証出来ない様な、又吾が身が吾が身でない様な気持がする。

然しこの時の雲は全く嬉しかった。四人が離れたり、かたまったり、隔てられたり、包まれたりして雲の中を歩いて行った時の景色は未《いま》だに忘れられない。小僧が雲から出たり這入《はい》ったりする。茨城の毛布《ケット》が赤くなったり白くなったりする。長蔵さんの、どてらが、わずか五六間《けん》の距離で濃くなったり薄くなったりする。そうして誰も口を利かない。そうして、無暗《むやみ》に急ぐ。世界から切り離された四つの影が、後になり先になり、殖《ふえ》もせず減《へり》もせず、四つのまま、引かれて合う様に、弾《はじ》かれて離れる様に、又どうしても四つでなくてはならない様に、雲の中をひたすら歩いた時の景色は未だに忘れられない。

三十九

自分は雲に埋《うず》まっている。残る三人も埋まっている。天下が雲になったんだから、世の中は自分共《とも》にたった四人《よったり》である。そうしてその三人が三人ながら、宿無《やどなし》である。顔も洗わず朝飯《あさめし》も食わずに、雲の中を迷って歩く連中である。この連中と道伴《みちづれ》になって登り一里、降《くだ》り二里を足の続く限り雲に吹かれて来たら、雨になった。時計がないんで何時だか分らない。空模様《そらもよう》で判断すると、朝とも云われるし、午過《ひるすぎ》とも云われるし、また夕方と云っても差支《さしつかえ》ない。自分の精神と同じ様に、世界もぼんやりしているが、只一寸《ただちょっと》眼に附いたのは、雨の間《あいだ》から微《かす》かに見える山の色であった。その色が今までのとは打って変っている。何時《いつ》の間《ま》にか木が抜けて空坊主《からぼうず》になったり、ところ斑《まだら》の禿頭《はげあたま》と化けちまったんで、*丹砂《たんしゃ》のように赤く見える。今までの雲で自分と世間を一筆《ひとふで》に抹殺《まっさつ》して、ここまでふらつきながら、手足だけを急がして来たばかりだから、この赤い山が不図《ふと》眼に入《い》るや否《いな》や、自分ははっと雲から醒《さ》めた気分になった。色彩の刺激が、自分にこう強く応《こた》えようとは思い掛けなかった。——実を云うと自分は色盲《しきもう》じゃないかと思う位《くらい》、色には無《む》頓着《とんじゃく》な性質《たち》である。——そこでこの赤い山が、比較的烈《はげ》しく自分の視神経《ししんけい》を冒《おか》すと同時に、自分はいよいよ*銅山に近づいたなと思った。虫が知らせたと云えば、虫が知らせたとも云えるが、実はこの山の色を見て、すぐ銅《あかがね》を連想したんだろう。兎《と》に角《かく》、自分がいよいよ到着したなと直覚的に――世の中で直覚的と云うのは大概《たいがい》この位《くらい》なものだと思うが――所謂《いわゆる》直覚的に事実を感得した時に、長蔵さんが、

「やっと、着いた」

と自分が言いたい様な事を云った。それから十五分程したら町へ出た。山の中の山を越えて、雲の中の雲を通り抜けて、突然新*しい町へ出たんだから、眼を擦《こす》って視覚を慥《たしか》めたい位驚いた。それも昔の宿《しゅく》とか里《さと》とか云う旧幕時代に縁のある様な町なら、まだしもだが、新しい銀行があったり、新しい郵便局があったり、新しい料理屋があったり、凡《すべ》てが苔《こけ》の生えない、新しずくめの上に、御白粉《おしろい》をつけた新しい女までいるんだから、全く夢の様な気持で、不審が顔に出る暇もないうちに通り越しちまった。すると橋へ出た。長蔵さんは橋の上へ立って、一寸《ちょっと》水の色を見たが、

「これが入口だよ。いよいよ着いたんだから、その積《つもり》でいなくっちゃ、不可《いけ》ない」

と注意を与えた。然《しか》し自分には、どんな積でいなくっちゃ不可ないんだか、些《ちっ》とも分らなかったから、黙って橋*の上へ立って、入口から奥の方を見ていた。左が山である。右も山である。そうして、所々に家《うち》が見える。矢《や》っ張《ば》り木造の色が新しい。中には白壁《しらかべ》だか、ペンキ塗《ぬり》だか分らないのがある。これも新しい。古ぼけて禿《は》げてるのは山ばかり

だった。何だか又現実世界に引き摺《ひず》り込まれる様な気がして、少しく失望した。長蔵さんは自分が黙って橋の向《むこう》を覗《のぞ》き込《こ》んでるのを見て、

「好《い》いかね、御前さん、大丈夫かい」

と又聞き直したから、自分は、

「好いです」

と明瞭《めいりょう》に答えたが、内心あまり好《よ》くはなかった。何故《なぜ》だかしらないが、長蔵さんは只《ただ》自分にだけ掛念《けねん》がある様子であった。赤毛布《あかゲット》と小僧には「好いかね」とも「大丈夫かい」とも聞かなかった。頭からこの両人《ふたり》は過去の因果で、坑夫になって、銅山のうちに天命を終《おわ》るべきものと認定している様な気色《けしき》がありありと見えた。して見ると不信用なのは自分だけで、大分《だいぶ》長蔵さんから此奴《こいつ》は危ないなと睨《にら》まれていたのかも知れない。好い面《つら》の皮だ。

四十

それから四人揃って、橋を渡って行《ゆ》くと、右手に見える家《うち》には中々立派なのがある。その中《うち》で一番いかめしい奴を指して、あれが所長の家だと長蔵さんが教えてくれた。序《ついで》に左の方を見ながら

「此方《こっち》が*シキだよ、御前さん、好《い》いかね」

と云う。自分はシキと云う言葉をこの時始めて聞いた。余《よ》っ程《ぽど》聞き返そうかと思ったが、大方《おおかた》これがシキなんだろうと思って黙っていた。あとから自分もこのシキと云う言葉を明瞭に理解しなければならない身分になったが、矢張《やっぱり》始めにぼんやり考え附いた定義とさした違《ちがい》もなかった。その中《うち》左へ折れていよいよシキの方へ這入《はい》ることになった。*鉄軌《レール》に附いて段々上《のぼ》って行くと、そこここに粗末な小さい家が沢山《たくさん》ある。これは坑夫の住んでる所だと聞いて、自分も今日から、こんな所で暮すのかと思ったが、それは間違《まちがい》であった。この小屋はどれも六畳と三畳二間《ふたま》で、みんな坑夫の住んでる所には違《ちがい》ないが、家族のあるものに限って貸してくれる規定であるから、自分の様な一人ものは這入りたくたって這入れないんだった。こう云う小屋の間《あいだ》を縫って、飽きずに上って行くと、今度は石崖《いしがけ》の下に細長い横幅《よこはば》ばかりの長屋が見える。そうして、その長屋が沢山ある。始めは僅《わず》か二三軒かと思ったら、登るに従って続々あらわれて来た。大きさも長さも似たもんで、みんな崖下《がけした》にあるんだから位地《いち》にも変りはないが、向《むき》だけは各々《めいめい》違ってる。山坂を利用して、なけなしの地面へ建てることだから、東だとか西だとか贅沢《ぜいたく》は言っていられない。やっとの思いで、ならした地面へ否応《いやおう》なしに、方角の御構《おかまい》なく建てて仕舞《しま》ったんだから不規則なものだ。それに、第一、登って行く道がくねってる。あの長屋の右を歩いてるなと思うと、いつの間にかその長屋の左へ出て来る。あれは、すぐ頭の上だがと心待ちに待っていると、急に路《みち》が外《そ》れて遠くへ持ってかれて仕舞う。丸で見当が附かない。その上この細長い家から顔が出ている。家から顔が出ているのが珍《めず》らしい事もないんだが、その顔がただの顔じゃない。どれも、これも出来ていない上に、色が悪い。その悪さ加減が又、尋常でない。青くって、黒くって、しかも茶色で、到底《とうてい》都会に居ては想像のつかない色だから困る。病院の患者などとは丸で比較にならない。自分が山路を登りながら、始めてこの顔を見た時は、シキと云う意味をよく了解しない癖に、成程シキだなと感じた。然《しか》しいくらシキでも、こう云う顔は沢山あるまいと思って、登って行くと、長屋を通るたんびに顔が出ていて、その顔がみんな同じである。仕舞《しまい》にはシキとは恐ろしい所だと思うまで、いやな顔を沢山見せられて、又自分の顔を沢山見られて――長屋から出ている顔はきっと自分等《ら》を見ていた。一種獰悪《どうあく》な眼附《めつき》で見ていた。
――とうとう午後の一時に*飯場《はんば》へ着いた。

何故《なぜ》飯場と云うんだか分らない。焚《た》き出しをするから、そう云う名を附けたものかも知れない。自分はその後《ご》飯場の意味をある坑夫に尋ねて、篦棒《べらぼう》め、飯場たあ飯場でえ、何を云ってるんでえ、とひどく*剣突《けんつく》を食《くら》った事がある。凡《すべ》てこの社会に通用する術語は、シキでも飯場でも*ジャンボーでも、みんな偶然に成立して、偶然に通用しているんだから、滅多《めった》に意味なんか聞くと、すぐ怒られる。意味なんか聞く閑《ひま》もなし、答える閑もなし、調べるのは大馬鹿となってるんだから至極《しごく》簡単で且《かつ》全く実際的なものである。

四十一

そう云う訳で飯場《はんば》の意味は今以《いまもっ》て分らないが、兎《と》に角崖《かくがけ》の下に散在している長屋を指すものと思えばいい。その長屋へ漸《ようや》く到着した。多くある長屋のうちで、何故《なぜ》この飯場を撰《えら》んだかは、長蔵さんの一人極《ひとりぎめ》だから、自分には説明しにくい。が、この飯場は長蔵さんの専門御得意《おとくい》の取引先と云う訳でもなかったらしい。長蔵さんは自分をこの飯場へ押しつけるや否《いな》や、何時《いつ》の間《ま》にか、赤毛布《あかゲット》と小僧を連れて外《ほか》の飯場へ出て行って仕舞《しま》った。それで二人は外の飯場の飯を食う様《よう》になったんだなと後から気が附いた。二人の消息はその後《のち》一向聞かなかった。銅山《やま》のなかでもついぞ顔を合せた事がない。考えると、妙なものだ。一膳めし屋から突然飛び出した赤い毛布と、夕方の山から降って来た小僧と落ち合って、夏の夜《よ》を後になり先になって崩れそうな藁屋根《わらやね》の下で一所《いっしょ》に寝た明日《あくるひ》は、雲の中を半日かかって、目指す飯場へ漸く着いたと思うと、赤毛布も小僧もふいと消えてなくなっちまう。これでは小説にならない。然《しか》し世の中には纏《まと》まりそうで、纏《まとま》らない、云わば出来損《できそこな》いの小説めいたことが大分《だいぶん》ある。長い年月《としつき》を隔てて振り返って見ると、却《かえ》ってこのだらしなく尾を蒼穹《おおぞら》の奥に隠して仕舞《しま》った経歴の方が興味の多いように思われる。振り返って思い出すほどの過去は、みんな夢で、その夢らしい所に追懐《ついかい》の趣《おもむき》があるんだから、過去の事実それ自身に何処《どこ》かぼんやりした、曖昧《あいまい》な点がないとこの夢幻《むげん》の趣を助ける事が出来ない。従って十分に発展して来て因果の予期を満足させる事柄よりも、この赤毛布《あかゲット》流に、頭も尻も秘密の中《うち》に流れ込んで只途中《ただ》だけが眼の前に浮んでくる*一夜《いちや》半日《はんにち》の画《え》の方が面白い。小説になりそうで、丸で小説にならない所が、世間臭くなくって好《よ》い心持だ。只に赤毛布ばかりじゃない。小僧もそうである。長蔵さんもそうである。松原の茶店の神《かみ》さんもそうである。もっと大きく云えばこの一篇の「坑夫」そのものが矢張《やはり》そうである。纏まりのつかない事実を事実のままに記すだけである。小説の様に拵《こしら》えたものじゃないから、小説の様に面白くはない。その代り小説よりも神秘的である。凡《すべ》て運命が脚色した自然の事実は、人間の構想で作り上げた小説よりも無法則である。だから神秘である。と自分は常に思っている。

赤毛布と小僧が連れて行かれたのは後の事だが、自分等が飯場に到着した時は無論二人とも一所であった。ここで長蔵さんがいよいよ坑夫志願の談判を始めた。談判と云うと面倒な様だが、その実極めて簡単なものであった。ただ、この男は坑夫になりたいと云うから、どうか使ってくれと云ったばかりである。自分の姓名も出生地も身元も閲歴《えつれき》も何にも話さなかった。勿論《もちろん》話したくたって、知らないんだから、話せ様もないんだが、こうまで手《て》っ取早《とりばや》く片附《かたづけ》る了簡《りょうけん》とは思わなかった。自分は中学校*へ入学した時の経験から、いくら坑夫だって、それ相応の手続《てつづき》がなくっちゃ採用されないもんだとばかり思っていた。大方身元引受人とか保証人とか云うものが証文へ判でも捺《お》すんだろう、その時は長蔵さんにでも頼んで見様《みよう》位にまで、先廻《さきまわ》りをして考えていた。所《ところ》が案に相違して、談判を持ち込まれた*飯場頭《はんばがしら》は——飯場頭だか何だかその時は無論知らなかった。眉毛《まみえ》の太くって蒼髯《あおひげ》の痕《あと》の濃い逞《たくま》しい四十恰好《がっこう》の男だった。——その男が長蔵さんの話を一《ひ》と通《とお》り聞くや否《いな》や、

「そうかい、それじゃ置いて御出《おいで》」

とさも無雑作《むぞうさ》に云っちまった。丁度《ちょうど》炭屋が*土釜《どがま》を台所へ担《かつ》ぎ込んだ時の様に思われた。人間が遥々山越《はるばるやまごえ》をして坑夫になりに来たんだとは認めていない。そこで自分は少々腹の中《うち》でこの飯場頭を恨んだが、これは自分の間違《まちがい》であった。その訳は今直《いますぐ》に分る。

四十二

飯場頭《はんばがしら》と云うのは一《ひとつ》の飯場を預かる坑夫の隊長で、この長家《ながや》の組合に這入《はい》る坑夫は、万事この人の了簡《りょうけん》次第でどうでもなる。だから甚《はなは》だ勢力がある。この飯場頭と一分時間

に談判を結了《けつりょう》した長蔵さんは、

「じゃ、よろしく御頼《おたの》もうします」

と云ったなり、赤毛布《あかゲット》と小僧を連れて出て行った。又帰ってくる事と思ったが、その後一向影も形も見せないんで、全く、置去《おきざり》にされたと云う事が分った。考えるとひどい男だ。ここまで引っ張って来るときには、何の蚊《なんか》のと、世話らしい言葉を掛けたのに、いざとなると通《とお》り一片《いっぺん》の挨拶《あいさつ》もしない。それにしてもぽん引の手数料はいつ何時何処《なんどきどこ》で取ったものか、これは今以《いまもっ》て分らない。

こう云う次第で飯場頭からは、土釜《どがま》の炭俵《すみだわら》の如く認定される、長蔵さんからは小包の様《よう》に抛《な》げ込まれる。少しも人間らしい心持がしないんで、大いに悄然《しょうぜん》としていると、出て行く三人の後姿《うしろすがた》を見送った飯場頭は突然自分の方を向いた。その顔附《かおつき》が変っている。人を炭俵の様に取扱う男とは、どうしても受取れない。全く東京辺《とうきょうへん》で朝晩出逢う、万事を心得た苦労人の顔である。

「あなたは生れ落ちてからの労働者とも見えない様だが……」

飯場掛《はんばがかり》の言葉をここまで聞いた時、自分は急に泣きたくなった。散《さん》ざっぱらお前さんで、厭《いや》になる程遣《や》られた揚句《あげく》の果《はて》、もう到底《とうてい》御前さん以上には浮《うか》ばれないものと覚悟をしていた矢先に、突然あなたの昔に帰ったから、思いがけない所で自己を認められた嬉しさと、なつかしさと、それから過去の記憶――自分はつい一昨日《おととい》までは立派にあなたで通って来た――それやこれやが寄って、たかって胸の中へ込み上げて来た上に、相手の調子が如何《いか》にも鄭寧《ていねい》で親切だから――つい泣きたくなった。自分はその後《ご》色々な目に逢って、幾度となく泣きたくなった事はあるが、擦《す》れ枯《から》しになった今日《こんにち》から見れば、大抵《たいてい》は泣くに当らない事が多い。然《しか》しこの時頭の中にたまった涙は、今が今でも、同じ羽目になれば、出かねまいと思う。苦しい、つらい、口惜《くちお》しい、心細い涙は経験で消す事が出来る。難有涙《ありがたなみだ》もこぼさずに済む。ただ堕落した自己が、依然《いぜん》として昔の自己であると他《ひと》から認識された時の嬉し涙は死ぬまで附《つ》いて廻《まわ》るものに違《ちがい》ない。人間はかように*手《て》前勘《まえかん》の強いものである。この涙を感謝の涙と誤解して、得意がるのは、自分の為《ため》に書生《しょせい》を置いて、書生の為に置いてやった様な心持になってると同じ事じゃないかしら。

　こう云う訳で、飯場掛りの言葉を一行ばかり聞くと、急に泣きたくなったが、実は泣かなかった。悄然《しょうぜん》とはしていたが、気は張っている。何所《どこ》からか知らないが、抵抗心が出て来た。然し思う様に口が利けないから、黙って向うの云う事を聞いていた。すると飯場掛りは嬉しい程親切な口調で、こう云った。――

「……まあどうして、こんな所へ御出《おいで》なすったんだか、今の男が連れて来る位だから大概《たいがい》私にも様子は知れてはいるが――どうです、もう一遍《いっぺん》考えて見ちゃあ。きっと取《と》ッ附坑夫《つけこうふ》になれて、金がうんと儲《もう》かるてえ様な旨《うま》い話でもしたんでしょう。それがさ、実際遣《や》って見ると到底《とうてい》話の十が一にも行《ゆ》かないんだから詰《つま》らないです。第一坑夫と一口に云いますがね。中々ただの人に出来る仕事じゃない、ことにあなたの様に学校へ行って教育なんか受けたものは、どうしたって勤まりっ子ありませんよ。……」

飯場頭はここまで来て、昵《じっ》と自分の顔を見た。何とか云わなくっちゃならない。幸いこの時はもう泣きたい所を通り越して、口が利ける様になっていた。そこで自分はこう云った。――

四十三

「僕は――僕は――そんなに金なんか欲しかないです。何も儲《もう》ける為《ため》にやって来た訳じゃないんですから、――そりゃ知ってるです、僕だって知ってるです……」

と、この時知ってるですを二返《へん》繰り返した事を今だに記憶している。甚《はなは》だ穏《おだや》かならぬ生意気な、ものの云い様《よう》だった。若いうちは、たった今まで悄気《しょげ》ていても、相手次第ですぐ附《つ》け上《あが》っちまう。まことに赤面の至《いたり》である。然《しか》もその知ってるですが、何を知ってるのかと思うと、今自分を連れて来た男、即《すなわ》ち長蔵さんは、一種の周旋屋であって、凡《すべ》ての周旋屋に共通な法螺吹《ほらふき》であると云う真相をよく自覚していると云う意味なんだから、いくら知ってたって自慢にならないのは無論である。それを念入れに、瞞《だまさ》着れて来たんじゃない、万事承知の上の坑夫志願だなどと説明して見たって今更《いまさら》どうなるものじゃない。所《ところ》が年が若いと虚栄心の強いもので――今でも弱いとは云わないが――しきりに弁解に取り掛ったのは実に冷汗《ひやあせ》の出る程の愚《ぐ》であった。幸い相手が、こう云う家業に似合わぬ篤実《とくじつ》な男で、かつ自分の不経験を気の毒に思うの余り、この生意気を生意気と知りながら大目に見てくれたもんだから、打《ど》やされずに済んだ。まことに難有《ありがた》い。この飯場《はんば》に住み込んだあとで、頭《かしら》の勢力の広大なるに驚くにつれて、僕は知ってるですを思い出しては独《ひと》り赧《あか》い顔をしていた。序《ついで》に云うがこの頭の名は原駒吉《はらこまきち》である。今以《いまもっ》て自分は好《よ》い名だと思ってる。

原さんは別に厭《いや》な顔附《かおつき》もせずに、黙って自分の言訳《いいわけ》を聞いていたが、やがて頭《あたま》を振り出した。その頭は大きな五分刈で額《ひたい》の所が*面摺《めんずれ》の様に抜き上がっている。

「そりゃ物数奇《ものずき》と云うもんでさあ。折角《せっかく》来たから是非《ぜひ》遣るったって、何も家《うち》を出る時から坑夫になると思い詰めた訳でもないんでしょう。云わば一時《いちじ》の出来心なんだからね。遣って見りゃ、すぐ厭になっちまうな眼に見えてるんだから、廃《よ》すが好《よ》うがしょう。現に書生《しょせい》さんでここへ来て十日と辛抱《しんぼう》したものあ、有りゃしませんぜ。え？　そりゃ来る。幾人《いくたり》も来る。来る事は来るが、みんな驚いて逃げ出しちまいまさあ。全く普通《なみ》のものの出来る業《わざ》じゃありませんよ。悪い事は云わないから御帰《おかい》んなさい。なに坑夫をしなくったって、＊口過《くちすぎ》だけなら骨は折れませんやあ」

原さんはここに至って、胡坐《あぐら》を崩して尻を宙に上げかけた。自分はどうしても落第しそうな按排《あんばい》である。大いに困った。困った結果、坑夫と云う事から気を離して、自分だけを検査して見ると、——何だか急に寒くなった。袷《あわせ》はさっきの雨で濡《ぬ》れている。洋袴《ズボン》下《した》は穿《は》いていない。東京の五月もこの山の奥へ来ると丸で二月か三月の気候である。坂を登っている間《あいだ》こそ体温で左程《さほど》にも思わなかった。原さんに拒絶されるまでは気が張っていたから、好かった。然し飯場へ来て休息した上に、坑夫になる見込が殆《ほとん》ど切れたとなると、情《なさけ》ないのが寒いのと合併して急に顫《ふる》え出した。その時の自分の顔色は定《さだ》めし見るに堪《た》えん程醜《みにく》いもんだったろう。この時自分は又何となく、今しがた自分を置去《おきざり》にして、挨拶もしずに出て行った長蔵さんが恋しくなった。長蔵さんがいたら、何とか尽力して坑夫にしてくれるだろう。よし坑夫にしてくれないまでも、どうにか片《かた》をつけてくれるだろう。汽車賃を出してくれた位だから、方角のわかる所まで位は送り出してくれそうなものだ。蟇口《がまぐち》を長蔵さんに取られてから、懐《ふところ》中には一文もない。帰るにしても、帰る途中で腹が減って山の中で行倒《ゆきだおれ》になるまでだ。いっその事今から長蔵さんを追掛《おいか》けて見様《みよう》か。飯場飯場を探して歩いたら逢えない事もないだろう。逢ってこれこれだと泣き附いたら、今までの交際《つきあい》もある事だから、好《よ》い智慧《ちえ》を貸してくれまいものでもない。然し別れ際に挨拶さえしない男だから、ひょっとすると……自分は原さんの前で実はこんな閑《ひま》な事を、非常に忙しく、ぐるぐる考えていた。好《すき》な原さんが前にいるのに、あんまり下*さらない、しかも消えてなくなった長蔵さんばかりを相談相手の様に思い込んだのは、どう云う理由《わけ》だろう。こんな事はよくあるもんだから、いざと云う場合に、敵は敵、味方は味方と板行《*はんこう》で押した様に考えないで、敵のうちで味方を探したり、味方のうちで敵を見露《みあら》わしたり、片方《かたっぽ》づかない様に心を自由に活動させなくってはいけない。

四十四

弱輩《じゃくはい》な自分にはこの機合《きあい》がまだ呑《の》み込《こ》めなかったもんだから、原さんの前に立って顫《ふる》えながら、へどもどしていると、原さんも気の毒になったと見えて、

「あなたさえ帰る気なら、及ばずながら相談になろうじゃありませんか」

と向《むこう》から口を掛けてくれた。こう切って出られた時に、自分ははっと難有《ありがた》く感じた。ばかりなら当り前だがはっと気が附いた。――自分の相談相手は自分の志望を拒絶するこの原さんを除いて、外《ほか》にないんだと気が附いた。気がつくと同時にまた口が利けなくなった。是非《ぜひ》坑夫にしてくれとも、帰るから旅費を貸してくれとも言いかねて、矢《や》っ張《ぱ》

り立ちすくんでいた。気が附いても何にもならない、ただ右の手で拳骨《げんこつ》を拵《こしら》えて寒い鼻の下を擦《こす》った様に記憶している。自分はその前寄席《よせ》へ行って、よく噺家《はなしか》がこんな手真似《てつき》をするのを見た事があるが、自分でその通りを実行したのは、これが始めてである。この手真似を見ていた原さんが、今度はこう云った。

「失礼ながら旅費のことなら、心配しなくっても好《よ》ござんす。どうかして上げますから」

旅費は無論ない。のたれ死《じに》を覚悟の前でも、金は持ってる方が心丈夫《こころじょうぶ》だ。*一厘《りん》たりとも金気《かなけ》は肌に着いていない。沉《ま》して*慢性の自滅で満足する今の自分には、たとい*白銅《はくどう》一箇《こ》の*草鞋銭《わらじせん》でも大切である。帰ると事がきまりさえすれば、頭を地に摺《す》り附《つ》けても、原さんから旅費を恵んで貰《もら》ったろう。実際こうなると廉恥《れんち》も品格もあったもんじゃない。どんな不体裁《ふていさい》な貰い方でもする。——大抵《たいてい》の人がそうなるだろう。又そうなって然《しか》るべきである。——然し決して褒《ほ》められた始末じゃない。自分がこんな事を露骨《ろこつ》にかくのは、ただ人間の正体を、事実なりに書くんで、書いて得意がるのとは訳が違う。人間の生地《きじ》はこれだから、これで差支《さしつかえ》ないなどと主張するのは、練羊羹《ねりようかん》の生地は小豆《あずき》だから、羊羹の代りに生小豆を嚙《か》んでれば差支ないと結論するのと同じ事だ。自分はこの時の有様《ありさま》を思い出す度《たび》に、なんで、あんな、さもしい料簡《りょうけん》になったものかと、吾《われ》ながら愛想が尽きる。こう云う下卑《げび》た料簡を起さずに、一生を暮す事の出来る人は、経験の足りない人かも知れないが、幸いな人である。又自分等《ら》よりも遥《はる》かに高尚な人である。生小豆のまさ加減を知らないで、生涯練羊羹ばかり味《あじわ》ってる結構な人である。

自分は、も少しの事で、手を合せて、見ず知らずの飯場頭《はんばがしら》から僅《わず》かの*合力《ごうりき》を仰ぐ所であった。それをやっとの事で喰《く》い止めたのは、折角《せっかく》の好意で調《ととの》えてくれる金も、二三日*木賃宿《きちんやど》で夜露《よつゆ》を凌《しの》げば、すぐ無くなって、無くなった暁《あかつき》には、又当途《あてど》もなく流れ出さなければならないと、冥々《めいめい》のうちに自覚したからである。自分は屑《いさぎ》よく涙金《なみだきん》を断った。断った表向《おもてむき》は律義にも見える。自分もそう考えるが、よくよく詮索《せんさく》すると、慾《よく》の天秤《てんびん》に懸けた、利害の判断から出ている事は慥《たし》かである。その証拠には補助を断ると同時に、自分は、こんな事を言い出した。

「その代り坑夫に使って下さい。折角来たんだから。僕はどうしても遣《や》って見る気なんですから」

「随分酔興《ずいぶんすいきょう》ですね」

と原さんは首を傾《かし》げて、自分を見詰《みつ》めていたが、やがて溜息《ためいき》の様な声を出して、

「じゃ、どうしても帰る気はないんですね」

と云った。

「帰るったって、帰る所がないんです」

「だって……」

「家《うち》なんかないんです。坑夫になれなければ乞食《こじき》でもするより仕方がないです」

四十五

こんな押問答《おしもんどう》を二三度重ねている中《うち》に、口を利くのが大変楽になって来た。これは思い切って、無理な言葉を、出悪《でにく》いと知りながら、我慢して使った結果、おのずと拍子《ひょうし》に乗って来た勢《いきおい》に違《ちがい》ないんだから、まあ器械的《きかいてき》の変化と見做《みな》しても差支《さしつかえ》なかろうが、妙なもので、その器械的の変化が、逆戻りに自分の精神に影響を及ぼして来た。自分の言いたい事が何の苦もなく口を出るに連《つ》れて――ある人はある場合に、自分の言いたくない事までも調子づいてべらべら饒舌《しゃべ》る。舌はかほどに器械的なものである。――この器械が使用の結果加速度の効力を得《う》るに連れて、自分は段々大胆になって来た。――いや、大胆になったから饒舌れたんだろう、君の云う事は顚倒《あべこべ》じゃないかと遣り込める気なら、そうして置いてもいい。いいが、それはあまり陳腐《ちんぷ》で且《かつ》時々嘘になる。嘘と陳腐で満足しないものは自分の言分《いいぶん》を尤《もっと》もと首肯《うなずく》だろう。

自分は大胆になった。大胆になるに連れて、どうしても坑夫に住み込んで遣ろうと決心した。また饒舌っておれば必ず坑夫になれるに違《ちがい》ないと自覚して来た。一昨日《おととい》家《うち》を飛び出す間際《まぎわ》までは、夢にも坑夫になろうと云う分別は出なかった。ばかりではない、坑夫になる為《ため》の駆落《かけおち》と事が極《き》まっていたならば、何となく恥ずかしくなって、まあ一週間よく考えた上にと、出奔《しゅっぽん》の時期を曖昧《あいまい》に延ばしたかもしれない。逃亡はする。逃亡はするが、紳士の逃亡で、人だか土塊《つちくれ》だか分らない坑掘《あなほり》になり下《さが》る目的の逃亡とは、何不足なく生育《そだ》った自分の頭には影さえ射さなかったろう。所《ところ》が原さんの前で寒い奥歯を噛《かみ》しめながら、しょう事なしの押問答をしているうちに、自分はどうあっても坑夫になるべき運命、否《いな》天職を帯びてる様な気がし出した。この山とこの雲とこの雨を凌《しの》いで来たからには、是非共《ぜひとも》坑夫にならなければ済まない。万一採用されない暁《あかつき》には自分に対して面《めん》目《もく》がない。——読者は笑うだろう。然《しか》し自分は当時の心情を真面目《まじめ》に書いてるんだから、人が見て可笑《おか》しければ可笑しい程、その時の自分に対して気の毒になる。

妙な意地だか、負惜《まけおし》みだか、それとも行倒《ゆきだお》れになるのが怖くって、帰り切れなかった為《ため》だか、——その辺《へん》は自分にも曖昧だが、兎《と》に角《かく》自分は、尤《もっと》も熱心な語調で原さんを口《く》説《ど》いた。

「……そう云わずに使って下さい。実際僕が不適当なら仕方がないが、まだ遣って見ない事なんだから——折角《せっかく》山を越して遠方をわざわざ来た甲斐《かい》に、一日《いちんち》でも二日でも、いいですから、まあ試しだと思って使って下さい。その上で、到底《とうてい》役に立たないと事が極《き》まれば帰ります。きっと帰ります。僕だって、それだけの仕事が出来ないのに、押《おし》を強く御厄介《ごやっかい》になってる気はないんですから。僕は十九です。まだ若いです。働き盛りです……」

と昨日茶店の神《かみ》さんが云った通りをそのまま図に乗って述べ立てた。後から考えると、これは寧《むし》ろ人が自分を評する言葉で、自分が自分を吹聴《ふいちょう》する文句ではなかった。そこで原さんは、少し笑い出した。

「それ程御望《おのぞ》みなら仕方がない。何も御縁《ごえん》だ。まあやって御覧なさるが好《い》い。その代り苦しいですよ」

と原さんは何気《なにげ》なく裏の赤い山を覗《のぞ》く様に見上げた。大方《おおかた》天気模様でも見たんだろう。自分も原さんと一所《いっしょ》に山の方へ眼を移した。雨は上がったが、暗く曇《くも》っている。薄気味の悪い程怪しい山の中の空合《そらあい》だ。この一瞬時に、自分の願《ねがい》が叶《かな》って、自分はまず山の中の人となった。この時「その代り苦しいですよ」と云った原さんの言葉が、妙に気に掛り出した。人は、漸《ようや》くの思いで刻下《こっか》の志《こころざし》を遂《と》げると、すぐ反動が来て、却《かえっ》て志を遂げた事が急に恨めしくなる場合がある。自分が望み通りここへ落ち附ける口頭の辞令を受け取った時の感じは聊《いささ》かこれに類している。

四十六

「じゃね」――原さんは語調を改めて話し出した。――「じゃね。何しろ明日の朝、シキへ這入《はい》って御覧なさい。案内を一人附けて上げるから。――それからと――そうだ、その前に話して置かなくっちゃなりませんがね。一口《ひとくち》に坑夫と云うと、訳《わけ》もない仕事の様《よう》に思われましょうが、中々外で聞いてる様な生容易《なまやさし》い業《わざ》じゃないんで。まあ取《と》っ附《つ》けから坑夫になるなあ」と云って自分の顔を眺めていたが、やがて、

「その体格じゃ、ちっと六《む》ずかしいかも知れませんね。坑夫でなくっても、好《よ》うがすかい」

と気の毒そうに聞いた。*坑夫になるまでには相当の階級と練習を積まなくっちゃならないと云う事がここで始めて分った。成程《なるほど》長蔵さんが坑夫坑夫と、さも名誉らしく坑夫を振《ふ》り廻《まわ》した筈《はず》だ。

「坑夫の外《ほか》に何かあるんですか。ここに居る者は、みんな坑夫じゃないんですか」

と念の為《ため》に聞いて見た。すると原さんは、自分を馬鹿にした様子もなく、すぐその所以《わけ》を説明してくれた。

「銅山《やま》にはね、一万人も這入っててね。それが*掘子《ほりこ》に、*シチュウに、*山市《やまいち》に、坑夫と、

こう四つに分れてるんでさあ。掘子ってえな、一人前の坑夫に使えねえ奴がなるんで、まあ坑夫の下働《したばたらき》ですね。シチュウは早く云うとシキの内の大工見《み》た様《よう》なものかね。それから山市だが、こいつは、ただ石塊《いしっころ》をこつこつ欠《か》いてるだけで、重《おも》に子供——さっきも一人来たでしょう。ああ云うのが当分坑夫の見習にやる仕事さね。まあざっと、こんなものですよ。それで坑夫となると請負《うけおい》仕事だから、間《ま》が好《い》いと日*に一円にも二円にも当

る事もあるが、掘子は日当《にっとう》で年が年中三十五銭で辛抱《しんぼう》しなければならない。しかもそのうち五*分《ぶ》は親方が取っちまって、病気でもしようもんなら手当が半分だから十七銭五厘《りん》ですね。それで蒲団《ふとん》の損料《そんりょう》が一枚三銭――寒いときは是非《ぜひ》二枚要るから、都合で六銭と、それに飯代《めしだい》が一日十四銭五厘、御菜《おさい》は別ですよ。――どうです。もし坑夫にいけなかったら、掘子にでもなる気はありますかね」

実の所はなりますと勢いよく出る元気はなかったが、ここまで来れば、今更《いまさら》どうしたって否《いや》だと断られた義理のもんじゃない。そこで、出来るだけ景気よく、

「なります」

と答えてしまった。原さんにはこの答《こたえ》が断然たる決心の様に受けとれたか、それとも、瘠我慢《やせがまん》の附景気《つけげいき》の如く響いたか、その辺《へん》は確《しか》と分らないが、何しろこの一言《いちげん》を聞いた原さんは、機嫌《きげん》よく、

「じゃまあ、御上がんなさい。そうして、あした人を附けて上げるから、まあシキへ這入《はい》って御覧なさるがいい。何しろ一万人も居て、こんなに組々に分れているんだから、飯場《はんば》を一つでも預かってると、毎日毎日何《なん》だ蚊《か》だって、うるさい事ばかりでね。折角《せっかく》頼むから置いてやる、すぐ逃げる。――一日《いちんち》に二三人はきっと逃げますよ。そうかと云って、大人しくしているかと思うと、病気になって、死んじまう奴が出て来て――どうも

始末に行《ゆ》かねえもんでさあ。葬《とむらい》ばかりでも日に五六組無い事あ、滅多《めった》にないからね。――まあ遣る気なら本気に遣って御覧なさい。腰を掛けてちゃ、足が草臥《くたびれ》るだろう。此方《こっち》へ御上り」

この逐一《ちくいち》を聞いていた自分は、たとい掘子だろうが、山市だろうが一生懸命に働かなくっちゃあ、原さんに対して済まない仕儀になって来た。そこで心のうちに、原さんの迷惑になる様な不都合は決してしまいと極めた。何しろ年が十九だから正直なものだった。

四十七

そこで原さんの云う通り、足を拭《ふ》いて尻を卸《おろ》しているうちに、奥の方から婆さんが出て来て、――この婆さんの出様《でよう》が甚《はなは》だ突然で、一寸《ちょっと》驚いたが、

「此方《こっち》へ御出《おいで》なさい」

と云うから、好加減《いいかげん》に御辞儀《おじぎ》をして、後から尾《つ》いて行った。小作《こづくり》な婆さんで、後姿《うしろすがた》の華奢《きゃしゃ》な割合には、ぴんぴん跳《は》ねる様《よう》に活潑《かっぱつ》な歩き方をする。幅の狭い茶色の帯をちょっきり結《むすび》にむすんで、なけなしの髪を頸窩《ぼんのくぼ》へ片附《かたづけ》てその心棒《しんぼう》に鉛色《なまりいろ》の簪《かんざし》を刺している。そうして襷掛《たすきがけ》であった。何でも台所か――台所がなければ、――奥の方で、用事の真《ま》っ最《さい》

中《ちゅう》に、案内の為《ため》呼び出されたから、こう急《いそ》がしそうに尻を振るんだろう。それとも山《やま》育《そだち》だからかしら。いや、飯場《はんば》だから優長《ゆうちょう》にしちゃいられない所以《せい》だろう。して見ると、今日から飯場の飯を食い出す以上は自分だって安閑《あんかん》としちゃいられない。万事この婆さんの型《かた》で行かなくっちゃなるまい。――なるまい。――と力を入れて、うんと思ったら、流石《さすが》に草臥《くたびれ》た手足が急になるまいで充満して、頭と胸の組織が一寸変った様な気分になった。その勢いで広い階子段《はしごだん》を、案内に応じて、すとんすとんと景気よく登って行った。が自分の頭が階子段から、ぬっと一尺ばかり出るや否《いな》や、この決心が、ぐうと退避《たじろい》だ。

胸から上を階子段の上へ出して、二階を見渡すと驚いた。畳数《たたみかず》は何十枚だか知らないが遥《はるか》の突き当りまで敷き詰めてあって、その間《あいだ》には一重《ひとえ》の仕切りさえ見えない。丁度《ちょうど》柔道《じゅうどう》の道場か、浪花節《なにわぶし》の席亭《*せきてい》の様な恰好《かっこう》で、しかも広さは倍も三倍もある。だから、唯《ただ》駄々《だだ》ッ広《ぴろ》い感じばかりで、畳の上でも丸で野原へ出たとしきゃ思えない。それだけでも驚く価値《ねうち》は十分あるが、その広い原の中に大きな囲炉裏《いろり》が二つ切ってある。そこへ人間が約十四五人ずつかたまっている。自分の決心が退避いだと云うのは、卑怯《ひきょう》な話だが、全くこの人間にあったらしい。平生《へいぜい》から強がっていたにはいたが、若輩《じゃくはい》の事だから、見ず知らずの多勢《おおぜい》の席へ滅多《めった》に首を出した事はない。晴《はれ》の場所となると、只《ただ》でさえもじもじする。所《ところ》へもって来て、突然坑夫の団体に生擒《いけどら》れたんだから、この黒い塊《かたまり》を見るが早いか、聊《いささ》か辟易《ひるん》じまった。それも、ただの人間ならいい。云っちゃ意味がよく通じない。――ただの人間が、坑夫になってるなら差支《さしつかえ》ない。所が自分の胸から上が、階子段を出ると、等しく、この塊の各部分が、申し合せた様に、此方《こっち》を向いた。その顔が――実はその顔で全く畏縮《いしゅく》して仕舞《しま》った。と云うのはその顔がただの顔じゃない。ただの人間の顔じゃない。純然たる坑夫の顔であった。そう云うより別に形容し様がない。坑夫の顔はどんなだろうと云う好奇心のあるものは、行って見るより外《ほか》に致し方がない。それでも是非《ぜひ》説明して見ろと云うなら、ざっと話すが、――頬骨《ほおぼね》が段々高く聳《そび》えてくる。顎《あご》が競《せ》り出す。同時に左右へ突っ張る。眼が壺《つぼ》の様に引ッ込んで、眼球《めだま》を遠慮なく、奥の方へ吸い附けちまう。小鼻が落ちる。――要するに肉と云う肉がみんな退却して、骨と云う骨が悉《ことごと》く*吶喊展開《とっかんてんかい》するとでも評したら好《よ》かろう。顔の骨だか、骨の顔だか分らない位《くらい》に、稜々《りょうりょう》たるものである。劇《はげ》しい労役《ろうえき》の結果早く年を取るんだとも解釈は出来るが、ただ天然自然に年を取ったって、ああなるもんじゃない。丸味《まるみ》とか、温味《あたたかみ》とか、優味《やさしみ》とか云うものは薬にしたくっても、探し出せない。まあ一口に云うと獰猛《どうもう》だ。不思議にもこの獰猛な相《そう》が一列一体の共有性になっていると見えて、囲炉裏《いろり》の傍《はた》の黒いものが等しく自分の方を向くと、またたく間《ま》に獰猛な顔が十四五揃った。向うの囲炉裏を取捲《とりま》いてる連中も同じ顔に違いない。さっき坂を上がってくるとき、長屋の窓から自分を見下《みお》ろしていた顔も全くこれである。して見ると組々の長屋に住んでいる総勢一万人の顔は悉《ことごと》く獰猛なんだろう。自分は全く退避《ひる》んだ。

四十八

この時婆さんが後《うしろ》を振り返って、

「此方《こっち》へ御出《おい》でなさい」

と、もどかしそうに云うから、度胸を据えて、獰猛の方へ近附いて行った。漸《ようや》く囲炉裏《いろり》の傍《はた》まで来ると、婆さんが、今度は、

「まあここへ御坐《おすわ》んなさい」

と差しずをしたが、唯好加減《ただいいかげん》な所へ坐れと云うだけで、別に設けの席も何もないんだから、自分は黒い塊《かたま》りを避けて、たった一人畳の上へ坐った。この間《あいだ》獰猛な眼は、始終自分に食っ附いている。遠慮も何もありゃしない。そうして誰《たれ》も口を利くものがない。取附端《とりつきは》を見出《みいだ》すまでは、団体の中へ交《まじ》り込む訳にも行かず、ぽつねんと独《ひと》り坊《ぼ》ッちで離れているのは、獰猛の目標《めじるし》となるばかりだし、大いに困った。婆さんは、自分を紹介する段じゃない、器械的《きかいてき》に「ここへ坐れ」と云ったなり、ちょっ切り結びの尻を振り立てて階子段《はしごだん》を降りて行って仕舞《しま》った。広い寄席《よせ》の真中《まんなか》にたった一人取り残されて、楽屋《がくや》の

*出方《でかた》一同から、冷《ひや》かされてるようなものだ。手持無沙《てもちぶさ》汰《た》は無論である。殊更《ことさら》今の自分に取っては心細い。のみならず袷《あわせ》一枚で甚《はなは》だ寒い。寒いのは、この五月の空に、かんかん炭を焼《た》いて獰猛共《どうもうども》が囲炉裏へあたってるんでも分る。自分は仕方がないから、てれ隠しに襯衣《シャツ》の釦《ボタン》をはずして腋《わき》の下へ手を入れたり、膝《ひざ》を立てて、足の親指を爪《つね》って見たり、或《あるい》は腿《もも》の所を両手で揉《も》んで見たり、色々遣《や》っていた。こう云う時に、落附《おちつ》いた顔をして——顔ばかりじゃ不可《いけ》ない、心《しん》から落ち附いて、平気で坐ってる修業をして置かないと、大きな損だ。然《しか》し、十九や、そこいらでは到底覚束《とうていおぼつか》ない芸だから、自分は已《やむ》を得ず、前記の通り色々馬鹿な真似《まね》をしていると、突然、

「おい」

と呼んだものがある。自分はこの時丁度《ちょうど》下を向いて*鳴海絞《なるみしぼり》の兵児帯《へこおび》を締め直していたが、この声を聞く

や否《いな》や、電気仕掛の顔の様に、首筋が急に釣《つ》った。見ると先《さっ》きの顔揃《かおぞろい》で、眼がみんな此方《こっち》を向いて、光ってる。「おい」と云う声は、どの顔から出たものか分らないが、どの顔から出たにしても大した変りはない。どの顔も獰猛で、よく見るとその獰猛のうちに、軽侮《あなどり》と、嘲弄《あざけり》と、好奇の念が判然《はんぜん》と彫り附けてあったのは、首を上げる途端《とたん》に発明した事実で、発明するや否や、非常に不愉快に感じた事実である。自分は仕方がないから、首を上げたまま、「おい」の声がもう一遍《いっぺん》出るのを待っていた。この間《あいだ》が約何秒かかったか知らないが、兎《と》に角《かく》予期の状態で一定の姿勢に居《お》ったものらしい。すると、いきなり、

「*やに澄ますねえ」

と云ったものがある。この声はさっきの「おい」よりも少し皺枯《しゃがれ》ていたから、大方《おおかた》別人だろうと鑑定した。然《しか》し返答をするべき性質《たち》の言葉でないから――字で書くと普通のいねえの様に見えるが、実はなよの命令を*倶利伽羅流《くりからりゅう》に崩したんだから、甚《はなは》だ下等である。――それで矢《や》っ張《ば》り黙ってた。ただ内心では大いに驚いた。自分がここへ来て言葉を交したものは原さんと婆さんだけであるが、婆さんは女だから別として、原さんは思ったよりも叮嚀《ていねい》であった。所《ところ》が原さんは飯場頭《はんばがしら》である。頭《かしら》ですらこれだから、平《ひら》の坑夫は無論そう野卑《ぞんざい》じゃあるまいと思い込んでいた。だから、この悪口《あくたい》が藪《やぶ》から棒《ぼう》に飛んで来た

時には、こいつはと退避《ひる》む前に、まずおやっと毒気を抜かれた。ここで一層《いっそ》の事毒突返《どくづき》したなら、袋叩《ふくろたた》きに逢うか、又は平等の交際が出来るか、どっちか早く片が附いたかも知れないが、自分は何《な》にも口答えをしなかった。もともと東京生れだから、この際何とか受ける位《くらい》は心得ていたんだろう。それにも拘《かか》わらず、*兄《あにい》に類似した言語は無論、尋常の竹篦返《しっぺえがえ》しさえ控えたのは、――相手にならないと先方《さき》を軽蔑《けいべつ》した為《ため》だろうか――或《あるい》は怖くって何とも云う度胸がなかったんだろうか。自分は前の方だと云いたい。然し事実はどうも後の方らしい。兎《と》も角《かく》も両方交ってたと云うのが一番穏《おだやか》の様に思われる。世の中には軽蔑しながらも怖いものが沢山《いくら》もある。矛盾にゃならない。

四十九

それは何方《どっち》にしたって構わないが、自分がこの悪口《あくたい》を聞いたなり、大人しく聞き流す料簡《りょうけん》と見て取った坑夫共《ども》は、面白そうにどっと笑った。此方《こっち》が大人《おと》なしければ大人なしい程、この笑《わらい》は高く響いたに違《ちがい》ない。銅山《やま》を出れば、世間が相手にしてくれない返報に、たまたま普通の人間が銅山の中へ迷い込んで来たのを、これ幸いと嘲弄《ちょうろう》するのである。自分から云えば、この坑夫共《ども》が社会に対する恨みを、吾身《わがみ》一人で引き受けた訳になる。銅山へ這入《はい》るまでは、自分こそ社会に立てない身体《からだ》だと思い詰めていた。そこで飯場《はんば》へ上《あが》って見ると、自分の様な人間は仲間にしてやらないと云わんばかりの取扱いである。自分は普通の社会と坑夫の社会の間に立って、立派に板挟みとなった。だからこの十四五人の笑い声が、ほてる程自分の顔の正面に起った時は、悲しいと云うよりは、恥ずかしいと云うよりは、手持無沙汰《てもちぶさた》と云うよりは、情《なさけ》ない程不人情な奴が揃ってると思った。無教育は始めから知れている。教育がなければ予期出来ない程の無理な注文はしない積《つもり》だが、なんぼ坑夫だって、親の胎内《たいない》から持って生れたままの、人間らしい所はあるだろう位に心得ていたんだから、この寸法に合わない笑声を聞くや否《いな》や、畜生奴《ちくしょうめ》と思った。俗語に云う怒った時の畜生奴じゃない。人間と受取れない意味の畜生奴である。今では経験の結果、人間と畜生の距離が大分詰《だいぶんつま》ってるから、この位の事をと、鈍い神経の方で相手にしないかも知れないが、何しろ十九年しか、使っていない新しい柔《やわら》かい頭へこの笑《わらい》がじんと来たんだから、切《せつ》なかった。自分ながら思い出す度《たび》に、まことに痛わしい様な、いじらしい様な、その時の神経系統をそのまま真綿《まわた》に包《くる》んで大事に仕舞《しま》って置いてやりたい様な気がする。

この悪意に充ちた笑が漸《ようや》く下火になると、

「御前《おめえ》は何処《どこ》だ」

と云う質問が出た。この質問を掛けたものは、自分から一番近い所に坐っていたから、声の出所《でどこ》は判然《はっきり》分った。浅黄色《あさぎいろ》の手拭染《てぬぐいじ》みた＊三尺帯を腰骨の上へ引《ひ》き廻《まわ》して、後ろ向きの胡坐《あぐら》のまま、斜《はす》に顔だけ此方《こっち》へ見せている。その片眼《かため》は生れ附きの＊赤んべんで、御負《おまけ》に結膜が一面に充血している。

「僕は東京です」

と答えたら、赤んべんが、肉のない頬《ほお》を凹《へこ》まして、愚弄《ぐろう》の笑を洩《も》らしながら、三軒置いて隣《とな》りの坑夫を一寸顎《ちょいとあご》でしゃくった。するとこの相図《あいず》を受けた、＊願人坊主《がんにんぼうず》が、入れ替ってこんな事を云った。――

「僕だなんて――書生《しょせ》ッ坊《ぼ》だな。大方女郎買《じょろうかい》でもして仕損《しくじ》ったんだろう。太《ふて》え奴だ。全体《ぜんてえ》この頃の書生ッ坊の風儀が悪くって不可《いけ》ねえ。そんな奴に辛抱《しんぼう》が出来るもんか、早く帰《けえ》れ。そんな瘠《やせ》っこけた腕で出来る家業じゃねえ」

自分はだまっていた。あんまり黙っていたので張合《はりあい》が抜けた所為《せい》か、わいわい冷《ひや》かすのが少し静まった。その時一人の坑夫――これは尋常な顔である。世間へ出しても普通に通用する位に眼鼻立《めはなだち》が調《ととの》っていた。自分は、冷かされながら、眼を上げて、黒い塊を見る度に、人数やら、着物やら、獰猛《どうもう》の度合《どあい》やらを段々腹に畳み込んでいたが、最初は総体の顔が総体に骨と眼で出来た上に獣慾《じゅうよく》の脂《あぶら》が浮いている所ばかり眼に着いて、どれも、これも差別がない様に思われた。それが三度四度と重なるにつけて、四人五人と人相の区別が出来るに連れて、この坑夫だけが一際《ひときわ》目立って見える様になった。年はまだ三十にはなるまい。体格は屈竟《くっきょう》である。眉毛《まみえ》と鼻の根と落ち合う所が、一段奥へ引っ込んで、始終鼻眼鏡《はなめがね》で圧《お》し附けてる様に見える。そこに癇癪《かんしゃく》が拘泥《こうでい》していそうだが、これが為に獰猛の度は却《かえっ》て減ずると云っても好《い》い様な特徴であった。――この坑夫がこの時始めて口を利いた。――

五十

「何故《なぜ》こんな所へ来た。来たって仕方がないぜ。儲《もう》かる所じゃない。ここに居る奴あ、みんな食詰《くいつめ》ものばかりだ。早く帰るが好《よ》かろう。帰って新聞配達でもするがいい。おれも元はこれで学校へも通ったもんだが、放蕩《ほうとう》の結果とうとう、シキの飯《めし》を食う様《よう》になっちまった。おれの様になったが最後もう駄目《だめ》だ。帰ろうたって、帰れなくなる。だから今のうちに東京へ帰って新聞配達をしろ。書生はとても一月《ひとつき》と辛抱《しんぼう》は出来ないよ。悪い事は云わねえから帰れ。分ったろう」

これは比較的真面目《まじめ》な忠告であった。この忠告の最中は、さすがの獰悪派《どうあくは》も大人しく交《まぜ》っ返しもせずに聞いていた。その惰性《だせい》で忠告が済んだあとも、一時《いちじ》は静《しずか》であった。尤《もっと》もこれはこの坑夫に多少の勢力があるんで、その勢力に対しての遠慮かも知れないと勘

づいた。その時自分は何となく心の底で愉快だった。この坑夫だって、外《ほか》の坑夫だって、人相にこそ少しの変化はあれ、矢《や》っ張《ぱ》り一つ穴でこつこつ鉱塊《あらがね》を欠いている分《ぶん》の事だろう。そう芸に巧拙《こうせつ》のある筈《はず》はない。して見ると、この男の勢力は全く字が読めて、物が解って、分別があって——一口に云うと教育を受けた所為《せい》に違《ちが》いない。自分は今こんなに馬鹿にされている。殆《ほとん》ど最下等の労働者にさえ*歯《よわい》されない人非人《にんぴにん》として、多勢《たぜい》の侮辱《ぶじょく》を受けている。然《しか》し一度この社会に首を突込《つっこ》んで、獰猛組《どうもうぐみ》の一人《いちにん》となりすましたら、一月二月《ひとつきふたつき》と暮して行《ゆ》くうちには、この男位の勢力を得《う》る事は出来るかも知れない。出来るだろう。出来るに極《きま》ってるとまで感じた。だから、いくら誰が何と云っても帰るまい、きっとこの社会で一人前以上になって成功して見せる。——随分《ずいぶん》思い切って詰らない考えを起したもんだが、今から見ても、多少論理には叶《かな》っている様だ。そこでこの坑夫の忠告には謹《つつし》んで耳を傾《かたぶ》けていたが、別段先方の注文通りに、では帰りましょうと云う返事もしなかった。そのうち一旦《いったん》静まりかけた愚弄《ぐろう》の舌が又動き出した。

「居る気なら置いてやるが、ここにゃ、それぞれ掟《おきて》があるから呑《の》み込《こ》んで置かなくっちゃ迷惑だぜ」

と一人が云うから、

「どんな掟ですか」

と聞くと、

「馬鹿だなあ。親分もあり兄弟分《きょうでえぶん》もあるじゃねえか」

と、大変な大きな声を出した。

「親分たどんなもんですか」

と質問して見た。実はあまり我味我味《がみがみ》云うから、黙って居様《いよう》かしらんとも思ったけれども、万一掟を破って、あとで苛《ひど》い目に逢うのが怖いから、まあ聞いて見た。すると他の坑夫が、すぐ、返事をした。

「仕様《しよう》のねえ奴だな。親分を知らねえのか。親分も兄弟分も知らねえで、坑夫になろうなんて料簡違《りょうけんちげ》えだ。早く帰《けえ》れ」

「親分も兄弟分も居るから、だから、儲《もう》けようたって、そう旨《うま》かあ行かねえ。帰れ」

「儲かるもんか帰るが好い」

「帰れ」

「帰《けえ》れ」

しきりに帰《かえ》れと云う。しかも実際自分の為《ため》を思って帰れと云うんじゃない。仲間入《なかまいり》をさせて遣《や》らないから出て行けと云うんである。さぞ儲《もう》けたいだろうが、そうは問屋《といや》で卸《おろ》さない、こちとらだけで儲ける仕事なんだから、諦めて早く帰れと云うんである。従って何処《どこ》へ帰れとも云わない。川の底でも、穴の中でも構わない勝手な所へ帰れと云うんである。自分は黙っていた。

五十一

この形勢がこのままで続いたら、どんな事にたち至ったか思い遣られる。敵はこの囲《い》炉裏《ろり》の周囲《まわり》ばかりにゃ居ない。さっき一寸《ちょっと》話した通り、向うの方にも大きな輪になって、黒く塊《かたま》っている。こっちの団体だけですら持ち扱っている所へ、彼方《あっち》の群勢が加勢したら大事《だいじ》である。自分は愚弄《ぐろう》されながらも、時々《ときどき》横目を使って、未来の敵——こうなると、どれもこれも人間でさえあれば、敵と認定して仕舞《しま》う。——遠方には居《お》るが、そろそろ押し寄せて来そうな未来の敵を、見ていた。斯様《かよう》に自分の心が、左右前後と離《はな》れ離《ばなれ》になって、しかも独立が出来ないものだから、物の後を追掛《おっか》け、追《お》ん廻《ま》わしている程辛《つら》い事はない。なんでも敵に逢《あっ》たら敵を呑《の》むに限る。呑む事が出来なければ呑まれて仕舞うが好《い》い。もし両方共《とも》困難ならぷつりと縁を截《き》って、独立自尊の態度で敵を見ているがいい。敵と融合する事も出来ず、敵の勢力範囲外に心を持ってく事も出来ず、しかも敵の尻を嗅《か》がなければならないとなると、甚《はなは》だしき損となる。従って尤《もっと》も下等である。自分はこう云う場合にたびたび遭遇して、色々な活路を研究して見たが、研究した程に、心が云う事を聞かない。だからここに申す三策は、みんな*釈迦《しゃか》の空説法《からぜっぽう》である。どうも正式の学問をしないでも知れ切ってる*陳説《ちんせつ》なら、猶更《なおさら》言うだけが野暮《やぼ》になる。もし講釈をしないと、こう云う所へ来て、取捨の区別が附かなくって困る。

自分が四方八方に気を配って、自分の存在を最高度に縮小して恐れ入っていると、

「御膳《ごぜん》を御上《おあ》がんなさい」

と云う婆さんの声が聞えた。何時《いつ》の間《ま》に婆さんが上がって来たんだか、自分の魂《たましい》が鳩《はと》の卵の様に小さくなって、萎縮《いしゅく》した真最中《まっさいちゅう》だったから、御膳の声が耳に入《い》るまでは丸で気が附かなかった。見ると剝《は》げた御膳《おぜん》の上に縁《ふち》の欠けた茶碗が伏せてある。小さい飯櫃《めしびつ》も乗っている。箸《はし》は赤と黄に塗り分けてあるが、黄色い方の漆《うるし》が半分程落ちて木地《きじ》が全く出ている。御菜《おさい》には糸蒟蒻《いとごんにゃく》が一皿附いていた。自分は伏目《ふしめ》になってこの御膳の光景を見渡した時、大いに食いたくなった。実は今朝《けさ》から水一滴も口へ入れていない。胃は全く空《から》である。もし空でなければ、昨日食った揚饅頭《あげまんじゅう》と薩摩芋《さつまいも》があるばかりである。飯《めし》の

気《け》を離れる事約二昼夜になるんだから、如何《いか》に魂が萎縮しているこの際でも、御櫃《おひつ》の影を見るや否《いな》や食慾《しょくよく》は猛然として咽喉元《のどもと》まで詰め寄せて来た。そこで、冷《ひや》かしも、交《ま》ぜっ返しも気に掛ける暇《いとま》なく、見栄も糸瓜《へちま》も棒に振って、いきなり、お櫃《はち》からしゃくって茶碗へ一杯盛り上げた。その手数《てかず》さえ面倒な位《くらい》待ち遠しい程であったが、例の剝箸《はげばし》を取り上げて、茶碗から飯《めし》をすくい出そうとする段になって——おやと驚いた。些《ちっ》ともすくえない。指の股に力を入れて箸をうんと底まで突っ込んで、今度こそはと、持上げて見たが、矢張《やっぱ》り駄目《だめ》だ。飯はつるつると箸の先から落ちて、決して茶碗の縁《ふち》を離れ様としない。十九年来未《いま》だ曽《かつ》てない経験だから、あまりの不思議に、この仕損《しくじり》を二三度繰り返して見た上で、はてなと箸を休めて考えた。恐らく狐《きつね》に撮《つま》まれた様な風であったんだろう。見ていた坑夫共《ども》は又ぞろ、どっと笑い出した。自分はこの声を聞くや否や、いきなり茶碗を口へ附けた。そうして光沢《つや》のない飯を一口搔《か》き込んだ。すると笑い声よりも、坑夫よりも、空腹よりも、舌三寸の上だけへ魂が宿ったと思う位に変な味がした。飯とは無論受取れない。全く壁土《かべつち》である。この壁土が唾液《つばき》に和《と》けて、口一杯に広がった時の心持《こころもち》は云うに云われなかった。

「面《つら》あ見ろ。いい様《ざま》だ」

と一人が云うと、

「*御祭日《おさいじつ》でもねえのに、*銀米《ぎんまい》の気でいやがらあ。だから帰《けえ》れって教《おせ》えてやるのに」

と他のものが云う。

「*南京米《ナンキンめえ》の味も知らねえで、坑夫になろうなんて、頭っから料簡違《りょうけんちげえ》だ」

と又一人が云った。

五十二

自分は嘲弄《ちょうろう》のうちに、術《じゅつ》なくこの南京米を呑《の》み下《くだ》した。一口で已《や》め様《よう》と思ったが、折《せっ》角《かく》盛り込んだものを、食って仕舞《しま》わないと、又冷《ひや》かされるから、*熊《くま》の胆《い》を呑む気になって、茶碗に注《つ》いだだけは奇麗《きれい》に腹の中へ入れた。全く食慾《しょくよく》の為《ため》ではない。昨日食った揚《あげ》饅頭《まんじゅう》や、ふかし芋の方が、どの位御馳走《くらいごちそう》であったか知れない。自分が南京米の味を知ったのは、生れてこれが始《はじめ》てである。

茶碗に盛っただけは、こう云う訳で、どうにか、こうにか片附《かたつ》けたが、二杯目は我慢《がまん》にも盛《よそ》う気にならなかったから、糸蒟蒻《いとごんにゃく》だけを食って箸を置く事にした。この位辛抱《しんぼう》して無理に厭《いや》なものを口に入れてさえ、箸を置くや否や散々《さんざん》に嘲弄された。その時は随分《ずいぶん》つらい事と思ったが、その後日《ご》に三度ずつは、必ずこの南京米に対《むか》わなくっちゃならない身分となったんで、流石《さすが》の壁土《かべつち》も慣れるに連れて、所謂《いわゆる》銀米と同じく、人類の食い得《う》べきもの、否《いな》食って然《しか》るべき滋味《じみ》と心得る様になってからは、剝膳《はげぜん》に向って逡巡《しりごみ》した当時が却《かえっ》て恥ずかしい気持になった。坑夫共《ども》の冷《ひや》かしたのも万更《まんざら》無理ではない。今となると、こんな無経験な貴族的の坑夫が一杯の南京米を苦に病む所に廻《めぐ》り合わせて、現状を目撃したら、ことに因《よ》ると、自分でさえ、笑うかも知れない。冷かさないまでも、善意に笑うだけの価値《ねうち》は十分あると思う。人は色々に変化するもんだ。

南京米の事ばかり書いて済まないから、もう已《や》めにするが、この時自分の失敗《しくじり》に対する冷評は、自然のままにして抛《ほう》って置いたなら、何所《どこ》まで続いたか分らない。所《ところ》へ急に金盥《かなだらい》を叩き合《あわ》せる様な音がした。一度ではない。二度三度と聞いているうちに、じゃじゃん、じゃららんと時を句切《くぎ》って、拍子《ひょうし》を取りながら叩き立てて来る。すると今度は*木唄《きやり》の声が聞え出した。純粋の木唄では無論ないが、自分の知ってる限りでは、まあ木唄と云うのが一番近い様に思われる。この時冷評は一時《いちじ》に已んだ。ひっそりと静まり返る山の空気に、じゃじゃん、じゃららんが鳴り渡る間《あいだ》を、一種異様に唄《うた》い囃《はや》して何物か近づいて来た。

「ジャン、ボー、、だ」

と一人が膝頭《ひざがしら》を打たないばかりに、大きな声を出すと、

「ジャン、、、ボーだ。、ジャン、、ボーだ」

と大勢《おおぜい》口々に云いながら、黒い塊《かたまり》がばらばらになって、窓の方へ立って行った。自分は何がジャンボーなんだか分らないが、みんなの注意が、自分を離れると同時に、気分が急に暢達《のんびり》した所為《せい》か、自分もジャンボーを見たいと云う余裕が出来て、余裕につれて元気も出来た。つくづく考えるに、人間の心は水の様なもので、押されると引き、引くと押して行く。始終手を出さない相撲《すもう》をとって暮らしていると云っても差支《さしつかえ》なかろう。それで、みんなが立ち尽したあとから、自分も立った。そうして矢《や》っ張《ば》り窓の方へ歩いて行った。黒い頭で下は塞《ふさ》がっている上から脊伸《せえのび》をして見下《みおろ》すと、斜《はす》に曲ってる向《むこう》の石垣の角《かど》から、紺《こん》の筒袖《つつそで》を着た男が二人《ふたあり》出た。あとから又二人出た。これはいずれも金盥*を圧《お》しつぶして薄《うす》っ片《ぺら》にした様なものを両手に一枚ずつ持っておる。ははあ、あれを叩くんだと思う拍子に、二人は両手をじゃじゃんと打ち合わした。その不調和な音が切っ立った石垣に突き当って、後《うしろ》の禿山《はげやま》に響いて、まだ已まないうちに、じゃららんと又一組が後から鳴らし立てて現れた。たと思うと又現れる。今度は金盥を持っていない。その代り木唄《きやり》——さっきは木唄と云った。然《しか》しこの時、彼等《かれら》の揚げた声は、木唄と云わんよりは寧《むし》ろ浪花節《なにわぶし》で咄喊《とっかん》する様な稀代《きたい》な調子であった。

五十三

「おい金公《きんこう》は居ねえか」

と、黒い頭の一つが怒鳴《どな》った。後《うし》ろ向《むき》だから顔は見えない。すると、

「うん金公に見せて遣《や》れ」

とすぐ応じた者がある。この言葉が終るか、終らない間《ま》に、五つ六つの黒い頭がずらりと此方《こっち》を向いた。自分は又何か云われる事と覚悟して仕方なしに、今までの態度で立っていると、不思議にも振り返った眼は自分の方に着いていない。広い部屋の片隅に遠く走った様子だから、何物がいる事かと、自分も後を追っ懸けて、首を捩《ね》じ向けると、――寝ている。薄い布団をかけて一人寝ている。

「おい金州《きんしゅう》」*

と一人が大きな声を出したが、寝ているものは返事をしない。

「おい金しゅう起きろやい」

と怒鳴《どな》りつける様に呼んだが、まだ何とも返事がないので、三人ばかり窓を離れてとうとう迎《むかい》に出掛けた。被《かぶ》ってる布団を手荒にめくると、細帯《ほそおび》をした人間が見えた。同時に、

「起きろってば、起きろやい。好《い》いものを見せてやるから」

と云う声も聞えた。やがて横になってた男が、二人の肩に支えられて立ち上った。そうして此方《こっち》を向いた。その時、その刹那《せつな》、その顔を一目見たばかりで自分は思わず慄《ぞっ》とした。これは只《ただ》保養に寝ていた人ではない。全くの病人である。しかも自分だけで起居《たちい》の出来ない様な重体《じゅうたい》の病人である。年は五十に近い。髯《ひげ》は幾日《いくんち》も剃《す》らないと見えてぼうぼうと延びたままである。如何《いか》な獰猛《どうもう》も、こう憔悴《やつれ》ると憐《あわ》れになる。憐れになり過ぎて、逆に又怖くなる。自分がこの顔を一目見た時の感じは憐れの極《きょく》全く怖かった。

病人は二人に支えられながら、釣られる様に、利かない足を運ばして、窓の方へ近寄ってくる。この有様《ありさま》を見ていた、窓際《まどぎわ》の多人数《たにんず》は、さも面白《おもしろ》そうに囃《はや》し立てる。

「よう、金しゅう早く来いよ。今ジャ、ン、ボーが通る所だ。早く来て見ろよ」

「己《おら》あジャ、ン、ボーなんか見たかねえよ」

と病人は、無体《むたい》に引《ひ》き摺《ず》られながら、気のない声で返事をするうちに、見たいも、見たくないもありゃしない。忽《たちま》ち窓の障子《しょうじ》の角《かど》まで圧《お》し附けられて仕舞《しま》った。

じゃじゃん、じゃららんとジャ、ン、ボーは知らん顔で石垣の所へ現れてくる。行列はまだ尽きないのかと、又脊延《せえのび》をして見下《みおろ》した時、自分は再び慄《ぞっ》とした。金盥《かなだらい》と金盥の間《あいだ》に、四角な＊早桶《はやおけ》が挟《はさ》まって、山道を宙に釣られて行《ゆ》く。上は＊白金巾《しろかなきん》で包んで、細い杉丸太《すぎまるた》を通した両端《りょうはじ》を、水でも一荷《か》頼まれた様に、容赦《ようしゃ》なく担《かつ》いでいる。その担いでいるものまでも、此方《こっち》から見ると、例の唄を陽気にうたってる様に思われる。——自分はこの時始めてジャン、ボ、ーの意味を理解した。生涯如何《いか》なる事があっても、決して忘れられない程痛切に理解した。ジャン、ボ、ーは葬式である。坑夫、シチュウ、掘子《ほりこ》、山市《やまいち》に限って執行される、又執行されなければならない一種の葬式である。御経《おきょう》の文句を浪花節《なにわぶし》に唄って、金盥《かなだらい》の潰《つぶ》れる程に音楽を入れて、＊一駄《いちだ》の水と同じ様に棺桶《かんおけ》をぶらつかせて——最後に、半死半生《はんしはんしょう》の病人を、無理矢理に引き摺り起して、否《いや》と云うのを抑《おさ》え附けるばかりにしてまで見せてやる葬式である。まことに無邪気の極《きょく》で、又冷刻《れいこく》の極である。

「金しゅう、どうだ、見《め》えたか、面白いだろう」

と云ってる。病人は、

「うん、見えたから、床《とこ》ん所まで連れてって、寝かしてくれよ。後生《ごしょう》だから」

と頼んでいる。さっきの二人は再び病人を中へ挟んで、

「よっしょいよっしょい」

と云いながら、刻み足に、布団の敷いてある所まで連れて行った。

五十四

この時曇《くも》った空が、粉《こ》になって落ちて来たかと思われる様《よう》な雨が降り出した。ジャンボーはこの雨の中を敲《たた》き立てて町の方へ下って行《ゆ》く。大勢《おおぜい》は

「又雨だ」

と云いながら、窓を立て切って各々《めいめい》囲炉裏《いろり》の傍《はた》へ帰る。この混雑紛《どさくさまぎれ》に自分も何時《いつ》の間《ま》にか獰猛《どうもう》の仲間入りをして火の近所まで寄る事が出来た。これは偶然の結果でもあり又故意の所作《しょさ》でもあった。と云うものは火の気《け》がなくっては甚《はなは》だ寒い。袷《あわせ》一枚ではとても凌《しの》ぎ兼《か》ねる程《ほど》の山《やま》の中《なか》だ。それに雨さえ降り出した。雨と云えば雨、霧と云えば霧と云われる位《くらい》な微《かす》かな粒であるが、四方の禿山《はげやま》を罩《こ》め尽した上に、筒抜けの空を塗《ぬ》り潰《つぶ》して、しとどと落ちて来るんだから、家《うち》の中に坐《すわ》っていてさえ、糠《ぬか》よりも小さい湿り気が、毛穴から腹の底へ沁《し》み込む様な心持《こころもち》である。火の気がなくっては到底遣《とうていや》り切れるものじゃない。

自分が好い加減《かげん》な所へ席を占《し》めて、聊《いささ》かながら囲炉裏《いろり》のほとぼりを顔に受けていると、今度は存外にも度外視《どがいし》されて、思ったよりも調戯《からかわ》れずに済んだ。これは此方《こっち》から進んで獰猛《どうもう》の仲間入りをした為《ため》、向うでも普通の獰猛として取り扱うべき奴だと堪弁《かんべん》してくれたのか、それとも先刻《さっき》のジャンボーで不意に気が変《かわ》った成行《なりゆき》として、自分の事をしばらく忘れてくれたのか、又は冷笑《ひやかし》の種が尽きたか、或《あるい》は毒突《どくづく》のに飽きたんだか、――何しろ自分が席を改めてから、自分の気は比較的楽になった。そうして囲炉裏の傍《はた》の話は矢《や》張《ば》りジャンボーで持ち切っていた。色々な声がこんな事を云う。――

「あのジャンボーは何所《どこ》から出たんだろう」

「何所から出たって御《お》ジャンボーだ」

「ことによると黒市組《*くろいちぐみ》かも知れねえ。見当がそうだ」

「全体《ぜんてえ》ジャンボーになったら何処《どこ》へ行《ゆ》くもんだろう」

「御寺《おてら》よ。極《きま》ってらあ」

「馬鹿にするねえ。御寺の先を聞いてるんだあな」

「そうよ、そりゃ寺限《てらぎり》で留《とま》りっ子ねえ訳だ。何処《どっか》へ行くに違《ちげ》ねえ」

「だからよ。その行く先はどんな所《とこ》だろうてえんだ。矢張《やっぱし》こんな所かしら」

「そりゃ、人間の魂《たましい》の行く所だもの、大抵《たいてい》は似た所に違《ちげ》ねえ」

「己《おれ》もそう思ってる。行くとなりゃ、どうも外《ほか》へ行く訳がねえからな」

「いくら地獄だって極楽だって、矢《や》っ張《ぱ》り飯《めし》は食うんだろう」

「女もいるだろうか」

「女のいねえ国が世界《せけえ》にあるもんか」

ざっと、こんな談話だから、聞いていると滅茶滅茶である。それで始めのうちは冗談だと思った。笑っても差支《さしつかえ》ないものと心得て、口の端《はた》をむずつかせながら、一寸《ちょっと》様子を見渡した位《くらい》であった。所《ところ》が笑いたいのは自分だけで、囲炉裏を取り捲《ま》いている顔はいずれも、彫り附けた様《よう》に堅くなっている。彼等《かれら》は真剣の真面目《まじめ》で未来と云う大問題を論じていたんである。実に嘘としか受け取れない程の熱心が、各々《めいめい》の眉《まゆ》の間《あいだ》に見えた。自分はこの時、この有様《ありさま》を一瞥《べつ》して、さっきの笑いたかった念慮《ねんりょ》を忽《たちま》ちのうちに一変した。こんな向う見ずの無鉄砲な人間が――*カンテラを提《さ》げて、シキの中へ下りれば、もう二度と日の目を見ない料簡《りょうけん》でいる人間が――人間の器械《きかい》で、器械の獣《けだもの》とも云うべきこの獰猛組が、かほどに未来の事を気にしてい様《よう》とは、まことに予想外であった。して見ると、世間には、未来の保証をしてくれる宗教というものが入用《いりよう》な筈《はず》だ。実際自分が眼を上げて、囲炉裏のぐるりに胡坐《あぐら》をかいて並んだ連中を見渡した時には、遠慮に畏縮《いしゅく》が手伝って、七分方《ぶがた》出来上った笑いを急に崩したと云う自覚は無論なかった。只寄席《ただよせ》を聞いてる積《つもり》で眼を開けて見たら鼻の先に*毘沙門様《びしゃもんさま》が大勢居て、これはと威儀《いぎ》を正さなければならない気持であった。一口に云うと、自分はこの時始めて、真面目な宗教心の種《たね》を見て、半獣半人の前にも厳格の念を起したんだろう。その癖自分は未《いま》だに宗教心と云うものを持っていない。

五十五

この時さっきの病人が、向うの隅でううんと唸《うな》り出した。その唸り声には無論特別の意味はない、単に普通の病人の唸り声に過ぎんのだが、ジャン、ボーの未来に屈託《くったく》している連中には、一種のあやしい響《ひびき》の様に思われたんだろう。みんな眼と眼を見合わした。

「金公苦しいのか」

と一人が大きな声で聞いた。病人は、ただ、

「ううん」

と云う。唸ってるのか、返事をしているのか判然《はんぜん》しない。すると又一人の坑夫が、

「そんなに嚊《かかあ》の事ばかり気にするなよ。どうせ取られちまったんだ。今更《いまさら》唸ったってどうなるもんか。質に入れた嚊だ。受出《うけだ》さなけりゃあ流れるなあ当《あた》り前《めえ》だ」

と、矢《や》っ張《ぱ》り囲炉裏《いろり》の傍《そば》へ坐ったまま、大きな声で慰《なぐさ》めている。慰めてるんだか、悪《あく》

口《たい》を吐《つ》いているんだか疑わしい位《くらい》である。坑夫から云うと、何方《どっち》も同じ事なんだろう。病人はただううんと挨拶《あいさつ》――挨拶にもならない声を微《かす》かに出すばかりであった。そこで大勢は懸合《かけあい》にならない慰藉《いしゃ》を已《や》めて、囲炉裏の周囲《まわり》だけで舌の用を弁じていた。然《しか》し話題はまだ金さんを離れない。

「なあに、病気せえしなけりゃ、金公だって鼻を取られずに済むんだあな。元を云やあ、矢っ張り自分が悪いからよ」

と一人が、金さんの病気をさも罪悪の様に評するや否《いな》や、

「全くだ。自分が病気をして金を借りて、その金が返せねえから、鼻を抵当《ていとう》に取られちまったんだから、正直の所文句の附け様がねえ」

と賛成したものがある。

「若干《いくら》で抵当に入れたんだ」

と聞くと、向側《むこうがわ》から、

「五両だ」*

と誰だか、簡潔に教えた。

「それで市《いち》の野郎が長屋へ下がって、金しゅうと入れ代った訳か。ハハハハ」

自分は囲炉裏の傍《そば》に坐ってるのが苦痛であった。脊中《せなか》の方がぞくぞくする程寒いのに、

腋《わき》の下から汗が出る。

「金しゅうも早く癒《なお》って、嚊《かか》あを受け出したら好《よ》かろう」

「又、市と入れ代りか。世話あねえ」

「それよりか、うんと稼いで、もっと価《ね》に踏める抵当でも取った方が、気が利いてらあ」

「違えねえ」

と一人が云い出すのを相図《あいず》に、みんなどっと笑った。自分はこの笑《わらい》の中に包まれながら、どうしても笑い切れずに下を向いて仕舞《しま》った。見ると膝《ひざ》を並べて畏《かしこ》まっていた。馬鹿らしいと気が附いて、胡坐《あぐら》に組み直して見た。然《しか》し腹の中は決して胡坐をかく程悠《ゆう》長《ちょう》ではなかった。

その内段々日暮《ひくれ》に近くなって来る。時間が移るばかりじゃない、天気の具合と、山が囲んでる所為《せい》で早く暗くなる。黙って聞いていると、雨垂《あまだれ》の音もしない様だから、ことによると、雨はもう歇《や》んだのかも知れない。然しこの暗さでは、矢っ張り降ってると云う方が当るだろう。窓は固《もと》より締め切ってある。戸外《そと》の模様は分り様がない。然し暗くって湿っぽい空気が障子の紙を透《こ》して、一面に囲炉裏《いろり》の周囲《まわり》を襲って来た。並んでいる十四五人の顔が次第次第に漠然《ぼんやり》する。同時に囲炉裏の真中《まんなか》に山の様にくべた炭の色が、ほ

て り返って、少しずつ赤く浮き出す様に思われた。丸で、自分は坑《あな》の底へ滅入込《めいりこ》んで行《ゆ》く、火はこれに反して坑から段々競《せ》り上がって来る、――ざっと、そんな気分がした。時にぱっと部屋中が明るくなった。見ると電気灯*が点《つ》いた。

五十六

「飯《めし》でも食うべえ」

と一人が云うと、みんな忘れものを思い出した様《よう》に、

「飯を食って、又交替か」

「今日は少し寒いぞ」

「雨はまだ降ってるのか」

「どうだか、表へ出て仰向《あおぬい》て見な」

などと、口々に罵《ののし》りながら、立って、階子段《はしごだん》を下りて行った。自分は広い部屋にたった一人残された。自分の外《ほか》にいるものは病人の金さんばかりである。この金さんが矢《や》っ張《ぱ》り微《かすか》な声を出して唸《うな》ってる様だ。自分は囲炉裏《いろり》の前に手を翳《かざ》して、胡坐《あぐら》を組みながら、横を向いて、金さんの方を見た。頭は出ていない。足も引っ込ましている。金さんの身体《からだ》は一枚の布団《ふとん》の中で、小さく平ったくなっている。気の毒な程小さく平ったく見え

た。その内唸り声も、どうにか、こうにか已《や》んだ様だから、又顔の向を易《か》えて、囲炉裏の中を見詰《みつ》めた。所《ところ》がなんだか金さんが気に掛かって堪《たま》らないから、又横を向いた。すると金さんは矢っ張り一枚の布団の中で、小さく平ったくなっている。そうして、森《しん》としている。生きてるのか、死んでるのか、ただ森としている。唸られるのも、あんまり気味の好《い》いもんじゃないが、こう静かにしていられるとなお心配になる。心配の極《きょく》は怖くなって、一寸《ちょっと》立ち懸けたが、まあ大丈夫だろう、人間はそう急に死ぬもんじゃないと、度胸を据えてまた尻を落ち附けた。

所へ二三人、下からどやどやと階子段《はしごだん》を上がって来た。もう飯を済ましたんだろうか、それにしては非常に早いがと、心持《こころもち》上がり段の方を眺めていると、思《おも》いも寄らないものが、現れた。——黒か紺か色の判然《はっきり》しない*筒服《つつっぽう》を着ている。足は職人の穿《は》く様な細い股引《ももひき》で、色は矢張り同じ紺である。それでカンテラを提《さ》げている。のみならず二人《ふたあり》が二人とも泥だらけになって、濡《ぬ》れてる。そうして、口を利かない。突っ立ったまま自分の方をぎろりと見た。丸《まる》で強盗としきゃあ思えない。やがて、カンテラを抛《ほう》り出すと、釦《ボタン》を外《はず》して、筒服を脱いだ。股引も脱いだ。壁に掛けてある*広袖《ひろそで》を、*めりやすの上から着て、尻の先に三尺帯をぐるりと回しながら、矢っ張り無言のまま、二人してずしりずしりと降りて行った。すると又上がって来た。今度《こんだ》のも濡れている。泥だらけである。カンテラを抛り出す。着物を着換える。ずしんずしんと降りて行く。と又上がって来る。こう云う風に入れ代り、入れ代りして、何でも余程来た。いずれも底の方から眼球《めだま》を光らして、一遍《いっぺん》だけはきっと自分を見た。中には、

「手前《てめえ》は新前《しんめえ》だな」

と云ったものもある。自分は只《ただ》、

「ええ」

と答えて置いた。幸い今度はさっきの様に無暗《むやみ》には冷やかされずに、まあ無難に済んだ。上がって来るものも、来るものも、みんな急いで降りて行くんで、調戯《からか》う暇がなかったんだろう。その代り一人に一度ずつは必ず睨《にら》まれた。そうこうしている内に、上がって来るものが漸《よう》く絶えたから、自分は漸く寛容《くつろい》だ思いをして、囲炉裏の炭の赤くなったのを見詰《みつ》めて、色々考え出した。勿論纏《もちろんまと》まり様のない、且《かつ》考えれば考える程馬鹿になる考《かんがえ》だが、火を見詰めていると、炭の中にそう云う妄想《もうぞう》がちらちらちらちら燃えてくるんだから仕方がない。とうとう自分の魂が赤い炭の中へ抜け出して、火気《かっき》に煽《あお》られながら、無暗に踊をおどってる様な変な心持になった時に、突然、

「草臥《くたび》れたろうから、もう御休みなさい」

と云われた。

五十七

見ると、さっきの婆さんが、立っている。矢張襷掛《やっぱりたすきがけ》のままである。何時《いつ》の間《ま》に上がって来たものか、些《ちっ》とも気が附かなかった。自分の魂が遠慮なく火の中を馳《か》け廻《まわ》って、艶子《つやこ》さんになったり、澄江《すみえ》さんになったり、親爺《おやじ》になったり、金さんになったり、――*被布《ひふ》やら、*廂髪《ひさしがみ》やら、赤毛布《あかゲット》やら、唸《うな》り声やら、揚饅頭《あげまんじゅう》やら、華厳《けごん》の滝やら――幾多無数の幻影《まぼろし》が、囲炉裏《いろり》の中に躍《おど》り狂って、立ち騰《のぼ》る火の気《け》の裏《うち》に追《お》い追《お》われつ、日向《ひなた》に浮《うか》ぶ塵《ちり》と思われるまで夥《おびただ》しく出て来た最中に、はっと気が附いたんだから、眼の前にいる婆さんが、不思議な位《くらい》変であった。然《しか》し寝ろと云う注意だけは明《あきら》かに耳に聞えたに違ないから、自分はただ、

「ええ」

と答えた。すると婆さんは後ろの戸棚を指して、

「布団《ふとん》は、あすこに這入《はい》ってるから、独《ひとり》で出して御掛《おか》けなさい。一枚三銭ずつだ。寒いから二枚は入《い》るでしょう」

と聞くから、又

「ええ」

と答えたら、婆さんは、それ限何《ぎり》にも云わずに、降りて行った。これで、自分は寝てもいいと云う許可を得たから、正式に横になっても剣突《けんつく》を食う恐れはあるまいと思って、婆さんの指図《さしず》通り戸棚を明《あ》けて見ると、あった。布団が沢山《たくさん》あった。然《しか》しいずれも薄汚いものばかりである。自宅《うち》で敷いていたのとは丸《まる》で比較にならない。自分は一番上に乗ってるのを二枚、そっと卸《おろ》した。そうして、電気灯の光で見た。地《じ》は浅黄《あさぎ》である。模様《もよう》は白である。その上に垢《あか》が一面に塗り附けてあるから、六分方色変《ぶがたいろがわ》りがして、白い所などは、通例なら我慢《がまん》の出来にくい程どろんと、化けている。その上頗《すこぶ》る堅《かた》い。搗《つ》き立ての伸《の》し餅《もち》を、金巾《かなきん》に包んだ様に、綿《わた》は綿でかたまって、表布《かわ》とは丸で縁故がない程の、こちこちしたものである。

自分はこの布団を畳の上へ平《ひら》たく敷いた。それから残る一枚を平く掛けた。そうして、襯衣《シャツ》だけになって、その間《あいだ》に潜《もぐ》り込んだ。湿《しめ》っぽい中を割り込んで、両足をうんと伸ばしたら踵《かかと》が畳の上へ出たから、又心持《こころもち》引っ込ました。延《の》ばす時も曲げる時も、不断《ふだん》の様に軽くしなやかには行かない。みしりと音がする程、関節が窮屈《きゅうくつ》に硬張《こわば》って、動きたがらない。じっとして、布団の中に膝頭《ひざがしら》を横たえていると、倦怠《だるい》のを通り越して重い。腿《もも》から下を切り取って、その代りに筋金《すじがね》入りの義足《ぎそく》を附けられた様に重い。丸で感覚のある二本の棒である。自分は冷たくって重たい足を苦《く》に病《や》んで、頭を布団の中に突っ込んだ。せめて頭だけでも暖《あったか》にしたら、足の方でも折れ合ってくれるだろうとの、果敢《はか》ない望《のぞみ》から出た窮策《きゅうさく》であった。

然し流石《さすが》に疲れている。寒さよりも、足よりも、布団の臭《にお》いよりも、煩悶《はんもん》よりも、厭世《えんせい》よりも――疲れている。実に死ぬ方が楽な程疲れ切っていた。それで、横になるとすぐ――畳から足を引っ込まして、頭を布団に入れるだけの所作《しょさ》を仕遂《しと》げたと思うが早いか、眠《ね》て仕舞《しま》った。ぐうぐう正体なく眠て仕舞った。これから先は自分の事ながら到底《とうてい》書けない。……

すると、突然針で脊中《せなか》を刺された。夢に刺されたのか、起きていて、刺されたのか、感じは頗《すこぶ》る曖昧《あいまい》であった。だからそれだけの事ならば、針だろうが刺《とげ》だろうが、頓着《とんじゃく》はなかったろう。正気の針を夢の中に引《ひ》き摺《ず》り込《こ》んで、夢の中の刺を前後不覚の床《とこ》の下に埋《うず》めてしまう分の事である。所がそうは行《ゆ》かなかった。と云うものは、刺されたなと思いながらも、針の事を忘れる程にうっとりなると、又一つ、ちくりと遣《や》られた。

五十八

今度は大きな眼を開《あ》いた。所へ又ちくりと来た。おやと驚く途端《とたん》に又ちくりと刺した。これは大変だと漸《ようや》く気が附きがけに、飛び上る程劇《はげ》しく股《もも》の辺《あたり》を遣られた。自分はこの時始めて、普通の人間に帰った。そうして身体中《からだじゅう》至る所がちくちくしているのを発見した。そこでそっと襯衣《シャツ》の間《あいだ》から手を入れて、脊中を撫《な》でて見ると、一面にざらざらする。最初指先が肌に触れた時は、てっきり劇烈な皮膚病《ひふびょう》に罹《かか》ったんだと思った。所が指を肌に着けたまま、二三寸引いて見ると、何だか、ばらばらと落ちた。これは只事《ただごと》でないと忽《たちま》ち跳《は》ね起きて、襯衣一枚の見苦しい姿ながら囲炉裏《いろり》の傍《そば》へ行って、親指と人差指の間に押えた、米粒程のものを、検査して見ると、異様の虫であった。実はこの時分には、まだ*南京虫《ナンキンむし》を見た事がないんだから、果《はた》してこれがそうだとは断言出来なかったが――何だか直覚的に南京虫らしいと思った。こう云う下卑《げび》た所に直覚の二字を濫用《らんよう》しては済まんが、外《ほか》に言葉がないから、已《やむ》を得ず高尚な術語を使った。さてその虫を検査しているうちに、非常に悪《にく》らしくなって来た。囲炉裏の縁《ふち》へ乗せて、ぴちりと親指の爪で圧《お》し潰《つぶ》したら、云うに云われぬ青臭い虫であった。この青臭い臭気《におい》を嗅《か》ぐと、何となく好《い》い心持《こころもち》になる。――自分はこんな醜《みにく》い事を真面目《まじめ》にかかねばならぬ程狂違染《きちがいじ》みていた。実を云うと、この青臭い臭気を嗅ぐまでは、恨《うらみ》を霽《は》らした様な気がしなかったのである。それだから捕っては潰し、捕っては潰し、潰すたんびに親指の爪を鼻へあてがって嗅いでいた。すると鼻の奥が詰《つま》って来た。今にも涙が出そうになる。非常に情ない。それだのに、爪を嗅ぐと愉快である。この時二階下で大勢《おおぜい》が一度にどっと笑う声がした。自分は急に虫を潰すのを已《や》めた。広間を見渡すと誰もいない。金さんだけが、平たくなって静かに寝ている。頭も足も見えない。その外《ほか》にたった一人いた。尤《もっと》も始めて気が附いた時は人間とは思わなかった。向うの柱の中途から、窓の敷居へかけて、帆木綿《ほもめん》の様なものを白く渡して、その幅のなかに包《くる》まっていたから、何だか気味が悪かった。然《しか》しよく見ると、白い中から黒いものが斜《はす》に出ている。そうしてそれが人間の毬栗頭《いがぐりあたま》であった。――広い部屋には、自分とこの二人を除いて、誰もいない。ただ電気灯がかんかん点《つ》いている。大変静かだ。と思うと又下座敷《したざしき》でわっと笑った。さっきの連中か、又は作業を済まして帰って来たものが、大勢寄って巫山戯散《ふざけち》らしているに違《ちがい》ない。自分は茫乎《ぼんやり》して布団のある所まで帰って来た。そうして裸体《はだか》になって、襯衣《シャツ》を振るって、枕元にある着物を着て、帯を締めて、一番仕舞《しまい》に、敷いてある布団を叮嚀《ていねい》に畳んで戸棚へ入れた。それから後はどうして好《い》いか分らない。時間は何時だか、夜は到底《とうてい》まだ明けそうにしない。腕組をして立って考えていると、足の甲が又むずむずする。自分は堪《こら》え切れずに、

「えっ畜生」

と云いながら二三度小踊《こおどり》をした。それから、右の足の甲で、左の上を擦《こす》って、左の足の甲で右の上を擦って、これでもかと歯軋《はぎしり》をした。しかし表へ飛び出す訳にも行《ゆ》かず、寝る勇気はなし、と云って、下へ降りて、車座の中へ割り込んで見る元気は固《もとよ》りない。

先《さっ》き毒突《どくづ》かれた事を思い出すと、南京虫より余《よ》っ程厭《ほどいや》だ。夜が明ければいい、夜が明ければいいと思いながら、自分は表へ向いた窓の方へ歩いて行った。するとそこに柱があった。自分は立ちながら、この柱に倚《よ》っ掛《かか》った。背中を附けて腰を浮かして、足の裏で身体《からだ》を持たしていると、両足がずるずる畳の目を滑《すべ》って段々遠くへ行っちまう。それから又真直《まっすぐ》に立つ。又ずるずる滑る。又立つ。まずこんな事をしていた。幸い南京虫は出て来なかった。下では時々どっと笑う。

五十九

居ても立ってもと云うのは喩《たとえ》だが、その居ても立ってもを、実際に経験したのはこの時である。だから坐《すわ》るとも立つとも方《かた》の附かない運動をして、中途半端に紛《まぎ》らかしていた。所《ところ》がその運動をいつまで根気に遣《や》ったものか覚えていない。いとど疲れている上に、なお手足を疲《つか》らして、いかな南京虫でも応《こた》えない程疲れ切ったんで、始めて寝たもんだろう。夜が明けたら、自分が摺《ず》り落ちた柱の下に、足だけ延ばして、脊《せ》を丸く蹲踞《うずくま》っていた。

これ程苦しめられた南京虫も、二日三日と過《た》つにつれて、段々痛くなくなったのは妙である。その実、一箇月ばかりしたら、いくら南京虫が居ようと、丸《まる》で米粒でも、ぞろぞろ転がってる位《くらい》に思って、夜はいつでも、ぐっすり安眠した。尤《もっと》も南京虫の方でも日《ひ》数《かず》を積むに従って遠慮してくるそうである。その証拠には新来《きたて》のお客には、べた一面にたかって、夜通し苛《いじ》めるが、少し辛抱《しんぼう》していると、向うから、愛想をつかして、あまり寄り附かなくなるもんだと云う。毎日食ってる人間の肉は自然鼻につくからだとも教えたものがあるし、いや肉の方にそれだけの品格が出来て、シキ臭くなるから、虫も恐れ入るんだとも説明したものがある。そうして見るとここの南京虫と坑夫とは、性質《たち》が能《よ》く似ている。恐らく坑夫ばかりじゃあるまい、一般の人類の傾向と、この南京虫とは矢《や》張《は》り同様の心理に支配されてるんだろう。だからこの解釈は人間と虫けらを概括《がいかつ》する所に面白味《おもしろみ》があって、哲学者の喜びそうな、美しいものであるが、自分の考えを云うと全くそうじゃないらしい。虫の方で気兼《きがね》をしたり、贅沢《ぜいたく》を云ったりするんじゃなくって、食われる人間の方で習慣の結果、無神経になるんだろうと思う。虫は依然《いぜん》として食ってるが、食われても平気でいるに違《ちがい》ない。尤も食われて感じないのも、食われなくって感じないのも、趣《おもむき》こそ違え、結果は同じ事であるから、これは実際上議論をしても、あまり役に立たない話である。

そんな無用の弁は、どうでもいいとして、自分が眼を開けて見たら、夜は全く明《あ》け放《はな》れていた。下ではもうがやがや云っている。嬉しかった。窓から首を出して見ると、又雨だ。尤も判然《はっきり》とは降っていない。雲の濃いのが糸になり損《そく》なって、なっただけが、細く地へ落ちる気色《けしき》だ。だから無暗《むやみ》に濛々《もうもう》とはしていない。次第次第に雨の方に片附《かたづ》いて、片附《かたづく》に従って糸の間《あいだ》が透《す》いて見える。と云っても見えるものは山ばかりである。しかも木も草も至って乏《とぼ》しい、潤《うるおい》のない山である。これが夏の日に照り附けられたら、山の奥でもさぞ暑かろうと思われる程赤く禿《は》げてぐるりと自分を取り捲《ま》いている。そうして残らず雨に濡れている。潤《うるお》い気《け》のないものが、濡れているんだから、土器《かわらけ》に霧を吹いた様《よう》に、いくら濡れても濡れ足りない。その癖寒い気持がする。それで自分は首を引っ込め様としたら、一寸眼《ちょっと》についた。――手拭《てぬぐい》を被《かぶ》って、藁《わら》を腰に当てて、筒服《つつっぽう》を着た男が二三人、向うの石垣の下にあらわれた。丁度《ちょうど》昨日ジャンボーの通った路《みち》を逆に歩いて来る。遠くから見ると、如何《いか》にもしょぼしょぼして気の毒な程憐《あわ》れである。自分も今朝からあなるんだなと、不図《ふと》気が附いて見ると、人事《ひとごと》とは思われない程、向《むこう》へ行く手拭の影――雨に濡れた手拭の影が情《なさけ》なかった。すると雨の間から又古帽子が出て来た。その後から又筒袖《つつそで》姿があらわれた。何でも朝の番に当った坑夫がシキへ這入《はい》る時間に相違ない。自分は漸《よう》く窓から首を引き込めた。すると、下から五六人一度にどやどやと階子《はしご》段《だん》を上《あが》って来る。来たなと思ったが仕方がないから懐手《ふところで》をして、柱にもたれていた。五六人は見る間に、同じ出立《いでたち》に着更《きか》えて下りて行った。後から又上がってくる。又筒袖になって下りて行く。とうとう飯場《はんば》にいる当番は悉《ことごと》く出払った様だ。

六十

こう飯場中《はんばじゅう》活動して来ると、自分も安閑《あんかん》としちゃいられない。と云って誰も顔を御洗《おあら》いなさいとも、御飯《ごはん》を御上《おあ》がんなさいとも云いに来てくれない。いかな坊っちゃんも、あまり手持無沙汰《てもちぶさた》過ぎて困っちまったから、思い切って、のこのこ下りて行った。心は無論落附《おちつ》いちゃいないが、態度だけは丸で宿屋へ泊って、茶代を置いた御客《おきゃく》の様であった。いくら恐縮しても自分には、これより以外の態度が出来ないんだから全くの生息子《＊きむすこ》である。下《お》りて見ると例の婆さんが、襷《たすき》がけをして、草鞋《わらじ》を一足《そく》ぶら下げて奥から駆《か》けて来た所へ、ぱったり出逢った。

「顔は何処《どこ》で洗うんですか」

と聞くと、婆さんは、一寸《ちょっと》自分を見たなりで、

「あっち」

と云い捨てて門口《かどぐち》の方へ行った。丸で相手にしちゃいない。自分にはあっちの見当がわからなかったが、兎《と》に角《かく》婆さんの出て来た方角だろうと思って、奥の方へ歩いて行ったら、大きな台所へ出た。真中《まんなか》に四斗樽《しとだる》を輪切《わぎり》にした様なお櫃《はち》が据えてある。あの中に

南京米《ナンキンまい》の炊いたのが一杯詰《つま》ってるのかと思ったら、——何しろ自分が三度三度一箇月食っても食い切れない程の南京米なんだから、食わない前からうんざりしちまった。——顔を洗う所も見附《めっ》けた。台所を下て長い流《ながし》の前へ立って、冷たい水で、申し訳の為《ため》に頬《ほっ》辺《ぺた》を撫《な》でて置いた。こうなると叮嚀《ていねい》に顔なんか洗うのは馬鹿馬鹿しくなる。これが一歩進むと、顔は洗わなくっても宜《い》いものと度胸が坐《すわ》ってくるんだろう。昨日の赤毛布《あかゲット》や小僧は全くこう云う順序を踏んで進化したものに違《ちがい》ない。

顔は漸《よう》く自力で洗った。飯《めし》はどうなる事かと、又のそのそ台所へ上《あが》った。所《ところ》へ幸い婆さんが表から帰って来て膳立《ぜんだ》てをしてくれた。難有《ありがた》い事に味噌汁《みそしる》が附いていたんで、こいつを南京米の上から、ざっと掛けて、ざくざくと搔《か》き込んだんで、今度《こんだ》は壁土《かべつち》の味を嚙み分けないで済んだ。すると婆さんが、

「御飯《おまんま》が済んだら、初さんがシキへ連れて行くって待ってるから、早く御出《おいで》なさい」

と、箸《はし》も置かない先から急《せ》き立てる。実はもう一杯位《くらい》食わないと身体《からだ》が持つまいと思ってた所だが、こう催促《さいそく》されて見ると、無論御代《おかわ》りなんか盛《よそ》う必要はない。自分は、

「はあ、そうですか」

と立ち上がった。表へ出て見ると、成程上《あが》り口に一人掛けている。自分の顔を見て、

「御前《おめえ》か、シキへ行くなあ」

と、石でも打《ぶ》っ欠《か》く様な勢いで聞いた。

「ええ」

と素直に答えたら、

「じゃ、一所《いっしょ》に来ねえ」

と云う。

「この服装《なり》でも好《い》いんですか」

と叮嚀《ていねい》に聞き返すと、

「不可《いけ》ねえ、不可ねえ。そんな服装で這入《へえ》るもんか。ここへ親分とこから一枚《めえ》借りて来てやったから、此服《こいつ》を着るがいい」

と云いながら、例の筒袖《つつそで》を抛《ほう》り出した。

「そいつが上だ。こいつが股引《ももひき》だ。そら」

と又股引を抛《な》げつけた。取りあげて見ると、じめじめする。所々に泥が着《つ》いている。地《じ》は*小倉《こくら》らしい。自分もとうとうこの*御仕着《おしきせ》を着る始末になったんだなと思いながら、絣《かすり》を脱いで上下《うえした》とも紺揃《こんそろい》になった。一寸《ちょっと》見ると*内閣の小使《こづかい》の様だが、心持から云うと、小使を拝命した時よりも遥《はるか》に不景気であった。これで支度《したく》は出来たものと思い込んで土間へ下りると、

「おっと待った」

と、初さんが又勇肌《いさみはだ》の声を掛けた。

六十一

「これを尻《けつ》の所へ当てるんだ」

初さんが出してくれたものを見ると、*三斗俵坊《さんだらぼ》っちの様《よう》な藁布団《わらぶとん》に紐《ひも》を附けた変梃《へんてこ》なものだ。自分は初さんの云う通り、これを臀部《でんぶ》へ縛り附けた。

「それが、*アテシコだ。好《よ》しか。それから鑿《のみ》だ。こいつを腰ん所へ差してと……」

初さんの出した鑿を受け取って見ると、長さ一尺四五寸もあろうと云う鉄の棒で、先が少し尖《とが》っている。これを腰へ差す。

「序《ついで》にこれも差すんだ。少し重いぜ。大丈夫か。確《しっか》り受け取らねえと怪我《けが》をする」

成程重い。こんな槌《つち》を差して能《よ》く坑《あな》の中が歩けるもんだと思う。

「どうだ重いか」

「ええ」

「それでも軽いうちだ。重いのになると五斤《きん》ある。――いいか、差せたか。そこで一寸腰《ちょいと》を振って見な。大丈夫か。大丈夫ならこれを提《さ》げるんだ」

とカンテラを出しかけたが、

「待ったり。カンテラの前に一つ草鞋《わらじ》を穿《は》いちまいねえ」

草鞋の新しいのが、上《あが》り口《ぐち》にある。さっき婆さんが振《ぶ》ら下げてたのは、大方《おおかた》これだろう。自分は素足の上へ草鞋を穿いた。緒《お》を踵《かかと》へ通してぐっと引くと、

「駑痴《どじ》だなあ。そんなに締める奴があるかい。もっと指《いび》の股を寛《ゆる》めろい」

と叱られた。叱られながら、どうにか、こうにか穿いて仕舞《しま》う。

「さあ、これでいよいよ御仕舞《おしまい》だ」

と初さんは*饅頭笠《まんじゅうがさ》とカンテラを渡した。饅頭笠と云うのか*筍笠《たけのこがさ》というのか知らないが、何でも懲役人《ちょうえきにん》の被《かぶ》る様な笠であった、その笠を神妙《しんびょう》に被る。それからカンテラを提《さ》げた。このカンテラは提げる様に出来ている。恰好《かっこう》は二合入りの石油罐《せきゆうかん》とも云うべきもので、そこへ油を注《さ》す口と、心《しん》を出す孔《あな》が開《あ》いてる上に、細長い管《くだ》が食《く》っ附《つ》いて、その管の先が一寸《ちょっと》横へ曲がると、すぐ膨《ふく》らんだ*カップになる。このカップへ親指を突《つ》っ込《こん》で、その親指の力で提げるんだから、指五本の代りに一本で事を済ます甚《はなは》だ実用的のものである。

「こう、穿めるんだ」

と初さんが、*勝栗《かちぐり》の様な親指を、ブリッキの孔《あな》の中へ突込《つっこ》んだ。旨《うま》い具合にはまる。

「そうら」

初さんは指一本で、カンテラを柱時計の振子《ふりこ》の様に、二三度振って見せた。中々落ちない。そこで自分も、同じ様に、調子をとって揺《うご》かして見たが矢《や》っ張《ぱ》り落ちなかった。

「そうだ。中々器用だ。じゃ行くぜ、いいか」

「ええ、好《よ》ござんす」

自分は初さんに連れられて表へ出た。雨が降っている。一番先へ笠へあたった。仰向《あおむ》いて、空模様《もよう》を見ようとしたら、顎《あご》と、口と、鼻へぽつぽつとあたった。それからあとは、肩へもあたる。足へもあたる。少し歩くうちには、身体中《からだじゅう》じめじめして、肌へ抜けた湿気《しっき》が、皮膚《ひふ》の活気で蒸し返される。然《しか》し雨の方が寒いんで、身体のほとぼりが段々冷《さ》めて行《ゆ》く様な心持《こころもち》であったが、坂へかかると初さんが無暗《むやみ》に急ぎ出したんで、濡れながらも、毛穴から、雨を弾《はじ》き出す勢いで、とうとうシキの入口《いりくち》まで来た。

入口はまず汽車の隧道《トンネル》の大きいものと云って宜《よろ》しい。蒲鉾形《かまぼこなり》の天辺《てっぺん》は二間位《けんくらい》の高さはあるだろう。中から軌道《レール》が出て来る所も汽車の隧道《トンネル》に似ている。これは電車が通う路《みち》なんだそうだ。自分は入口の前に立って、奥の方を透《す》かして見た。奥は暗かった。

六十二

「どうだここが地獄の入口だ。這入《はいれ》るか」

と初さんが聞いた。何だか嘲弄《ちょうろう》の語気を帯びている。さっき飯場《はんば》を出て、ここまで来る途中でも、方々《ほうぼう》の長屋の窓から首を出して、

「昨日のだ」

「新来《しんき》だ」

と口々に罵《ののし》っていたが、その様子を見ると単に山の中に閉じ込められて物珍《ものめず》らしさの好奇心とは思えなかった。その言葉の奥底にはきっと愚弄《ぐろう》の意味がある。これを布衍《ふえん》して云うと、一つには貴様もとうとうこんな所へ転げ込んで来た、いい気味だ、様《ざま》あ見ろと云う事になる。もう一つは、御気の毒だが来たって駄目《だめ》だよ。そんな脂《やに》*っこい身体《からだ》で何が勤まるものかと云う事にもなる。だから「昨日のだ」「新来だ」と騒ぐうちには、自分が彼等《かれら》と同様の苦痛を嘗《な》めなければならない程堕落《だらく》したのを快く感ずると共《とも》に、到《とう》底《てい》この苦痛には堪《た》えがたい奴だとの軽蔑《けいべつ》さえ加わっている。彼等は他人《ひと》を彼等と同程度に引《ひ》き摺《ず》り落《おと》して喝采《かっさい》するのみか、ひとたび引き摺り落したものを、もう一返足《いっぺん》の下まで蹴《け》落《おと》して、堕落は同程度だが、堕落に堪える力は彼等の方が却《かえっ》て上だとの自信をほのめかして満足するらしい。自分は途上《みちみち》「昨日のだ」を聞くたんびに、懲役笠《ちょうえきがさ》で顔を半分隠しながら通り抜けて、シキの入口まで来た。そこで初さんが又愚弄したんだから、自分は少しむっとして、

「這入《はい》れますとも。電車さえ通《かよ》ってるじゃありませんか」

と答えた。すると初さんが、

「なに這入れる？　*豪義《ごうぎ》な事を云うない」

と云った。ここで「這入れません」と恐れ入ったら、「それ見ろ」と直《すぐ》*こなされるに極《きま》ってる。どっちへ転んでも駄目なんだから別に後悔もしなかった。初さんは、いきなり、シキの中へ飛び込んだ。自分も続いて這入った。這入って見ると、思ったよりも急に暗くなる。何だか足元がおっかなくなり出したには降参した。雨が降っていても外は明るいものだ。その上軌道《レール》の上はとにかく、両側は頗《すこぶ》る泥《ぬか》っている。それだのに初さんは*中《ちゅう》っ腹《ぱら》でずんずん行く。自分も負《まけ》ない気でずんずん行く。

「シキの中で大人しくしねえと、*すのこの中へ抛《ほう》り込まれるから、用心しなくっちゃあ不可《いけ》ねえ」

と云いながら初さんは突然暗い中で立ち留《どま》った。初さんの腰には鑿《のみ》がある。五斤《きん》の槌《つち》がある。自分は暗い中で小さくなって、

「はい」

と返事をした。

「よしか、分ったか。生きて出る料簡《りょうけん》なら生意気にシキなんかへ這入らねえ方が増《ま》し

だ」

これは向うむきになって、初さんが歩き出した時に、半分は独り言《ひとごと》の様に話した言葉である。自分は少《すくな》からず驚いた。坑《あな》の中は反響が強いので、初さんの言葉がわんわんわんと自分の耳へ跳《は》ねっ返って来る。果《はた》して初さんの言う通りなら、飛んだ所へ這入《はい》ったもんだ。実は死ぬのと同然な職業であればこそ坑夫になろうと云う気も起して見たんだが、本当に死ぬなら——そんな怖い商売なら——殺されるんなら——すのこの中へ抛《な》げ込まれるなら——すのことは全体どんなもんだろうと思い出した。

「すの、こ、すのことはどんなもんですか」

「なに?」

と初さんが後《うしろ》を振り向いた。

「すのこ、すのことはどんなもんですか」

「穴だ」

「え?」

「穴だよ。——鉱《あらがね》を抛り込んで、纏《まと》めて下へ降《さ》げる穴だ。鉱と一所《いっしょ》に抛り込まれて見ねえ……」

で言葉を切って又ずんずん行く。

六十三

自分は一寸《ちょっと》立ち留《どま》った。振り返ると、入口《いりぐち》が小さい月の様に見える。這入《はい》るときは、これがシキならと思った。聞いた程でもないと思った。所《ところ》が初さんに威嚇《おど》かされてから、如何《いか》な平凡な隧道《トンネル》も、大いに容子《ようす》が変って来た。懲役笠《ちょうえきがさ》をたたく冷たい雨が恋しくなった。そこで振り返ると、入口が小さい月の様に見える。小さい月の様に見える程奥へ這入ったなと、振り返って始めて気が附いた。いくら曇《くも》っていても矢《や》っ張《ぱ》り外が懐かしい。真黒《まっくろ》な天井が上から抑え附けてるのは心持《こころもち》のわるいものだ。しかもこの天井が段々低くなって来る様に感ぜられる。と思うと、軌道《レール》を横へ切れて、右へ曲った。だらだら坂《ざか》の下りになる。もう入口は見えない。振返っても真暗だ。小さい月の様な浮世の窓は遠慮なくぴしゃりと閉《しま》って、初さんと自分は段々下の方へ降りて行く。降りながら手を延ばして壁へ触って見ると、雨が降った様に濡《ぬ》れている。

「どうだ、尾《つ》いて来るか」

と、初さんが聞いた。

「ええ」

と大人なしく答えたら、

「もう少しで地獄の三丁目へ来る」

と云ったなり、又二人とも無言になった。この時行《ゆ》く手《て》の方《かた》に一点の灯《あかり》が見えた。暗闇の中の黒猫の片眼《かため》の様に光ってる。カンテラの灯《ひ》なら散らつく筈《はず》だが、些《ちっ》とも動かない。距離もよく分らない。方角も真直《まっすぐ》じゃないが、兎《と》に角《かく》見える。もし坑《あな》の中が一本道だとすれば、この灯を目懸《めが》けて、初さんも自分も進んで行くに違《ちがい》ない。自分は何にも聞かなかったが、大方《おおかた》これが地獄の三丁目なんだろうと思って、這入《はい》って行った。すると、だらだら坂が漸《ようや》く尽きた。路《みち》は平らに向うへ廻《まわ》り込む。その突き当りに例の灯《ひ》が点《つ》いている。先《さ》っきは鼻の下に見えたが、今では眼と擦々《すれすれ》の所まで来た。距離も間近くなった。

「いよいよ三丁目へ着いた」

と、初さんが云う。着いて見ると、坑が四五畳程の大《おお》きさに広がって、そこに交番位《くらい》な小屋がある。そうしてその中に電気灯が点いている。洋服を着た役人が二人程、椅子の対《むか》い合せに洋卓《テーブル》を隔てて腰を掛けていた。表には第一*見張所とあった。これは坑夫の出《で》入《いり》だの労働の時間だのを検査する所だと後から聞いて、始めて分ったんだが、その当時には何の為《ため》の設備だか知らなかったもんだから、六七人の坑夫が、どす黒い顔を揃《そろ》えて無言のまま、見張所の前に立っていたのを不審に思った。これは時間を待ち合わして交替する為である。自分は腰に鑿《のみ》と槌《つち》を差してカンテラさえ提《さ》げてはいるが、坑夫志願というんで、シキの様子を見に這入っただけだから、まだ見習にさえ採用されていないと云う訳で、待ち合わす必要もないものと見えて、すぐこの溜《たまり》を通り越した。その時初さんが見張所の硝子窓《ガラスまど》へ首を突っ込んで、一寸《ちょいと》役人に断ったが、役人は別に自分の方を見向きもしなかった。その代り立っていた坑夫はみんな見た。然《しか》し役人の前を憚《はばか》ってだろう、全く一言も口を利いたものはなかった。

溜を出るや否《いな》や坑の様子が突然変った。今までは立ってあるいても、脊延《せえの》びをしても届きそうにもしなかった天井が急に落ちて来て、真直《まっすぐ》に歩くと時々頭へ触《さわ》る様な気持がする。これがものの二寸も低かろうものなら、岩へ打《ぶ》つかって眉間《みけん》から血が出るに違《ちがい》ないと思うと、松原をあるく様に、有《あり》ったけの脊《せい》で、*野風雑《のふうぞう》にゃ遣って行けない。おっかないから、なるべく首を肩の中へ縮め込んで、初さんに食《く》っ附《つ》いて行った。尤《もっと》もカンテラは先《さっ》き点《つ》けた。

六十四

すると三尺ばかり前にいる初さんが急に四《よつ》ん這《ば》いになった。おや、滑《すべ》って転んだ。と思って、後《うしろ》から突っ掛かりそうな所を、ぐっと足を踏ん張った。この位《くらい》にして喰《く》い留《と》めないと、坂だから、前へのめる恐れがある。心持《こころもち》腰から上を反《そ》らす様にして、初さんの起きるのを待合わしていると、初さんは中々起きない。矢《や》っ張《ぱ》り這《は》っている。

「どうか、しましたか」

と後《うしろ》から聞いた。初さんは返事もしない。――はてな――怪我《けが》でもしやしないかしら――もう一遍《ぺん》聞いて見様《みよう》か――すると初さんはのこのこ歩き出した。

「何ともなかったですか」

「這うんだ」

「え?」

「這うのだてえ事よ」

と初さんの声は段々遠くなって仕舞《しま》う。その声で自分は不審を打った。いくら向うむきでも、普通なら明《あきら》かに聞きとられべき距離から出るのに、急に潜《もぐ》って仕舞う。声が細いんじゃない。当り前の初さんの声が袋のなかに閉じ込められた様に曖昧《あいまい》になる。こりゃ只事《ただごと》じゃないと気が附《つい》たから、透《すか》して見ると漸《ようや》く分った。今までは尋常に歩けた坑《あな》が、ここで忽《たちま》ち狭《せば》くなって、這わなくっちゃ抜けられなくなっている。その狭い入口から、初さんの足が二本出ている。初さんは今胴を入れたばかりである。やがて出ていた足が一本這入《はい》った。見ているうちに又一本這入った。これで自分も四つん這いにならなくっちゃ仕方がないと諦めを附けた。「這うんだ」と初さんの教えたのも決して無理じゃないんだから、教えられた通り這った。所《ところ》が右にはカンテラを提げている。左の手の平だけを惜気《おしげ》もなく氷の様な泥だか岩だか、*へな土だか分らない上へぐしゃりと突いた時は、寒さが二の腕を伝わって肩口《かたぐち》から心臓へ飛び込んだ様な気持がした。それでカンテラを下へ着けまいとすると、右の手が顔とすれすれになって、甚《はなは》だ不便である。どうしたもんだろうと、この姿勢のままじっとしていた。そうして、右の手で宙に釣っているカンテラを見た。所へぽたりと天井からしずくが垂れた。カンテラの灯《ひ》がじいと鳴った。油《ゆ》煙《えん》が顎《あご》から頬《ほお》へかかる。眼へも這入った。それでもこの灯を見詰めていた。すると遠くの方でかあん、かあん、と云う音がする。坑夫が作業をしているに違《ちがい》ないが、どの位距離があるんだか、どの見当にあたるんだか、一向分らない。東西南北のある浮世の音じゃない。自分はこの姿勢でともかくも二三歩歩き出した。不便は無論不便だが、歩けない事はない。只《ただ》時々しずくが落ちてカンテラのじいと鳴るのが気にかかる。初さんは先へ行って仕舞った。頼《たより》はカンテラ一つである。そのカンテラがじいと鳴って水の為《ため》に消えそうになる。かと思うと又明《あ》かるくなる。まあ宜《よ》かったと安心する時分に、又ぽたりと落ちて来る。じいと鳴る。消えそうになる。非常に心細い。実は今までも、しずくは始終垂れていたんだが、灯が腰から下にあるんで、一向気がつかなかったんだろう。灯が耳の近くへ来て、じいと云う音が聞える様になってから急に神経が起《おこ》って来た。だから這う方はなお遅くなる。しかもまだ三足《みあし》しか歩いちゃいない。所へ突然初さんの声がした。

「やい、好《い》い加減《かげん》に出て来ねえか。何を愚図愚図《ぐずぐず》してえるんだ。――早くしないと日が暮れちまうよ」

暗いなかで初さんは慥《たしか》に日が暮れちまうと云った。

六十五

自分は這《は》いながら、咽喉仏《のどぼとけ》の角《かど》を尖《とが》らす程に顎《あご》を突き出して、初さんの方を見た。すると一間《けん》ばかり向うに熊の穴見《み》た様《よう》なものがあって、その穴から、初さんの顔が――顔らしいものが出ている。自分があまり手間取るんで、初さんが屈《こご》んで此方《こっち》を覗《のぞ》き込んでる所であった。この一間をどうして抜け出したか、今じゃ善《よ》く覚えていない。何しろ出来るだけ早く穴まで来て、首だけ出すと、もう初さんは顔を引っ込まして穴の外に立っている。その足が二本自分の鼻の先に見えた。自分はやれ嬉しやと狭い所を潜《くぐ》り抜けた。

「何をしていたんだ」

「あんまり狭いもんだから」

「狭いんで驚いちゃ、シキへは一足《ひとあし》だって踏《ふ》ん込《ご》めっ子ねえ。陸《おか》の様に地面はねえ所《とこ》だ位《くらい》は、どんな頓珍漢《とんちんかん》だって知ってる筈《はず》だ」

初さんは慥《たしか》に坑《あな》の中は陸の様に地面のない所だと云った。この人は時々思い掛けない事を云うから、今度も慥にと但《ただ》し書《がき》をつけて、その確実な事を保証して置くんである。自分は何か云い訳をするたんびに、初さんから容赦なく遣《や》っ附《つ》けられるんで、大抵《たいてい》は黙っていたが、この時はつい、

「でもカンテラが消えそうで、心配したもんですから」

と云っちまった。すると初さんは、自分の鼻の先へカンテラを差し附けて、徐《おも》ろに自分の顔を検査し始めた。そうして、命令を下した。

「消して見ねえ」

「どうしてですか」

「どうしてでも好《い》いから、消して見ねえ」

「吹くんですか」

初さんはこの時大きな声を出して笑った。自分は喫驚《びっくり》して稀有《けう》な顔をしていた。

「冗談じゃねえ。何が這入《へっ》てると思う。*種油《たねあぶら》だよ。しずく位《ぐれえ》で消《けえ》てたまるもんか」

自分はこれでやっと安心した。

「安心したか。ハハハハ」

と初さんが又笑った。初さんが笑うたんびに、坑《あな》の中がみんな響き出す。その響《ひびき》が収まると前よりも倍静かになる。所へかあん、かあんと何処《どこ》かで鑿《のみ》と槌《つち》を使ってる音が伝わって来る。

「聞えるか」

と、初さんが顋で相図《あいず》をした。

「聞えます」

と耳を峙《そばだ》てていると、忽《たちま》ち催促《さいそく》を受けた。

「さあ行こう。今度《こんだ》あ後《おく》れない様に跟《つ》いて来な」

初さんは中々機嫌《きげん》がいい。これは自分が一も二もなく初さんに遣《や》られている所為《せい》だろうと思った。いくら手苛《てひど》く極《き》めつけられても、初さんの機嫌がいいうちは結構であった。こうなると得になる事が即《すなわ》ち結構という意味になる。自分はこれ程堕落して、おめおめ初さんの尻を嗅《かい》で行ったら、路《みち》が左の方に曲り込んで又峻《けわ》しい坂になった。

「おい、下りるよ」

と初さんが、後《うしろ》も向かず声を掛けた。その時自分は何となく東京の*車夫《しゃふ》を思い出して苦しいうちにも可笑《おか》しかった。が初さんはそれとも気が附かず下り出した。自分も負けずに降りる。路は地面を刻んで段々になっている。四五間ずつに折れてはいるが、勘定したら＊愛宕様《あたごさま》の高さ位はあるだろう。これは一生懸命になって、一所《いっしょ》に降りた。降りた時にほっと息を吐《つ》くと、その息が何となく苦しかった。然《しか》しこれは深い坑のなかで、空気の流通が悪いからとばかり考えた。実はこの時既《すで》に身体《からだ》も冒《おか》されていたんである。この苦しい息で二三十間来ると又模様が変った。

六十六

今度は初さんが仰向《あおむ》けに手を突いて、腰から先を入れる。腰から入れる様《よう》な芸をしなければ通れない程、坑《あな》の幅も高さも逼《せま》って来たのである。

「こうして抜けるんだ。好《よ》く見て置きねえ」

と初さんが云ったと思ったら、胴も頭もずる、ずると抜けて見えなくなった。流石《さすが》熟練《じゅくれん》の功《こう》はえらいもんだと思いながら、自分も先《ま》ず足だけ前へ出して、草鞋《わらじ》で探《さぐ》りを入れた。所《ところ》が全く宙に浮いてる様で足掛《あしがか》りが些《ちっ》ともない。何でも穴の向うは、がっくり落《おち》か、それでなくても、余程《よほど》勾配《こうばい》の急な坂に違《ちがい》ないと見当を附けた。だから頭から先へ突っ込めばのめって怪我《けが》をするばかり、又足を無暗《むやみ》に出せば引《ひ》っ繰《く》り返るだけと覚ったから、足を棒の様に前へ寝かして、そうして後《うしろ》へ手を突いた。所がこの所作《しょさ》が甚《はなは》だ不味《まず》かったので、手を突くと同時に、尻もべったり突いて仕舞《しま》った。ぴちゃりと云った。アテシコを伝わって臀部《でんぶ》へ少々感じがあった。それほど強く尻餅《しりもち》を搗《つ》いたと見える。自分はしまったと思いながらも直《すぐ》両足を前の方へ出した。ずるりと一尺ばかり振《ぶ》ら下《さ》げたが、まだ何処《どこ》へも届かない。仕方がないから、今度は手の方を前へ運ばせて、腰を押し出す様に足を伸ばした。すると腿《もも》の所まで摺《ず》り落《お》ちて、草鞋の裏が漸《ようや》く堅いものに乗った。自分は念の為《ため》この堅いものをぴちゃぴちゃ足の裏で敲《たた》いて見た。大丈夫なら手を離してこの堅いものの上へ立とうと云う料簡《りょうけん》であった。

「何で足ばかり、ばたばたやってるんだ。大丈夫だから、うんと踏《ふ》ん張《ば》って立ちねえな。意久地《いくじ》のねえ」

と、下から初さんの声がする。自分の胴から上は叱られると同時に、穴を抜けて真直《まっすぐ》に立った。

「丸《まる》で*傘《からかさ》の化物《ばけもの》の様だよ」

と初さんが、自分の顔を見て云った。自分は傘の化物とは何の意味だか分らなかったから、別に笑う気にもならなかった。ただ

「左様《さよう》ですか」

と真面目《まじめ》に答えた。妙な事にこの返事が面白かったと見えて、初さんは、又大きな声を出して笑った。そうして、この時から態度が変って、前よりは幾分か親切になった。

偶然の事がどんな拍子《ひょうし》で他《ひと》の気に入《い》らないとも限らない。却《かえっ》て、気に入ってやろうと思って仕出《しで》かす芸術は大抵《たいてい》駄目な様だ。＊天巧《てんこう》を奪う様な御世辞使《おせじつかい》は未《いま》だ曽《かつ》て見た事がない。自分も我が身が可愛《かあい》さに、その後色々人の御機嫌《ごきげん》を取って見たが、どうも旨《うま》い結果が出て来ない。相手がいくら馬鹿でも、いつか露見するから怖いもんだ。用意をして置いた挨拶《あいさつ》で、この傘の化物に対する返事位《くらい》に成功した場合は殆《ほとん》どない。骨を折って失敗するのは愚《ぐ》だと悟ったから、近頃では宿命論者の立脚地から人と交際をしている。ただ困るのは演舌《えんぜつ》と文章である。あいつは骨を折って準備をしないと失敗する。その代りいくら骨を折っても矢《や》っ張《ば》り失敗する。つまりは同じ事なんだが、骨を折った失敗は、人の気に入らないでも、自分の弱点《ぼろ》が出ないから、まあ準備をしてからやる事にしている。いつかは初さんの気に入った様な演説をしたり、文章を書いて見たいが、――どうも馬鹿にされそうで不可《いけ》ないから、未《いま》だに遣《や》らずにいる。――それはここには余計な事だから、この位で已《や》めて又初さんの話を続けて行く。

その時初さんは、笑いながら、下から、自分に向って、

「おい、そう真面目くさらねえで、早く下りて来ねえな。日は短《みじけ》えやな」

と云った。坑の中でカンテラを点《つ》けた、初さんは慥《たしか》に日は短えやなと云った。

六十七

自分が土の段を一二間《けん》下りて、初さんの立ってる所まで行くと、初さんは、右へ曲った。また段々が四五間続いている。それを降《お》り切ると、今度は初さんが左へ折れる。そうして又段々がある。右へ折れたり左へ折れたり稲妻《いなずま》の様《よう》に歩いて、段々を——さあ何町降りたか分らない。始めての道ではあるし、ことに暗い坑《あな》の中の事であるから自分には非常に長く思われた。漸《ようや》く段々を降り切って、大分《だいぶ》浮世とは縁が遠くなったと思ったら急に五六畳の部屋に出た。部屋と云っても坑を切り広げたもので、上と下がすぼまって、腹の所が膨《ふく》らんでいるから、丸《まる》で酒甕《さかがめ》の中へでも落込《おちこ》んだ有様《ありさま》である。あとから分った話だが、これは*作事場《さくじば》と云うんで、技師の鑑定で、ここには鉱脈があるとなると、そこを掘り拡げて作事場にするんである。だから通《とお》り路《みち》よりは自然広い訳で、この作事場を坑夫が三人一組で、請負《うけおい》仕事に引受ける。二週間と見積ったのが、四日で済む事もあり、高《たか》が五日位《くらい》と踏んだ作事に半月《はんげつ》以上食い込む事もある。こう云う訳で、シキのなかに路が出来て、路のはたに銅脈さえ見附《めっ》かれば、御構《おかまい》なくそこだけを掘り抜いて行《ゆ》くんだから、電車の通るシキの入口こそ、平らでもあり、又一条《ひとすじ》でもあるが、下へ折れて第一見張所《みはりしょ》のあたりからは、右へも左へも条路《えだみち》が出来て、方々《ほうぼう》に作事場が建つ。その作事を仕舞《しま》うと、又銅脈を見附けては掘り抜いて行くんだから、シキの中は細い路だらけで、又暗い坑だらけである。丁度蟻《ちょうどあり》が地面を縦横《じゅうおう》に抜いて歩く様なものだろう。又は*書蠹《のむし》が本を食《くら》うと見立てても差《さ》し支《つかえ》ない。つまり人間が土の中で、銅《あかがね》を食《くら》って、食い尽すと、又銅を探し出して食いにゆくんで無暗《むやみ》に路が沢山《たくさん》出来て仕舞ったんである。だから、いくらシキの中を通っても、ただ通るだけで作事場へ出なければ坑夫には逢わない。かあんかあんという音はするが、音だけでは極めて淋《さび》しいものである。自分は初さんに連れられて、シキへ這入《はい》ったが、ただシキの様子を見るのが第一の目的であった為《ため》か、廻《まわ》り道をして作事場へは寄らなかったと見えて、坑夫の仕事をしている所は、この段々の下へ来て、初めて見た。——稲妻形《いなずまがた》に段々を下りるときは、無暗に下りるばかりで、いくら下りても尽きないのみか、人っ子一人に逢わないものだから、甚《はなは》だ心細かったが、はじめて作事場へ出て、人間に逢ったら、大いに嬉しかった。

見ると丸太《まるた》の上に腰をかけている。数は三人だった。丸太は*四《よ》つや丸太で、軌道《レール》の枕《まくら》木《ぎ》位なものだから、随分《ずいぶん》の重さである。どうして、ここまで運んで来たか到底《とうてい》想像がつかない。これは天井の陥落《かんらく》を防ぐ為《ため》、少し広い所になると突っかい棒に張る為に、シチュウが必要な作事場へ置いて行くんだそうだ。その上に二人《ふたあり》腰を掛けて、残る一人が屈《しゃが》んで丸太へ向いている。そうして三人の間には小さな木の壺《つぼ》がある。伏せてある。一人がこの壺を上から抑えている。三人が妙な叫び声を出した。抑えた壺を忽《たちま》ち挙げた。下から賽《さい》が出た。——所へ自分と初さんが這入《はい》った。

三人はひとしく眼を上げて、自分と初さんを見た。カンテラが土の壁に突き刺してある。暗い灯《ひ》が、ぎろりと光る三人の眼球《めだま》を照らした。光ったものは実際眼球だけである。坑《あな》は固《もと》より暗い。明《あ》かるくなくっちゃならない灯も暗い。どす黒く燃えて煙を吹いている所は、濁《にご》った液体が動いてる様に見えた。濁った先が黒くなって、煙と変化するや否《いな》や、この煙が暗いものの中に吸い込まれて仕舞う。だから坑の中がぼうとしている。そうして動いている。

六十八

カンテラは三人の頭の上に刺さっていた。だから三人のうちで比較的判然《はっきり》見えたのは、頭だけである。所《ところ》が三人共《とも》頭が黒いので、つまりは、見えないのと同じ事である。しかも三つとも集《かたま》っていたから、猶更《なおさら》変であったが、自分が這入《はい》るや否《いな》や、三つの頭は忽《たちま》ち離れた。その間《あいだ》から、壺《つぼ》が見えたんである。壺の下から賽《さい》が見えたんである。壺と、賽と、三人の異《い》な叫び声を聞いた自分は、次に三人の顔を見たんである。能《よ》くはわからない顔であった。一人の男は頬骨《ほおぼね》の一点と、小鼻の片傍《かたわき》だけが、灯《ひ》に映った。次の男は額と眉の半分に光が落ちた。残る一人は総体にぼんやりしている。只《ただ》自分の持っていた、カンテラを四五尺手前から真向《まっこう》に浴びただけである。――三人はこの姿勢で、ぎろりと眼を据えた。自分の方に。

漸《ようや》く人間に逢って、やれ嬉しやと思った自分は、この三対《つい》の眼球《めだま》を見るや否や、思わずぴたりと立ち留《どま》った。

「手前《てめえ》は……」

と云い掛けて、一人が言葉を切った。残る二人はまだ口を開《き》かない。自分も立ち留まったなり、答えなかった。――答えられなかった。すると

「新めえだ」

と、初さんが、威勢のいい返事をしてくれた。本当の所を白状すると、三人の眼球《めだま》が光って、「手前は……」と聞かれた時は、初さんの傍《そば》にいる事も忘れて、唯《ただ》おやっと思った。立すくむと云うのはこれだろう。立ちすくんで、硬くこわ張《ば》り掛けた所へ「新めえだ」と云う声がした。この声が自分の左の耳の、つい後《うしろ》から出て、向うへ通り抜けた時、成程《なるほど》初さんが附いてたなと思い出した。それが為《ため》、こわ張りかけた手足も、中途で故《もと》へ引き返した。自分は一歩傍《わき》へ退《の》いた。初さんに前へ出てもらう積《つもり》であった。初さんは注文通り出た。

「相変らず遣《や》ってるな」

とカンテラを提《さ》げたまま、上から三人の真中《まんなか》に転がってる、壺と賽《さい》を眺めた。

「どうだ仲間入《なかまいり》は」

「まあよそう。今日は案内だから」

と初さんは取り合わなかった。やがて、四《よ》つや丸太《まるた》の上へうんとこしょと腰を卸《おろ》して、

「少し休んで行くかな」

と自分の方を見た。立ちすくむまで恐ろしかった、自分は急に嬉しくなって元気が出て来た。初さんの傍《そば》へ腰を卸《お》ろす。アテシコの利目《ききめ》は、ここで始めて分った。旨《うま》い具合に尻《く》が乗って、柔らかに局部へ応える。且《かつ》冷えないで、結構だ。実はさっきから、眼が少し眩らんで――眩らむんだか、眩らまないんだか、坑《あな》の中ではよく分らないが、何しろ好《い》い気持ではなかったが、こう尻を掛けて落ちつくと、大《おお》きに楽になる。四人《よったり》が色々な話をしている。

「広本《ひろもと》へは新《あた》らしい玉《*たま》が来たが知ってるか」

「うん、知ってる」

「まだ買わねえか」

「買わねえ。お前は」

「おれか。おれは——ハハハハ」

と笑った。これは這入《はい》って来た時、顔中ぼんやり見えた男である。今でもぼんやり見える。その証拠には、笑っても笑わなくっても、顔の輪廓《りんかく》が殆《ほと》ど同《おん》なじである。

「随分手廻《ずいぶんてまわし》がいいな」

と初さんも聊《いささ》か笑っている。

「シキへ這入《へえ》ると、何時《いつ》死ぬか分らねえからな。だれだって、そうだろう」

と云う答があった。この時、

「御互《おたがい》に死なねえうちの事だなあ」

と一人《だれか》が云った。その語調には妙に詠嘆の意が寓《ぐう》してあった。自分はあまり突然の様に感じた。

六十九

そうしているうちに、一間《けん》置いて隣《とな》りの男が突然自分に話しかけた。

「御前《おめえ》は何処《どこ》から来た」

「東京です」

「ここへ来て儲《もう》けようったって駄目だぜ」

と他のが、すぐ教えてくれた。自分は長蔵さんに逢うや否《いな》や儲かる儲かるを何遍《なんべん》となく聞かせられて驚いたが、飯場《はんば》へ着くが早いか、今度は反対に、儲からない儲からないで立てつづけに責められるんで、大《おお》いに辟易《へきえき》した。然《しか》し地《じ》の底ではよもやそんな話も出まいと思ってここまで降りて来たが、人に逢えば又儲からないを繰り返された。あんまり馬鹿馬鹿しいんで何とか答弁を仕様《しよう》かとも考えたが、滅多《めった》な事を云えば擲《は》り附けられるだけだから、まあやめにして置いた。去《さ》ればと云って返事をしなければ又遣《や》り附けられる。そこで、こう云った。

「何故《なぜ》儲からないんです」

「この銅山《やま》には神様がいる。いくら金を蓄《た》めて出様《でよう》としたって駄目だ。金は必ず戻ってくる」

「何の神様ですか」

と聞いて見たら、

「*達磨《だるま》だ」

と云って、四人《よったり》ながら面白そうに笑った。自分は黙っていた。すると四人は自分を措《お》いて頻《しきり》に達磨の話を始めた。約十分余りも続いたろう。その間自分は外《ほか》の事を考えていた。色々考えたうちに、一番感じたのは、自分がこんな泥だらけの服を着て、真暗《まっくら》な坑《あな》のなかに屈《しゃが》んでる所を、艶子《つやこ》さんと澄江《すみえ》さんに見せたらばと云う問題であった。気の毒がるだろうか、泣くだろうか、それとも浅間《あさま》しいと云って愛想を尽かすだろうかと疑って見たが、これは難なく気の毒がって、泣くに違《ちがい》ないと結論して仕舞《しま》った。それで一目《ひとめ》位《くらい》はこの姿を二人に見せたい様な気がした。それから昨夜《ゆうべ》囲炉裏《いろり》の傍《そば》で散々馬鹿にされた事を思い出して、あの有様《ありさま》を二人に見せたらばと考えた。所《ところ》が今度は正反対で、二人共傍《ともそば》にいてくれないで仕合《しあわ》せだと思った。もし見られたらと想像して眼前《がんぜん》に、意気地《いくじ》のない、大いに苛《いじ》められている自分の風体《ふうてい》と、ハイカラの女を二人描き出したら、甚《はなは》だ気恥ずかしくなって腋《わき》の下から汗が出そうになった。これで見ると、坑夫に堕落すると云う事実その物は左程《さほど》苦にならぬのみか、少しは得意の気味で、ただ坑夫になりたての幅の利かない所だけを、女に見せたくなかった訳になる。自分の器量を下げる所は、誰《たれ》にも隠したいが、ことに女には隠したい。女は自分を頼る程の弱いものだから、頼られるだけに、自分は器量のある男だと云う証拠を何処《どこ》までも見せたいものと思われる。結婚前の男はことにこの感じが深い様だ。人間はいくら窮《きゅう》した場合でも、時々は芝居気《しばいげ》を出す。自分がアテシコを臀《しり》に敷いて、深い坑《あな》のなかで、カンテラを提《ひっさ》げたまま、休んだ時の考えは、全く芝居じみていた。ある意味から云うと、これが苦痛の骨休めである。公然の骨休とも云うべき芝居は全くここから発達したものと思う。自分は発達しない芝居の主人公を腹の中で演じて、落胆しながら得意がっていた。

所へ突然肺臓《はいぞう》を打ち抜かれたと思う位の大きな音がした。その音は自分の足の下で起ったのか、頭の上で起ったのか、尻を懸けた丸太も、黒い天井も一度に躍《おど》り上《あが》ったから、分からない。自分の頸《くび》と手と足が一度に動いた。縁側に脛《はぎ》をぶらさげて、膝頭《ひざがしら》を丁《ちょう》と叩《たた》くと、膝から下がぴくんと跳《は》ねる事がある。この時自分の身体《からだ》の動き方は全くこれに似ている。然しこれよりも倍以上劇烈に来た様な気がした。身体ばかりじゃない、精神がその通りである。一人芝居の真最中《まっさいちゅう》でとんぼ返りを打って、忽《たちま》ち我れに帰った。音はまだつづいている。落雷を土中《どちゅう》に埋《うず》めて、自由の響きを束縛した様に、渋って、焦《いら》って、陰《いん》に籠《こも》って、抑えられて、岩に中《あた》って、包まれて、激して、跳ね返されて、出端《では》を失って、どうと吼《ほ》えている。

七十

「驚いちゃ不可《いけ》ねえ」

と初さんが云った。そうして立ち上がった。自分も立ち上がった。三人の坑夫も立ち上がった。

「もう少しだ。遣《や》っちまうかな」

と、鑿《のみ》を取り上げた。初さんと自分は作事場《さくじば》を出る。所へ煙《けむ》が来た。煙硝《えんしょう》の臭《におい》が、眼へも鼻へも口へも這入《はい》った。噎《む》せっぽくって苦しいから、後《うしろ》を向いたら、作事場ではかあん、かあんともう仕事を始めだした。

「なんですか」

と苦しい中で、初さんに聞いて見た。実は先《さっ》きの音が耳に応《こた》えた時、こりゃ坑内で大破裂が起ったに違《ちがい》ないから、逃げないと生命《いのち》が危ないとまで思い詰めた位《くらい》だのに、初さんは益《ますます》深く這入《はい》る気色《けしき》だから、気味が悪いとは思ったが、何しろ自由行動のとれる身体ではなし、精神は無論独立の気象を具《そな》えていないんだから、いかに先輩だって逃げていい時分には、逃げてくれるだろうと安心して、後《うしろ》を附けて出ると、むっとする程の煙が向うから吹いて来たんで、こりゃ迂闊深入《うっかりふかいり》は出来ないわと云う腹もあって、かたがた後を向く途端《とたん》に、さっきの連中がもう、煙の中でかあん、かあん、鉱《あらがね》を叩いているのが聞えたんで、それじゃ矢《や》っ張《ぱり》安心なのかと、不審のあまりこの質問を起して見たんである。するると初さんは、煙の中で、咳《せき》を二《ふた》つ三《み》つしながら、

「驚かなくってもいい。ダ、イ、ナ、マ、イ、トだ」

と教えてくれた。

「大丈夫ですか」

「大丈夫でねえかも知れねえが、シキへ這入《はい》った以上、仕方がねえ。ダイナマイトが恐ろしくっちゃ一日《いちんち》だって、シキへは這入れねえんだから」

　自分は黙っていた。初さんは煙の中を押し分ける様にずんずん潜《くぐ》って行《ゆ》く。満更《まんざら》苦しくない事もないんだろうが、一つは新参の自分に対して、景気を見せる為《ため》じゃないかと思った。それとも煙は坑《あな》から坑へ抜け切って、陸《おか》の上なら、大抵《たいてい》晴れ渡った時分なのに、路《みち》が暗いんで何時《いつ》までも煙が這ってる様に感じたり噎《むせ》っぽく思ったのかも知れない。そうすると自分の方が悪くなる。

　いずれにしても苦しい所を我慢して尾《つ》いて行った。又*胎内潜《たいないくぐ》りの様な穴を抜けて、三四間《けん》ずつの段々を、右へ左へ折れ尽すと、路が二股《ふたまた》になっている。その条路《えだみち》の突き当りで、カラカラランと云う音がした。深い井戸へ石片《いしころ》を抛《な》げ込んだ時と調子は似ているが、普通の井戸よりも、遥《はるか》に深い様に思われた。と云うものは、落ちて行く間に、側《がわ》へ当って鳴る音が、冴えている。ばかりか、余程長くつづく。最後のカラランは底の底から出て、出るには余程手間がかかる。けれども一本道を、真直《まっすぐ》に上へ抜けるだけで、外《ほか》に逃道《にげみち》がないから、どんなに暇取《ひまどっ》ても、きっと出てくる。途中で消えそうになると、壁の反響が手伝って、底で出ただけの響《ひびき》は、いかに微《かすか》な遠くであっても、洩《も》らす所なく上まで送り出す。――ざっとこんな音である。カラララン。カカラアン。……

初さんが留《とま》った。

「聞えるか」

「聞えます」

「スヽノヽコヽへ鉱《あらがね》を落してる」

「はあ……」

「序《ついで》だからスヽノヽコヽを見せて遣ろう」

と、急に思い附いた様な調子で、勢いよく初さんが、一足後《ひとあしあと》へ引いて草鞋《わらじ》の踵《かかと》を向け直した。自分が耳の方へ気を取られて、返事もしないうちに、初さんは右へ切れた。自分も続いて暗いなかへ這入る。

七十一

折れた路《みち》は僅《わず》か四尺程で行《ゆ》き当る。所を又右へ廻《まわ》り込むと、一間《けん》ばかり先が急に薄明るく、縦にも横にも広がっている。その中に黒い影が二つあった。自分達がその傍《そば》まで近附《ちかづ》いた時、黒い影の一つが、左の足と共に、精一杯前へ出した力を後《うしろ》へ抜く拍子《ひょうし》に、大きな*箕《み》を、斜《はす》に抛《な》げ返した。箕は足掛《あしがか》りの板の上に落ちた。カカン、カラカランと云う音が遠くへ落ちて行く。一尺前は大きな穴である。広さは畳二畳敷位《じょうじきくらい》はあるだろう。

箕《み》に入れたばらの鉱《あらがね》を、掘子《ほりこ》が抛《な》げ込んだばかりである。突き当りの壁は突立《つった》っている。微《かすか》なカンテラに照らされて、色さえしっかり分らない上が、一面に濡《ぬ》れて、濡れた所だけがきらきら光っている。

「覗《のぞ》いて見ろ」

初さんが云った。穴の手前が三尺ばかり板で張り詰めてある。自分は板の三分の一程まで踏み出した。

「もっと、出ろ」

と初さんが後《うしろ》から催促《さいそく》する。自分は躊躇《ちゅうちょ》した。これでさえ踏板《ふみいた》が外れれば、何処《どこ》まで落ちて行くか分らない。ましてもう一尺前へ出れば、いざと云う時、土の上へ飛び退《の》く手間が一尺だけ遅くなる。一尺は何でもない様《よう》だが、ここでは平地《ひらち》の十間《けん》にも当る。自分は何分《なにぶん》にも躊躇した。

「出ろやい。吝《けち》な野郎だな。そんな事《こっ》て掘子が勤まるかい」

と云われた。これは初さんの声ではなかった。黒い影の一人が云ったんだろう。自分は振り返って見なかった。然《しか》し依然《いぜん》として足は前へ出なかった。只眼《ただ》だけが、露で光った薄暗い向うの壁を伝って、下の方へ、次第に落ちて行くと、約一間ばかりは、どうにか見えるが、それから先は真暗《まっくら》だ。真暗だから何処まで視線に這入《はい》るんだか分らない。

ただ深いと思えば際限もなく深い。落《おち》ちゃ大変だと神経を起すと、後から脊中《せなか》を突かれる様な気がする。足は依然として故《もと》の位地を持ち応《こた》えていた。すると、

「おい邪魔だ。一寸《ちょっと》退《ど》きな」

と声を掛けられたんで、振り向くと、一人の掘子が重そうに俵《たわら》を抱えて立っていた。俵の大きさは米俵の半分位しかない。然し両手で底を受けて、幾分か腰で支えながら、うんと気合を入れている所は、全く重そうだ。自分はこの体《てい》を見て、すぐ傍《わき》へ避《よ》けた。そうして比較的安全な、板が折れても差支《さしつかえ》なく地面へ飛び退ける程の距離まで退《しりぞ》いた。掘子は、俵で眼先《めさき》がつかえてるから定《さだ》めし剣呑《けんのん》がるだろうと思いの外《ほか》、容赦なく重い足を運ばして前へ出る。縁《ふち》から二尺ばかり手前まで出て、足を揃えたから、もう留《と》まるだろうと見ていると、又出した。余る所は一尺しきゃあない。その一尺へ又五寸程《ほど》切り込んだ。そうして行儀よく右左を揃えた。そうして、うんと云った。胸と腰が同時に前へ出た。危ない。のめったと思う途端《とたん》に、重い俵は、とんぼ返りを打って、掘子の手を離れた。掘子はもとの所へ突っ立っている。落ちた俵はしばらく音沙汰もない。と思うと遠くでどさっと云った。俵は底まで落ち切ったと見える。

「どうだ、あの芸が出来るか」

と初さんが聞いた。自分は、

「そうですねえ」

と首を曲げて、恐れ入ってた。すると初さんも掘子もみんな笑い出した。自分は笑われても全く致し方がないと思って、依然として恐れ入ってた。その時初さんがこんな事を云って聞かした。

「何になっても修業は要るもんだ。遣《や》って見ねえうちは、馬鹿にゃ出来ねえ。御前《おめえ》が掘子《ほりこ》になるにしたって、おっかながって、手先ばかりで抛《な》げ込んで見ねえ。みんな板の上へ落ちちまって、肝心の穴へは這入りゃしねえ。そうして、鉱《かね》の重みで引っ張り込まれるから、却《かえ》って剣呑《けんのん》だ。ああ思い切って胸から突き出してかかるにゃ……」

と云い掛けると、外《ほか》の男が、

「二三度スノコへ落ちて見なくっちゃ駄目だ。ハハハハ」

と笑った。

七十二

後戻《あともどり》をして元の路《みち》へ出て、半町《はんちょう》程行《ゆ》くと、掘子《ほりこ》は右へ折れた。初さんと自分は真直《まっすぐ》に坂を下りる。下り切ると、四五間《けん》平らな路を縫う様《よう》に突き当った所で、初さんが留《と》まった。

「おい。まだ下りられるか」

と聞く。実は余程前から下りられない。然《しか》し中途で降参したら、落第するに極《きま》ってるから、我慢《がまん》に我慢を重ねて、ここまで来た様なものの、内心ではその内もうどん底へ行《ゆ》き着くだろう位《くらい》の目算《もくさん》はあった。そこへ持って来て、相手がぴたりと留《と》まって、一段落附けた上、さて改めて、まだ下りる気かと正式に尋ねられると、まだ下りるべき道程《みちのり》は決して一丁や二丁でないと云う意味になる。――自分は暗いながら初さんの顔を見て考えた。御免蒙《ごめんこうむ》ろうかしらと考えた。こう云う時の出処進退《しゅっしょしんたい》は、全く相手の思わく一つで極《きま》る。如何《いか》な馬鹿でも、如何な利口でも同じ事である。だから自分の胸に相談するよりも、初さんの顔色で判断する方が早く片が附く。つまり自分の性格よりも周囲の事情が運命を決する場合である。性格が水準以下に下落する場合である。平生《へいぜい》築き上げたと自信している性格が、滅茶苦茶《めちゃくちゃ》に崩れる場合のうちで尤《もっと》も顕著《けんちょ》なる例である。――自分の無性格論はここからも出ている。

前申《ぜん》す通り自分は初さんの顔を見た。すると、下《お》り様《よう》じゃないかと云う親密な情合《じょうあい》も見えない。下りなくっちゃ御前《おまえ》の為《ため》にならないと云う忠告の意も見えない。是非《ぜひ》下ろして見せると云う威嚇《おどし》もあらわれていない。下りたかろうと焦《じ》らす気色《けしき》は無論ない。ただ下りられまいと云う侮蔑《ぶべつ》の色で持ち切っている。それは何ともなかった。然しその色の裏面《りめん》には落第と云う切実な問題が潜《ひそ》んでいる。この場合に於《お》ける落第は、名誉より、品性より、何よりも大事件である。自分は窒息しても下りなければならない。

「下りましょう」

と思い切って云った。初さんは案に相違の様子であったが、

「じゃ、下り様《よう》。その代り少し危ないよ」

と穏《おだ》やかに同意の意を表《ひょう》した。成程《なるほど》危ない筈《はず》だ。九十度の角度で切っ立った、屏風《びょうぶ》の様な穴を真直《まっすぐ》に下りるんだから、猿の仕事である。梯子《はしご》が懸《かか》ってる。勾配《こうばい》も何にもない。此方《こちら》の壁にぴったり食《く》っ附いて、棒を空《くう》にぶら下げた様に、覗《のぞ》くと端《さき》が見えかねる。どこまで続いてるんだか、どこで縛りつけてあるんだか、丸《まる》で分らない。

「じゃ、己《おれ》が先へ下りるからね。気を附けて来給《きたま》え」

と初さんが云った。初さんがこれ程叮嚀《ていねい》な言葉を使おうとは思いも寄らなかった。大方神妙《おおかたしんびょう》に下りましょうと出たんで、幾分か憐愍《れんみん》の念を起したんだろう。やがて初さんは、ぐるりと引っ繰り返って、正式に穴の方へ尻を向けた。そうして屈《しゃが》んだ。と思うと、足から段々這入《はい》って行く。仕舞《しまい》には顔だけが残った。やがてその顔も消えた。顔が出ている間は、多少の安心もあったが、黒い頭の先までが、ずぼりと穴へはまった時は、流石《さすが》に心配なのと心細いのとで、凝《じっ》としていられなくって、足をつま立てる様にして、上か

ら見下《みおろ》した。初さんは下りて行く。黒い頭とカンテラの灯《ひ》だけが見える。その時自分は気味の悪いうちにも、こう考えた。初さんの姿が見えるうちに下りて仕舞わないと、下り損なうかも知れない。面目《めんもく》ない事が出来《しゅったい》する。早くするに越した分別はないと決心して、いきなり後ろ向になって、初さんの様に、膝《ひざ》を地《じ》に附けて、手で摺《ず》り下《さが》りながら、草鞋《わらじ》の底で段々を探った。

七十三

両手で第一段目を握って、足を好加減《いいかげん》な所へ掛けると、脊中《せなか》が海老《えび》の様《よう》に曲った。それから、徐々《そろそろ》足を伸ばし出した。真直《まっすぐ》に立つと、カンテラの灯《ひ》が胸の所へ来る。じっとしていると燻《えぶ》されて仕舞《しま》う。仕方がないから、片足下げる。手もこれに応じて握り更《か》えなくっちゃならない。卸《おろ》そうとすると、指で提《さ》げてるカンテラが、飛んだ所で、始末の悪い様に動く。滅多《めった》に振ると、着物が焼けそうになる。大事を取ると壁へ打《ぶ》つかって灯が揉《も》み潰《つぶ》されそうになる。親指へカップを差し込んで、振子《ふりこ》の様に動かした時は、甚《はなは》だ軽便《けいべん》な器械《きかい》だと思ったが、こうなると非常に邪魔になる。その上梯子《はしご》の幅は狭《せば》い。段と段の間が頗《すこぶ》る長い。一段さがるに、普通の倍は骨が折れる。そこへもって来て恐怖が手伝う。そうして握り直すたんびに、段木《だんぎ》がぬらぬらする。鼻を押し附ける様にして、乏《とも》しい灯で透《す》かして見ると、へな土《つち》が一面に粘《つ》いている。上《のぼ》り下《さが》りの草鞋《わらじ》で踏附《ふみつけ》たものと思われる。自分は梯子の途中で、首を横へ出して、下を覗《のぞ》いた。よせば善《よ》かったが、つい覗いた。すると急にぐらぐらと頭が廻《まわ》って、かたく握った手がゆるんで来た。これは死ぬかも知れない。死んじゃ大変だと、嚙《かじ》り附いたなり、いきなり眼を眠《ねむ》った。石鹼球《シャボンだま》の大きなのが、ぐるぐる散らついてるうちに、初さんが降りて行く。本当を云うと、下を覗いた時にこそ、初さんの姿が、見えれば見えるんで、ねむった眼の前に湧《わ》いて出る石鹼球の中に、初さんが居る訳がない。然《しか》し現にいる。そうして降りて行く。如何《いか》にも不思議であった。今考えると、目舞《めまい》のする前に、ちらりと初さんを見たに違《ちがい》ないんだが、ぐらぐらと*咄痴《とっち》て、死ぬ方が怖くなったもんだから、初さんの影は網膜《もうまく》に映じたなり忘れちまったのが、段木《だんぎ》に嚙《かじ》り附いて眼を閉《ねむ》るや否《いな》や生き返ったんだろう。但《ただ》しそう云う事が学理上あり得《う》るものか、どうか知らない。その当時は夢中である。坑《あな》は暗い、命は惜しい、頭は乱れている。生きてるか死んでるか判然《はんぜん》しない。そこへ初さんが降りて行く。眼の中で降りて行くんだか、足の下で降りて行くんだか滅茶苦茶であった。が不思議な事に、眼を開けるや否や又下を見た。すると矢張《やは》り初さんが降りている。しかも切っ立った壁の向う側を降りている様だ。今度は二度目の所為《せい》か、落ちる程眩暈《めまい》もしなかったんで、よくよく眸《ひとみ》を据えて見ると、正《まさ》に向う側を降りて行く。はてなと思った。所《ところ》へカンテラが又じいと鳴った。保証つきの灯火《あかり》だが、こうなると又心細い。初さんはずんずん行く様だ。自分もここに至れば、全速力で降りるのが得策だと考え附いた。そこでぬるぬるする段木を握り更《か》え、握り更えて漸《よう》く三間《げん》ばかり下がると、足が土の上へ落ちた。踏んで見たが矢ッ張《やば》り土だ。念の為《ため》、手は離さずに足元の様子を見ると、梯子は全く尽きている。踏んでいる土も幅一尺で切れている。あとは筒抜《つつぬけ》の穴だ。その代り今度は向側《むこうがわ》に別の梯子が附いている。手を延ばすと届く様に懸けてある。仕方がないから、自分は又この梯子へ移った。そうして出来るだけ早く降りた。長さは前のと同様である。すると又逆の方向に、依然《いぜん》として梯子が懸けてある。どうも是非《ぜひ》に及ばない。又移った。漸《やっ》との思いでこれも片附けると、新しい梯子は故《もと》の如く向側に懸《かか》っている。殆《ほとん》ど際限がない。自分が六《むっ》つめの梯子まで来た時は、手が怠《だる》くなって、足が慄《ふる》え出して、妙な息が出て来た。下を見ると初さんの姿はとくの昔に消えている。見れば見る程真闇《まっくら》だ。自分のかんテラへはじいじいと点滴《しずく》が垂れる。草鞋《わらじ》の中へは清水が沁《し》み込んで来る。

七十四

しばらく休んでいると、手が抜けそうになる。降《お》り出すと足を踏み外しかねぬ。けれども下りるだけ下りなければ、のめって逆さに頭を割るばかりだと思うと、どうか、こうか、段々を下《お》り切る力が、どっかから出て来る。あの力の出所は到底《とうてい》分らない。然《しか》しこの時は一度に出ないで、少しずつ、腕と腹と足へ煮染《にじ》み出す様に来たから、自分でも、ちゃんと自覚していた。丁度《ちょうど》試験の前の晩徹夜をして、疲労の結果、うっとりして急に眼が覚めると、又五六頁《ページ》は読めると同じ具合だと思う。こう云う勉強に限って、何を読んだか分らない癖に、とにかく読む事は読み通すものだが、それと同じく自分も慥《たしか》に降りたとは断言しにくいが、何しろ降りた事は慥である。下読《したよみ》をする書物の内容は忘れても、頁の数は覚えている如く、梯子段《はしごだん》の数だけは明《あきら》かに記憶していた。丁度十五あった。十五下り尽しても、まだ初さんが見えないには驚いた。然し幸い一本道だったから、どぎまぎしながらも、細い穴を這《は》い出すと、漸《ようや》く初さんが居た。しかも、例の様に無敵な文句は並べずに、

「どうだ苦しかったか」

と聞いてくれた。自分は全く苦しいんだから、

「苦しいです」

と答えた。次に初さんが、

「もう少しだ我慢しちゃ、どうだ」

と奨励した。次に自分は、

「又梯子があるんですか」

と聞いた。すると初さんが

「ハハハハもう梯子はないよ。大丈夫だ」

と好意的の笑《えみ》を洩《も》らした。そこで自分も我慢の為序《しついで》だと観念して、又初さんの尻に附いて行《ゆ》くと、又下りる。そうして下りるに従って路《みち》へ水が溜《たま》って来た。ぴちゃぴちゃと云う音がする。カンテラの灯《ひ》で照らして見ると、＊下谷辺《したやへん》の泥溝《どぶ》が溢《あふ》れた様に、薄鼠《うすねずみ》になってだぶだぶしている。その泥水が又馬鹿に冷たい。指の股《また》が切られる様である。それでも一面の水だから、折角《せっかく》水を抜いた足を、又無惨《むざん》にも水の中へ落《おと》さなくっちゃならない。片足を揚《あ》げると、＊五位鷺《ごいさぎ》の様にそのままで立っていたくなる。それでも仕方なしに草鞋《わらじ》の裏を着けるとぴちゃりと云うが早いか、水際《みずぎわ》から、魚の鰭《ひれ》の様な波が立つ。その片側がカンテラの灯できらきらと光るかと思うと、すぐ落ち附いて故《もと》に帰る。折角平《たいら》になった上を又ぴちゃりと踏み荒らす。魚の鰭がまた光る。こう云う風にして、奥へ奥へと這入《はい》って行《ゆ》くと、水は段々深くなる。ここを潜《くぐ》り抜けたら、乾いた所へ出られる事かと、受け合われない行先《ゆきさき》を宛《あて》にして、ぐるりと廻《まわ》ると、足の甲でとまってた水が急に脛《すね》まで来た。この次にはと、辛抱《しんぼう》して、右へ折れると、がっくり落ちがして膝まで漬かっちまう。こうなると、動くたんびにざぶざぶ云う。膝で切る波が渦《うず》を捲《ま》いて流れる。その渦《うず》が段々股《もも》の方へ押し寄せてくる。全く危険だと思った。ことによれば、何かの源因で水が出たんだから、今に坑《あな》のなかが、一杯になりゃしないかと思うと急に腰から腹の中までが冷たくなって来た。然《しか》るに初さんは辟易《へきえき》した体《てい》もなく、さっさと泥水を分けて行く。

「大丈夫なんですか」

と後《うしろ》から聞いて見たが、初さんは別に返事もしずに、依然として、ざぶりざぶりと水を押し分けて行く。自分の考える所によると、いくら銅山でも水に漬かっていては、仕事が出来る筈《はず》がない。こうどぶ附く以上は、何か変事《へんじ》でもあるか、又は廃坑《はいこう》へでも連れ込まれたに違《ちがい》ない。いずれにしても災難だと、不安の念に冒《おか》されながら、もう一返《ぺん》初さんに聞こうかしらと思ってるうち、水はとうとう腰まで来て仕舞った。

七十五

「まだ這入《はい》るんですか」

と、自分は堪《たま》らなくなったから、後《うしろ》から初さんを呼び留《と》めた。この声は普通の質問の声ではない。吾身《わがみ》を思うの余り、命が口から飛び出した様なものである。だから、いざと云う間際《まぎわ》には単音《たんおん》の叫声《さけびごえ》となってあらわれる所を、まだ初さんの手前を憚《はばか》るだけの余裕があるから、しばらく恐怖の質問と姿を変じたまでである。この声を聞きつけた時は、流石《さすが》の初さんも水の中で留まったなり、振り返った。カンテラを高く差し上げる。眸《ひとみ》を据えると、初さんの眉《まゆ》の間《あいだ》に八の字が寄って来た。しかも口元は笑っている。

「どうした。降参したか」

「いえ、この水が……」

と自分は、腰の辺《あたり》を、物凄《ものすご》そうに眺めた。初さんは毫《ごう》も感心しない。矢っ張《やっぱ》りにこにこしている。出水《でみず》の往来を、通行人が尻をまくって面白そうに渉《わた》る時の様に見えた。自分もこれで疑いは晴れたが、根が臆病だから、念の為《ため》、もう一度、

「大丈夫でしょうか」

を繰返した。この時初さんは益《ますます》愉快そうな顔附《かおつき》だったが、やがて真面目《まじめ》になって、

「八番坑《こう》だ。これがどん底だ。水位《みずぐらい》あるなあ当前《あたりめえ》だ。そんなに、おっかながるにゃ当らねえ。まあ好《い》いから此方《こっち》へ来ねえ」

と中々承知しないから、仕方なしに、股まで濡らして附いて行った。ただささえ暗い坑の中だから、思い切った喩《たとえ》を云えば、頭から暗闇に濡れてると形容しても差支《さしつかえ》ない。その上本当の水、しかも坑《あな》と同じ色の水に濡れるんだから、心持《こころもち》の悪い所が、倍悪くなる。その上水は踝《くろぶし》から段々競《せ》り上がって来る。今では腰まで漬かっている。しかも動くたん

びに、波が立つから、実際の水際《みずぎわ》以上までが濡れてくる。そうして、濡れた所は乾かないのに、波はことによると、濡れた所よりも高く上がるから、つまりは一寸二寸と身体《からだ》が腹まで冷えてくる。坑《あな》で頭から冷えて、水で腹まで冷えて、二重に冷え切って、不知案内《あんない》の所を海鼠《なまこ》の様に附いて行った。すると、右の方に穴があって、洞《ほら》の様に深く開《ひら》いてる中から、水が流れて来る。そうしてその中でかあんかあんと云う音がする。作事場《さくじば》に違《ちがい》ない。初さんは、穴の前に立ったまま、

「そうら。こんな底でも働いてるものがあるぜ。真似《まね》が出来るか」

と聞いた。自分は、胸が水に浸《ひた》るまで、屈《こご》んで洞の中を覗《のぞ》き込んだ。すると奥の方が一面に薄明るく——明るくと云うが、締りのない、取《と》り留《と》めのつかない、微《かすか》な灯《ひ》を無理に広い間《ま》へ使って、引っ張り足りないから、折角《せっかく》の光が暗闇に圧倒されて、茫然《ぼうぜん》と濁っている体《てい》であった。その中に一段と黒いものが、斜めに岩へ吸い附いている辺《あたり》から、かあんかあんと云う音が出た。洞の四面へ響いて、行き所《ゆきどころ》のない苦しまぎれに、水に跳《は》ね返ったものが、纏《まと》まって穴の口から出て来る。水も出てくる。天井の暗い割には水の方に光がある。

「這入《へえ》って見るか」

と云う。自分はぞっと寒気がした。

「這入《はい》らないでも好《い》いです」

と答えた。すると初さんが、

「じゃ止《や》めにして置こう。然し止めるなあ今日だけだよ」

と但《ただ》し書《がき》を附けて、一応自分の顔を篤《とく》と見た。自分は案《あん》の定《じょう》釣り出された。

「明日《あした》っから、ここで働くんでしょうか。働くとすれば、何時間水に漬かってる――漬かってれば義務が済むんですか」

「そうさなあ」

と考えていた初さんは、

「一昼夜に三回の交替だからな」

と説明してくれた。一昼夜に三回の交替なら一句《ひとく》切《ぎり》八時間になる。自分は黒い水の上へ眼を落した。

七十六

「大丈夫だ。心配しなくってもいい」

初さんは突然慰《なぐさ》めてくれた。気の毒になったんだろう。

「だって八時間は働かなくっちゃならないんでしょう」

「そりゃ極《き》まりの時間だけは働かせられるのは知れ切ってらあ。だが心配しなくってもいい」

「どうしてですか」

「好《い》いてえ事よ」

と初さんは歩き出した。自分も黙って歩き出した。二三歩水をざぶざぶ云わせた時、初さんは急に振り返った。

「新前《しんめえ》は大抵《たいてい》二番坑か三番坑で働くんだ。余《よ》っ程《ぽど》様子が分らなくっちゃ、ここまで下りちゃ来られねえ」

と云いながら、にやにやと笑った。自分もにやにやと笑った。

「安心したか」

と初さんが又聞いた。仕方がないから、

「ええ」

と返事をして置いた。初さんは大得意であった。時にどぶどぶ動く水が、急に膝まで減った。爪先《つまさき》で探ると段々がある。一つ、二つと勘定すると三つ目で、水は踝《くろぶし》まで落ちた。それで平らに続いている。意外に早く高い所へ出たんで、非常に嬉しかった。それから先は、とんとん拍子《ぴょうし》に嬉しくなって、曲れば曲る程地面が乾いて来る。仕舞《しまい》にはぴちゃりとも音のしない所へ出た。時に初さんが器械《きかい》を見る気があるかと尋ねたが、これは諸方《しょほう》のスノコから落ちて来た鉱《あらがね》を聚《あつ》めて、第一坑へ揚《あ》げて、それから電車でシキの外へ運び出す仕掛を云うんだと聞いて、頭から御免蒙《ごめんこうむ》った。いくら面白く運転する器械でも、明日の自分に用のない所は見る気にならなかった。器械を見ないとするとこれで、まあ坑内の模様《もよう》を一応見物した訳になる。そこで案内の初さんが帰るんだと云う通知を与えてくれた。腰きり水に漬かるのは、如何《いか》な初さんも一度で沢山《たくさん》だと見えて、帰りには比較的濡れないで済む路《みち》を通ってくれた。それでも十間《けん》程は膨《ふく》ら脛《はぎ》まで水が押し寄せた。この十間を通るときに、様子を知らない自分は又例の所へ来たなと感附《かんづ》いて、往《い》きに臍《へそ》の近所が氷りつきそうであった事を思い出しつつ、今か今かと冷たい足を運んで行ったが、*鶍《いすか》の嘴《はし》と善《い》い方へばかり、食い違って、行《ゆ》けば行くほど、水が浅くなる。足が軽くなる。遂《つい》には又乾いた路へ出て仕舞った。初さんに、

「もう済んだでしょうか」

と聞いて見ると、初さんは只《ただ》笑っていた。その時は自分も愉快だったが、しばらくすると、例の梯子《はしご》の下へ出た。水は胸まで位我慢するがこの梯子には、――せめて帰り路だけでも好いから、逃れたかったが、矢っ張り丁度《ちょうど》その下へ出て来た。自分は*蜀《しょく》の桟道《さんどう》と云う事を人から聞いて覚えていた。この梯子は、桟道を逆《さかさ》に釣るして、未練なく傾斜

の角度を抜きにしたものである。自分はそこへ来ると急に足が出なくなった。突然脚気《かっけ》に罹《かか》った様な心持ちになると、思わず、腰を後《うしろ》へ引っ張られた。引っ張られたのは初さんに引っ張られたのかと思う読者もあるかもしれないが、そうじゃない。そう云う気分が起ったんで、強《し》いて形容すれば、＊疝気《せんき》に引っ張られたとでも叙《じょ》したら善かろう。何しろ腰が伸《の》せない。尤《もっと》もこれは逆桟道《さかさんどう》の祟《たた》りだと一概に断言する気でもない。さっきから案内の初さんの方で、大分御機嫌《だいぶごきげん》が好いので、相手の寛大な御情《おなさ》けに附け上って、奮発の箍《たが》が次第次第に緩んだのも慥《たしか》な事実である。何しろ、歩けなくなった。この腰附《こしつき》を見ていた初さんは、

「どうだ歩けそうもねえな。丸で屁《へ》っぴり腰《ごし》だ。ちっと休むが好い。おれは遊びに行って来るから」

と云ったぎり、暗い所を潜《もぐ》って、何処《どこ》へか出て行った。

七十七

あとは云うまでもなく一人になる。自分はべっとりと、尻を地びたへ着けた。アテシコはこう云うときに非常な便利になる。御蔭《おかげ》で、岩で骨が痛んだり、泥で着物が汚れたりする憂《うれ》いがないだけ、惨澹《みじめ》なうちにも、まだ嬉しい所があった。そうして、硬く曲っ

た脊中《せなか》を壁へ倚《も》たせた。これより以上は横のものを竪《たて》にする気もなかった。ただそのままの姿勢で向うの壁を見詰めていた。身体《からだ》が動かないから、心も働かないのか、心が居《い》坐《すわ》りだから、身体が怠けるのか、とにかく、双方相《あい》び合《あ》って、生死の間《あいだ》に彷徨《ほうこう》していたと見えて、しばらくは万事が不明瞭《ふめいりょう》であった。始めは、どうか一尺立方《りっぽう》でもいいから、明《あ》かるい空気が吸って見たい様な気がしたが、段々心が昏《くら》くなる。と坑《あな》のなかの暗いのも忘れて仕舞《しま》う。どっちがどっちだか分らなくなって朦朧《もうろう》のうちに合体《がったい》＊稠和《ちゅうわ》して来た。然《しか》し決して寝たんじゃない。しんとして、意識が稀薄《きはく》になったまでである。然しその稀薄な意識は、十倍の水に溶いた娑婆気《しゃばけ》であるから、いくら不透明でも正気は失わない。丁度《ちょうど》差し向いの代りに、電話で話しをする位《くらい》の程度――もしくはこれよりも少しく不明瞭な程度である。斯様《かよう》に水平以下に意識が沈んでくるのは、浮世の日が烈《はげ》し過ぎて困る自分には――東京にも田舎《いなか》にも居《お》り終《おお》せない自分には――煩悶《はんもん》の解《げ》熱剤《ねつざい》を頓服《とんぷく》しなければならない自分には――神経繊維《しんけいせんい》の端《はじ》の端まで寄って来た過度の刺激を散らさなければならない自分には――必要であり、願望《がんもう》であり、理想である。長蔵さんに引張《ひっぱ》られながら、道々空想に描《えが》いた坑夫生活よりも、慥《たし》に上等の天国である。もし駆落《かけおち》が自滅の第一着なら、この境界《きょうがい》は自滅の――第何着か知らないが、兎《と》に角《かく》終局地を去る事遠からざる停車場《ステーション》である。自分は初さんに置いて行かれた少時《しばし》の休憩時間内に、図《はか》らずもこの自滅の手前まで、突然釣り込まれて、——まあ、どんな心持《こころもち》がしたと思う。正直に云えば嬉しかった。然し嬉しいと云う自覚は十倍の水に溶き交《ま》ぜられた正気の中に遊離しているんだから、他の娑婆気《しゃばけ》と同じく、劇烈には来ない。矢っ張《やば》り稀薄である。けれど自覚は慥《たしか》にあった。正気を失わないものが、嬉しいと云う自覚だけを取り落す訳がない。自分の精神状態は活動の区域を狭められた*片輪の心的現象とは違う。一般の活動を恣《ほしいまま》にする自由の天地は故《もと》の如くに存在して、活動その物の強度が減却《げんきゃく》して来たのみだから、平常の我とこの時の我との差はただ濃淡の差である。その尤《もっと》も淡《うす》い生涯の中《うち》に、淡い喜びがあった。

もしこの状態が一時間続いたら、自分は一時間の間満足していたろう。一日続いたら、一日の間満足したに違《ちがい》ない。もし百年続いたにしても、矢張《やっぱり》嬉しかったろう。所《ところ》が、——ここで又新らしい心の活作用に*現参《げんざん》した。と云うのは生憎《あいにく》、この状態が自分の希望通り同じ所に留《とま》っていてくれなかった。動いて来た。油の尽きかかったランプの灯《ひ》の様に動いて来た。意識を数字であらわすと、平生《へいぜい》十のものが、今は五になって留《と》まっていた。それがしばらくすると四になる。三になる。推《お》して行けばいつか一度は零《れい》にならなければならない。自分はこの経過に連れて淡くなりつつ変化する嬉しさを自覚していた。この経過に連れて淡く変化する自覚の度に於《おい》て自覚していた。嬉しさは何処《どこ》まで行っても嬉しいに違ない。だから理窟《りくつ》から云うと、意識がどこまで降《さが》って行こうとも、自分は嬉しいとのみ思って、満足するより外《ほか》に道はない筈《はず》である。所が段々と*競《せ》り卸《おろ》して来て、いよいよ零《れい》に近くなった時、突然として暗中《あんちゅう》から躍《おど》り出した。こいつは死ぬぞと云う考えが躍り出した。すぐに続いて、死んじゃ大変だと云う考えが躍り出した。自分は同時に、豁《かっ》と眼を開《あ》いた。

七十八

足の先が切れそうである。膝から腰までが血が通《かよ》って氷りついている。腹は水でも詰めた様《よう》である。胸から上は人間らしい。眼を開けた時に、眼を開けない前の事を思うと、「死ぬぞ、死んじゃ大変だ」までが順々につながって来て、そこで、ぷつりと切れている。切れた次《つ》ぎは、すぐ眼を開いた所作になる。つまり「死ぬぞ」で命が方向転換をやって、やってからの第一所作が眼を開いた訳になるから、二つのものは全く離れている。それで全く続いている。続いている証拠には、眼を開いて、身の周囲《まわり》を見た時に、「死ぬぞ……」と云う声が、まだ耳に残っていた。慥《たし》かに残っていた。自分は声だの耳だのと云う字を使うが、外《ほか》には形容しようがないからである。形容所《どころ》ではない、実際に「死ぬぞ……」と注意してくれた人間があったとしきゃ受け取れなかった。けれども、人間は無論いる筈《はず》はなし。と云って、神——神は大嫌《だいきらい》だ。矢《や》っ張《ぱ》り自分が自分の心に、あわてて思い浮べたまでであろうが、それ程人間が死ぬのを苦《く》に病《や》んでいようとは夢にも思い浮べなかった。これだから自殺などは出来ない筈《はず》である。こう云う時は、魂の段取《だんどり》が平生《へいぜい》と違うから、自分で自分の本能に支配されながら、丸で自覚しないものだ。気を附けべき事と思う。この例なども、解釈のしようでは、神が助けてくれたともなる。自分の影身《かげみ》に附き添っている——まあ恋人が多い様だが——そう云う人々の魂が救ったんだともなる。年の若い割に、自分がこの声を艶子さんとも澄江さんとも解釈しなかったのは、己惚《うぬぼれ》の強い割には感心である。自分は生れつきそれ程詩的でなかったんだろう。

そこへ初さんがひょっくり帰って来た。初さんを見るが早いか、自分の意識はいよいよ明瞭《めいりょう》になった。これから例の逆桟道《さかさんどう》を登らなくっちゃならない事も、明日から、鑿《のみ》と槌《つち》でかあんかあん遣《や》らなくっちゃならない事も、南京米《ナンキンまい》も、南京虫も、ジャンボーも達磨《だるま》も一時《いちじ》に残らず分って仕舞《しまい》そうして最後に自分の堕落が尤《もっと》も明《あきら》かに分った。

「些《ちっ》たあ気分は好《い》いか」

「ええ少しは好い様です」

「じゃ、そろそろ登って遣《や》ろう」

と云うから、礼を云って立っていると、初さんは景気よく段木《だんぎ》を捕《つらま》えて片足踏《ふ》ん掛《が》け

ながら、

「登りは少し骨が折れるよ。その積《つもり》で尾《つ》いて来ねえ」

と振り返って、注意しながら登り出した。自分は何となく寒々しい心持《こころもち》になって、下から見上ると、初さんは登って行く。猿の様に登って行く。そろそろ登ってくれる様子も何もありゃしない。早くしないと又置いてきぼりを食う恐れがある。自分も思い切って登り出した。すると二三段足を運ぶか運ばないうちに成程《なるほど》と感心した。初さんの云う通り非常に骨が折れる。全く疲れているばかりじゃない。下りる時には、胸から上が比較的前へ出るんで、幾分か脊《せ》の重みを梯子《はしご》に託する事が出来る。然《しか》し上りになると、全く反対で、ややともすると、身体《からだ》が後《うしろ》へ反《そ》れる。反れた重みは、両手で持ち応《こた》えなければならないから、二の腕から肩へかけて一段毎《ごと》に余分の税がかかる。のみならず、手の平と五本の指で、この*〆高《しめだか》を握らなければならない。それが前に云った通りぬるぬるする。梯子を一つ片附けるのは容易の事ではない。しかもそれが十五ある。初さんは、とっくの昔に消えてなくなった。手を離しさえすれば真闇暗《まっくらやみ》に逆落《さかおと》しになる。離すまいとすれば肩が抜けるばかりだ。自分は七番目の梯子の途中で火焔《かえん》の様な息を吹きながら、つくづく労働の困難を感じた。そうして熱い涙で眼が一杯になった。

七十九

二三度上瞼《うわまぶた》と下瞼《したまぶた》を打ち合して見たが、依然《いぜん》として、視覚はぼうっとしている。五寸と離れない壁さえ慥《たしか》には分らない。手の甲で擦《こす》ろうと思うが、生憎《あやにく》両方とも塞《ふさ》がっている。自分は口惜《くやし》くなった。何故《なぜ》こんな猿の真似《まね》をする様に零落《おちぶれ》たのかと思った。倒れそうになる身体《からだ》を、出来るだけ前の方にのめらして、梯子《はしご》に倚《もた》れるだけ倚れて考えた。休んだと註釈する方が適当かも知れない。ただ中途で留《と》まったと云い切っても宜《よろ》しい。何しろ動かなくなった。又動けなくなった。凝《じっ》として立っていた。カンテラのじいと鳴るのも、足の底へ清水が沁《し》み込むのも、全く気が附かなかった。従って何分過《た》ったのか頓《とん》と感じに乗らない。すると又熱い涙が出て来た。心が存外慥《たし》かであるのに、眼だけが霞《かす》んでくる。いくら瞬《まばたき》をしても駄目だ。湯の中に眸《ひとみ》を漬けてる様だ。くしゃくしゃする。焦心《じれっ》たくなる。癇《かん》が起る。奮興《ふんこう》の度が烈《はげ》しくなる。そうして、身体《からだ》は思う様に利かない。自分は歯を食《く》い締《しば》って、両手で握《にぎ》った段木《だんぎ》を二三度揺り動かした。無論動きゃしない。一層の事、手を離しちまおうかしらん。逆さに落ちて頭から先へ砕ける方が、早く片が附いていい。とむらむらと死ぬ気が起った。——梯子の下では、死んじゃ大変だと飛び起きたものが、梯子の途中へ来ると、急に太い短い無分別を起して、全く死ぬ気になったのは、自分の生涯に於《お》ける心理推移の現象のうちで、尤《もっと》も記憶すべき事実である。自分は心理学者でないから、こう云う変化を、どう説明したら適切であるか知らないけれども、心理学者は却《かえっ》て、実際の経験に乏《とぼ》しい様にも思うから、杜撰《ずさん》ながら、一応自分の愚見《ぐけん》だけを述べて、参考にしたい。

　アテシコを尻に敷いて、休息した時は、始めから休息する覚悟であった。*から心《こころ》に落ち附きが有る。刺激が少《すく》ない。そう云う状態で壁へ倚《よ》りかかっていると、その状態がなだらかに進行するから、自然の勢いとして段々気が遠くなる。魂が沈んで行く。こう云う場合に於ける精神運動の方向は、いつも極《き》まったもので、必ず積極《せっきょく》から出立《しゅったつ》して次第に消極に近づく径路を取るのが普通である。所《ところ》がその普通の径路を行き尽くして、もうこれがどん詰《づまり》だと云う間際になると、魂が割れて二様の所作をする。第一は順風に帆を上げる勢いで、このどん底まで流れ込んで仕舞《しま》う。するとそれ限《ぎり》死ぬ。でなければ、*大切《おおぎり》の手前まで行って、急に反対の方角に飛び出してくる。消極へ向いて進んだものが、突《とっ》如《じょ》として、逆《さか》さまに、積極の頭へ戻る。すると、命が忽《たちま》ち確実になる。自分が梯子の下で経験したのはこの第二に当る。だから死に近づきながら好《い》い心持に、*三途《さんず》の此方《こちら》側まで行ったものが、順路をてくてく引返す手数を省いて、急に、娑婆《しゃば》の真中《まんなか》に出現したんである。自分はこれを死を転じて活《かっ》に帰す経験と名づけている。

所が梯子《はしご》の中途では、全くこれと反対の現象に逢った。自分は初さんの後を追《お》っ懸《か》けて登らなければならない。その初さんは、とっくに見えなくなって仕舞った。心は焦《あせ》る、気は揉《も》める。手は離せない。自分は猿よりも下等である。情《なさけ》ない。苦しい。――万事が痛切である。自覚の強度が次第次第に劇《はげ》しくなるばかりである。だからこの場合に於《お》ける精神運動の方向は、消極より積極に向って登り詰める状態である。さてその状態がいつまでも進行して、奮興《ふんこう》の極度に達すると、矢張《やは》り二様の作用が出る訳だが、とくに面白いと思うのはその一つ、――即《すなわ》ち積極の頂点からとんぼ返りを打って、魂が消極の末端にひょっくり現れる奇特《きどく》である。平たく云うと、生きてる事実が明瞭になり切った途《と》端《たん》に、命を棄《す》て様と決心する現象を云うんである。自分はこれを活上《かつじょう》より死に入《い》る作用と名《な》づけている。この作用は矛盾《むじゅん》の如く思われるが実際から云うと、矛盾でも何でも、魂の持前《もちまえ》だから存外自然に行われるものである。論より証拠発奮《はっぷん》して死ぬものは奇麗《きれい》に死ぬが、いじけて殺されるものは、どうも旨《うま》く死に切れない様だ。人の身の上は兎《と》に角《かく》、こう云う自分が好《よ》い証拠である。梯子の途中で、ええ忌々《いまいま》しい、死んじまえと思った時は、手を離すのが怖くも何ともなかった。無論例の如くどきんなどとは決してしなかった。所がいざ死のうとして、手を離しかけた時に、又妙な精神作用を*承当《しょうとう》した。

八十

自分は元来が小説的の人間じゃないんだが、まだ年が若かったから、今まで浮気に自殺を計画した時は、いつでも花々しく遣《や》って見せたいと云う念があった。短銃《ピストル》でも*九寸《くすん》五分《ごぶ》でも立派に——つまり人が賞《ほ》めてくれる様に死んで見たいと考えていた。出来るならば、華厳《けごん》の瀑《たき》まででも出向きたいなどと思った事もある。然《しか》しどうしても便所や物置で首を縊《くく》るのは下等だと断念していた。その虚栄心が、この際突然首を出した。どこから出したか分らないが、出した。詰《つま》り出すだけの余地があったから出したに相違あるまいから、自分の決心は如何《いか》に真面目《まじめ》であったにしても、左程《さほど》差し逼《せま》ってはいなかったんだろう。然しこの位断乎《くらいだんこ》として、現に梯子《はしご》段《だん》から手を離しかけた、最中に首を出す位だから、相手も中々深い勢力を張っていたに違《ちが》いない。尤《もっと》もこれは*死んで銅像になりたがる精神と大した懸隔《けんかく》もあるまいから、普通の人間としては別に怪しむべき願望《がんもう》とも思わないが、何しろこの際の自分には、ちと贅沢《ぜいたく》過ぎた様だ。然しこの贅沢心の為《ため》に、自分は発作性の急往生を思いとまって、不束《ふつつか》ながら今日まで生きている。全く今《いま》の際《きわ》にも弱点を引張っていた御蔭《おかげ》である。

話すとこうなる。——いよいよ死んじまえと思って、体を心持後《こころもちあと》へ引いて、手の握《にぎり》をゆるめかけた時に、どうせ死ぬなら、ここで死んだって冴えない。待て待て、出てから華厳の瀑《たき》へ行《ゆ》けと云う号令——号令は変だが、全く号令のようなものが頭の中に響き渡った。ゆるめかけた手が自然と緊《しま》った。曇《くも》った眼が、急に明《あ》かるくなった。カンテラが燃えている。仰向《あおむ》くと、泥で濡れた梯子《はしご》段《だん》が、暗い中まで続いている。是非《ぜひ》共《とも》登らなければならない。もし途中で挫《ざ》折《せつ》すれば犬死《いぬじに》になる。暗い坑《あな》で、誰《たれ》も人のいない所で、日の目も見ないで、鉱《あらがね》と同じ様にころげ落ちて、それっきり忘れられるのは——案内の初さんにさえ忘れられるのは——よし見附かっても半獣半人《はんじゅうはんにん》の坑夫共《ども》に軽蔑されるのは無念である。是非共登り切っちまわなければならない。カンテラは燃えている。梯子は続いている。梯子の先には坑が続いている。坑の先には太陽が照り渡っている。広い野がある、高い山がある。野と山を越して行けば華厳の瀑がある。——どうあっても登らなければならない。

左の手を頭の上まで伸ばした。ぬらつく段木《だんぎ》を指の痕《かた》のつく程強く握った。濡れた腰をうんと立てた。同時に右の足を一尺上げた。カンテラの灯《ひ》は暗い中を竪《たて》に動いて行く。坑は層一層と明かるくなる。踏み棄てて去る段々は次第次第に暗い中に落ちて行く。吐く息が黒い壁へ当る。熱い息である。そうして時々は白く見えた。次には口を結んだ。すると鼻の奥が鳴った。梯子はまだ尽きない。懸崖《けんがい》からは水が垂れる。ひらりとカンテラ、翻《ひるが》えすと、崖《がけ》の面《おもて》を掠《かす》めて弓形にじいと、消えかかって、手の運動の止まる所へ落ち附いた時に、又真直《まっすぐ》に油煙《ゆえん》を立てる。又翻えす。灯は斜めに動く。梯子の通る一尺幅を外《はず》れて、*がんがらがんの壁が眼に映る。ぞっとする。眼が眩《くら》む。眼を閉《ねむ》って、登る。灯も見えない、壁も見えない。ただ暗い。手と足が動いている。動く手も動く足も見えない。手障足障《てざわりあしざわり》だけで生きて行く。生きて登って行く。生きると云うのは登る事で、登ると云うのは生きる事であった。それでも――梯子はまだある。

それから先は殆《ほとん》ど夢中だ。自分で登ったのか、天佑《てんゆう》で登ったのか殆ど判然《はんぜん》しない。ただ登り切って、もう一段も握る梯子がないと云う事を覚《さと》った時に、坑の中へぴたりと坐《すわ》った。

八十一

「どうした。上がって来たか。途中で死にゃしねえかと思って、――あんまり長《なげ》えから。見に行《ゆ》こうかと思ったが、一人じゃ気味がわるいからな。だけども、好《よ》く上がって来たな。えらいや」

と待ちかねて、もじもじしていた初さんが大いに喜んでくれた。何でも梯子《はしご》の上で余《よ》っ程《ぼど》心配していたらしい。自分はただ、

「少し気分が悪《わ》るかったから途中で休んでいました」

と答えた。

「気分が悪い？　そいつぁ困ったろう。途中って、梯子の途中か」

「ええ、まあそうです」

「ふうん。じゃ明日は作業も出来めえ」

この一言《いちごん》を聞いた時、自分は糞《くそ》でも食《くら》えと思った。誰が＊土竜《もぐらもち》の真似《まね》なんかするものかと思った。これでも美しい女に惚《ほ》れられたんだと思った。坑《あな》を出れば、すぐ華厳《けごん》の瀑《たき》まで行《ゆ》くんだと思った。そうして立派に死ぬんだと思った。最後に半時《はんとき》もこんな獣《けだもの》を相手にしておられるものかと思った。そこで、自分は初さんに向って、簡単に、

「宜《よ》ければ上がりましょう」

と云った。初さんは怪訝《けげん》な顔をした。

「上がる？　元気だなあ」

自分は「馬鹿にするねえ、この＊明盲目《あきめくら》め。人を見損《みそく》なやがって」と云いたかった。然《しか》し口だけは叮嚀《ていねい》に、一言《ひとこと》、

「ええ」

と返事をして置いた。初さんはまだ愚図愚図《ぐずぐず》している。驚いたと云うよりも、矢張《やっぱ》り

馬鹿にした愚図つき方である。

「おい大丈夫かい。冗談じゃねえ。顔色が悪いぜ」

「じゃ僕が先へ行きましょう」

と自分はむっとして歩き出した。

「不可《いけ》ねえ、不可ねえ。先へ行っちゃ不可ねえ。後から尾《つ》いて来ねえ」

「そうですか」

「当前《あたりめえ》だあな。人つけ。＊誰が案内を置き去りにして、先い行く奴があるかい。何でい」

と初さんは、自分を払い退けないばかりにして、先へ出た。出たと思うと急に速力を増した。腰を折ったり、四つに這《は》ったり、脊中《せなか》を横《よこ》っ丁《ちょ》にしたり、頭だけ曲げたり、坑の恰好《かっこう》次第で色々に変化する。そうして非常に急ぐ。丸で土の中で生れて、銅脈の奥で教育を受けた人間の様である。畜生中《ちゅう》っ腹《ぱら》で急ぎやがるなと、此方《こっち》も負けない気で歩き出したが、そこへ行くと、いくら気ばかり張っていても駄目だ。五《いつ》つ六《むっ》つ角を曲って、下りたり上ったり、我多《がた》つかせているうちに、初さんは見えなくなった。と思うと、何とかして、何とか、てててててと云う歌を唄《うた》う。初さんの姿が見えないのに、初さんの声だけは、坑の四方へ反響して、籠《こも》った様に打ち返してくる。意地の悪い野郎だと思った。始めのうちこそ、追《お》っ附《つ》いて遣《や》るから今に見ていろと云う勢《いきおい》で、根限《こんかぎ》り這《は》ったり屈《こご》んだりしたが、残念な事には初さんの歌が段々遠くへ行って仕舞《しま》う。そこで自分は追い附く事は一先《ひとま》ず断念して、初さんのててててを道案内《みちしるべ》にして進む事にした。当分はそれで大概の見当が附いたが、仕舞にはそのてててても怪しくなって、とうとう丸で聞えなくなった時には、流石《さすが》に茫然《ぼうぜん》とした。一本道なら初さんなんどを頼《たより》にしなくっても、自力《じりょく》で日の当る所まで歩いて出て見せるが、何しろ、長年掘荒《ほりあら》した坑《あな》だから、丸で*土蜘《つちぐ》蛛《も》の根拠地見《み》た様《よう》に色々な穴が、飛んでもない所に開《あ》いている。滅多《めった》な穴へ這入《はい》るとまた腰きり水に漬《つか》る所《どころ》か、でなければ、例の逆さの桟道《さんどう》へ出そうで容易に踏み込めない。

八十二

そこで自分は暗い中に立ち留《どま》って、カンテラの灯《ひ》を見詰めながら考えた。往《い》きには八番坑まで下りて行ったんだから帰りには是非共《ぜひとも》電車の通る所まで登らなければならない。どんな穴でも上りならば好《い》いとする。その代り下りなら引返して、又出直す事にする。そうして迂路《うろ》ついていたら、どこかの作事場へ出るだろう。出たら坑夫に聞くとしよう。こう決心をして、東西南北の判然《はんぜん》しない所を好《い》い加減《かげん》に迷《まご》ついていた。非常に気が急《せ》いて息が切れたが、滅茶《めちゃ》滅茶《めちゃ》に歩いた為《ため》に足の冷たいのだけは癒《なお》った。然《しか》し中々出られない。何だか同じ路《みち》を往《い》ったり来たりする様な案排《あんばい》で、あんまり、もどかしいものだから、壁へ頭を打《ぶっ》けて割っちまいたくなった。どっちを割るんだと云えば無論頭を割るんだが、幾分か壁の方も割れるだろう位《くらい》の疳癪《かんしゃく》が起った。どうも歩けば歩く程天井が邪魔になる。左右の壁が邪魔になる。草鞋《わらじ》の底で踏む段々が邪魔になる。坑《あな》総体が自分を閉じ込めて、いつまで立っても出してくれないのが尤《もっと》も邪魔になる。この邪魔ものの一局部へ頭を擲《たた》きつけて、責《せ》めて罅《ひび》でも入《い》らしてやろうと——やらないまでも時々思うのは、早く華厳《けごん》の瀑《たき》へ行《ゆ》きたいからであった。そうこうしているうちに、向うから一人の掘子《ほりこ》が来た。ばらの銅《あかがね》をスノコへ運ぶ途中と見えて例の箕《み》を抱いてよちよちカンテラを揺《ゆ》りながら近づいた。この灯を見附《みつけ》た時は、嬉しくって胸がどきりと飛び上がった。もう大丈夫と勇《いさ》んで近寄って行くと、*近寄るがものはない、向うでも此方《こっち》へ歩いて来る。二つのカンテラが一間《けん》ばかりの距離に近寄った時、待ち受けた様に、自分は掘子の顔を見た。するとその顔が非常な*蒼《あお》ん蔵《ぞう》であった。この坑のなかですら、只事《ただごと》とは受取れない蒼ん蔵である。*明海《あかるみ》へ出して、青い空の下で見たら、大変な蒼ん蔵に違《ちがい》ない。それで口を利くのが厭《いや》になった。こんな奴の癖《くせ》に人を調戯《からかっ》たり、嬲《なぶ》ったり、辱《はずか》しめたりするのかと思ったら、なおなお道を聞くのが厭になった。死んだって一人で出て見せると云う気になった。手《て》前共《まいども》に口を聞く様な安っぽい男じゃないと、腹の中で慥《たしか》に申し渡して擦《す》れ違った。向うは何にも知らないから、これは無論だまって擦れ違った。行く先は暗くなった。カンテラは一つになった。気は益《ますます》焦慮《いら》って来た。けれども中々出ない。ただ道は何処《どこ》までもある。右にも左にもある。自分は右にも這入《はい》った、又左にも這入った、又真直《まっすぐ》にも歩いて見た。然《しか》し出られない。いよいよ出られないのかと、少しく途方に暮れている鼻の先で、かあんかあんと鳴り出した。五六歩で突き当って、折れ込むと、小さな作事場があって、一人の坑夫がしきりに槌《つち》を振り上げて鑿《のみ》を敲《たた》いている。敲くたんびに鉱《あらがね》が壁から落ちて来る。その傍《そば》に俵《たわら》がある。これはさっきスノコへ投げ込んだ俵と同じ大《おお》いさで、もう一杯詰《つま》っている。掘子が来て担《かつ》いで行くばかりだ。自分は今度こそこいつに聞いて遣ろうと思った。が肝心の本人が一生懸命にかあんかあん鳴らしている。おまけに顔もよく見えない。丁度《ちょうど》いいから少し休んで行こうと云う気が起った。幸い俵がある。この上へ尻を卸《おろ》せば、持って来いの腰掛《こしかけ》になる。自分はどさっとアテシコを俵の上に落した。すると突然かあんかあんが已《や》んだ。坑夫の影が急に長く高くなった。鑿を持ったままである。

「何をしやがるんでい」

鋭い声が、穴一杯に響いた。自分の耳には敲き込まれる様に響いた。高い影は大股《おおまた》に歩いて来る。

八十三

見ると、足の長い、胸の張った、体格の逞《たくま》しい男であった。顔は脊《せ》の割に小さい。その輪廓《りんかく》がやや判然《はんぜん》する所まで来て、男は留《と》まった。そうして自分を見下《みお》ろした。口を結んでいる。二重瞼《ふたえまぶた》の大きな眼を見張っている。鼻筋が真直《まっすぐ》に通っている。色が赭黒《あかぐろ》い。ただの坑夫ではない。突然として云った。

「貴様は新前《しんめえ》だな」

「そうです」

自分の腰はこの時既《すで》に俵《たわら》を離れていた。何となく、向うから近附いてくる坑夫が恐ろしかった。今まで一万余人の坑夫を畜生の様《よう》に軽蔑していたのに、――誓って死んで仕《し》舞《ま》おうと覚悟をしていたのに、――大股《おおまた》に歩いて来た坑夫が忽《たちま》ち恐ろしくなった。然《しか》し、

「何でこんな所を迷子《まご》ついてるんだ」

と聞き返された時には、やや安心した。自分の様子を見て、故意に俵の上へ腰を卸《おろ》したんでないと見極めた語調である。

「実は昨夕飯場《ゆうべはんば》へ着いて、様子を見に坑《あな》へ這入《はい》ったばかりです」

「一人でか」

「いいえ、飯場頭《はんばがしら》から人を附けてくれたんですが……」

「そうだろう。一人で這入《はい》れる所じゃねえ。どうしたその案内は」

「先へ出ちまいました」

「先へ出た？　手前《てめえ》を置き去りにしてか」

「まあ、そうです」

「太《ふて》え野郎だ。よしよし今に己《おれ》が送り出してやるから待ってろ」

と云ったなり、又鑿《のみ》と槌《つち》をかあんかあん鳴らし始めた。自分は命令の通り待っていた。この男に逢ったら、もう一人で出る気がなくなった。死んでも一人で出て見せると威張った決心が、急に何所《どこ》へか行って仕舞った。自分はこの変化に気が附いていた。それでも別に恥《はず》かしいとも思わなかった。人に公言した事でないから構わないと思った。その後人に公言した為《ため》に、遣《や》らないでも済む事、遣ってはならない事を毎度遣った。人に公言すると、しないのとは大変な違《ちがい》があるもんだ。その内かあんかあんが已《や》んだ。坑夫は又自分の前まで来て、胡坐《あぐら》をかきながら、

「一寸《ちょっと》待ちねえ。一服やるから」

と、煙草入《たばこいれ》を取り出した。茶色の、皮か紙か判然《はんぜん》しないもので、股引《ももひき》に差し込んである上から筒袖《つつっぽう》が被《かぶ》さっていた。坑夫は旨《うま》そうに腹の底まで吸った煙《けむ》を、鼻から吹き出し

ている間《ま》に、短い*羅宇《らう》の中途を、煙草入の筒でぽんと払《はた》いた。小さい火球《ひだま》が*雁首《がんくび》から勢いよく飛び出したと思ったら、坑夫の草鞋《わらじ》の爪先《つまさき》へ落ちてじゅうと消えた。坑夫は殻《から》になった煙管《きせる》をぷっと吹く。羅宇の中に籠《こも》った煙が、一度に雁首から出た。坑夫はその時始めて口を利いた。

「御前《おめえ》は何所《どこ》だ。こんな所へ全体《ぜんてえ》何しに来た。身体《からだ》つきは、すらりとしている様だが。今まで働いた事はねえんだろう。どうして来た」

「実は働いた事はないんです。が少し事情があって、来たんです。……」

とまでは云ったが、坑夫には愛想が尽きたから、もう、帰るんだとは云わなかった。死ぬんだとは猶更《なおさら》云わなかった。然し今までの様に、腹の内《なか》で畜生あつかいにして、口先ばかり叮嚀《ていねい》にしていたのとは大分趣《だいぶんおもむき》が違う。自分はただ洗い攫《ざら》い自分の思わくを話して仕舞わないだけで、話しただけは真面目《まじめ》に話したんである。すこしも裏表はない。腹から叮嚀に答えた。坑夫はしばらくの間黙って雁首を眺めていた。それから又煙草を詰めた。煙が鼻から出だした真最中《まっさいちゅう》に口を開いた。

八十四

自分がその時この坑夫の言葉を聞いて、第一に驚いたのは、彼の教育である。教育から生ずる、上品な感情である。見識である。熱誠《ねっせい》である。最後に彼の使った漢語である。――彼《か》れは坑夫などの夢にも知り様筈《ようはず》がない漢語を安々《やすやす》と、あたかも家庭の間《あいだ》で昨日まで常住坐臥《じょうじゅうざが》使っていたかの如く、使った。自分はその時の有様《ありさま》をいまだに眼の前に浮べる事がある。彼れは大きな眼を見張ったなり、自分の顔を熟視したまま、心持頸《こころもちくび》を前の方に出して、胡坐《あぐら》の膝《ひざ》へ片手を逆に突いて、左の肩を少し聳《そびやか》して、右の指で煙管《きせる》を握って、薄い唇の間から奇麗《きれい》な歯を時々あらわして、――こんな事を云った。句の順序や、単語の使い方は、慥《たし》かな記憶をそのまま写したものである。ただ語声《ごせい》だけはどうしようもない。――

「亀の甲より年の功《こう》と云うことがあるだろう。こんな賤《いや》しい商売はしているが、まあ年長者の云う事だから、参考に聞くがいい。青年は情《じょう》の時代だ。おれも覚《おぼえ》がある。情の時代には失敗するもんだ。君もそうだろう。己《おれ》もそうだ。誰でもそうに極《きま》ってる。だから、察している。君の事情と己の事情とは、どの位《くらい》違うか知らないが、何しろ察している。咎《とが》めやしない。同情する。深い事故《わけ》もあるだろう。聞いて相談になれる身体《からだ》なら聞きもするが、シキから出られない人間じゃ聞いたって、仕方なし、君も話してくれない方がいい。おれも……」

と云い掛けた時、自分はこの男の眼附《めつき》が多少異様にかがやいていたと云う事に気がついた。何だか大変感じている。これが当人の云う如くシキを出られない為《ため》か、又は今云い掛けたおれもの後へ出て来る話の為か、一寸《ちょっと》分り悪《にく》いが、何しろ妙な眼だった。しかもこの眼が鋭く自分を見詰めている。そうしてその鋭いうちに、懐旧と云うのか、沈吟《ちんぎん》と云うのか、何だか、人を引き附けるなつかしみがあった。この黒い坑《あな》の中で、人気《ひとけ》はこの坑夫だけで、この坑夫は今や眼だけである。自分の精神の全部はたちまちこの眼球《めだま》に吸い附けられた。そうして彼の云う事を、とっくり聞いた。彼はおれもを二遍《へん》繰り返した。

「おれも、元は学校へ行った。中等以上の教育を受けた事もある。所《ところ》が二十三の時に、ある女と親しくなって――詳しい話はしないが、それが基《もと》で容易ならん罪を犯した。罪を犯して気が附いて見ると、もう社会に容《い》れられない身体になっていた。もとより酔《すい》興《きょう》でした事じゃない、已《やむ》を得ない事情から、已を得ない罪を犯したんだが、社会は冷刻《れいこく》なものだ。内部の罪はいくらでも許すが、表面の罪は決して見逃さない。おれは正しい人間だ、曲った事が嫌《きらい》だから、つまりは罪を犯す様にもなったんだが、さて犯した以上は、どうする事も出来ない。学問も棄《す》てなければならない。功名も抛《なげう》たなければならない。万事が駄目だ。口惜《くや》しいけれども仕方がない。その上制裁の手に捕えられなければならない。（故意か偶然か、彼はとくに制裁の手と云う言語を使用した。）然し自分が悪い覚《おぼえ》がないのに、無暗《むやみ》に罪を着るなあ、どうしても己《おれ》の性質として出来ない。そこで突っ走った。逃げられるだけ逃げて、ここまで来て、とうとうシキの中へ潜《もぐ》り込んだ。それから六年というもの、ついに日光《ひのめ》を見た事がない。毎日毎日坑《あな》の中でかんかん敲《たた》いているばかりだ。丸六年敲いた。来年になればもうシキを出たって構わない、*七年目だからな。然し出ない、又出られない。制裁の手には捕《つら》まらないが、出ない。こうなりゃ出たって仕方がない。娑婆《しゃば》へ帰れたって、娑婆でした所業は消えやしない。昔は今でも腹ん中にある。なあ君昔は今でも腹ん中にあるだろう。君はどうだ……」

と途中で、いきなり自分に質問を掛けた。

八十五

自分は藪《やぶ》から棒の質問に、用意の返事を持ち合せなかったから、はっと思った。自分の腹ん中にあるのは、昔どころではない。一二年前から一昨日《おととい》まで持ち越した現在に等しい過去である。自分は一層《いっそ》の事自分の心事《しんじ》をこの男の前に打ち明けて仕舞《しま》おうかと思った。すると相手は、さも打ち明けさせまいと自分を遮《さえぎ》る如くに、話の続きを始めた。

「六年ここに住んでいるうちに人間の汚ない所は大抵見《たいていみ》悉《つく》した。でも出る気にならない。いくら腹が立っても、いくら嘔吐《おうと》を催《もよお》しそうでも、出る気にならない。然《しか》し社会には、――日の当る社会には――ここよりまだ苦しい所がある。それを思うと、辛抱《しんぼう》も出来る。ただ暗くって狭《せば》い所だと思えばそれで済む。身体《からだ》も今じゃ銅臭《あかがねくさ》くなって、一日《いちんち》もカンテラの油を嗅《か》がなくっちゃいられなくなった。然し――然しそりゃおれの事だ。君の事じゃない。君がそうなっちゃ大変だ。生きてる人間が銅臭くなっちゃ大変だ。いや、どんな決心でどんな目的を持って来ても駄目だ。決心も目的もたった二三日で突っつき殺されてしまう。それが気の毒だ。いかにも可哀想《かあいそう》だ。理想も何にもない鑿《のみ》と槌《つち》より外《ほか》に使う術《すべ》を知らない野郎なら、それで結構だが。然し君の様な――君は学校へ行ったろう。――何処《どこ》へ行った。――ええ？　まあ何処でもいい。それに若いよ。シキへ抛《ほう》り込まれるには若過《わかすぎ》るよ。ここは人間の屑《くず》が抛り込まれる所だ。全く人間の墓所《はかしょ》だ。生きて葬《ほうぶ》られる所だ。一度踏《ふ》ん込《ご》んだが最後、どんな立派な人間でも、出られっこない陥《おとし》穽《あな》だ。そんな事とは知らずに、大方《おおかた》ポン引《びき》の言いなり次第になって、引張《ひっぱ》られて来たんだろう。それを君の為《ため》に悲しむんだ。人一人を堕落させるのは大事件だ。殺しちまう方がまだ罪が浅い。堕落した奴はそれだけ害をする。他人に迷惑を掛ける。――実はおれもその一人《にん》だが、こうなっちゃ堕落しているより外《ほか》に道はない。いくら泣いたって、悔《くや》んだって堕落しているより外《ほか》に道はない。だから君は今のうち早く帰るがいい。君が堕落すれば、君の為にならないばかりじゃない。――君は親があるか……」

自分はただ一言あると答えた。

「あれば猶更《なおさら》だ。それから君は日本人《にっぽんじん》だろう……」

自分は黙っていた。

「日本人なら、日本の為になる様な職業に就《つ》いたら宜《よ》かろう。学問のあるものが坑夫になるのは日本の損だ。だから早く帰るがよかろう。東京なら東京へ帰るさ。そうして正当な——君に適当な——日本の損にならない様な事をやるさ。何と云ってもここは不可《いけ》ない。旅費がなければ、おれが出してやる。だから帰れ。分ったろう。おれは山中《やまなか》組《ぐみ》にいる。山中組へ来て安《やす》さんと聞きゃあすぐ分る。尋ねて来るが好《い》い。旅費はどうでも都合してやる」

安さんの言葉はこれで終った。坑夫の数は一万人と聞いていた。その一万人は悉《ことごと》く理非人情を解しない畜類《ちくるい》の発達した化物《ばけもの》とのみ思い詰めたこの時、この人に逢ったのは全くの小説である。夏の土用《どよう》に雪が降ったよりも、坑《あな》のなかで安さんに説諭《せつゆ》された方が、余《よ》程《ほど》の奇蹟《きせき》の様に思われた。大晦日《おおみそか》を越すと御正月が来る位は承知していたが、地獄で仏と云う諺《ことわざ》も記憶していたが、窮《きわ》まれば通ずという熟語も習った事があるが、困った時は誰か来て助けてくれそうなものだ位に思って、芝居《しばい》気《げ》を起しては困っていた事も度々《たびたび》あるが、——この時は丸で違う。真《しん》から一万人を畜生と思い込んで、その畜生が又 悉《ことごと》く自分の敵《かたき》だと考え詰めた最強度の断案を、忘るべからざる痛忿《つうふん》の焔《ほのお》で、胸に焼き付けた折柄《おりから》だから、猶更《なおさら》この安さんに驚かされた。同時に安さんの訓戒《くんかい》が、自分の初志を一度に翻《ひるが》えし得《う》る程の力を以《もっ》て、自分の耳に応《こた》えた。

八十六

しばらくは二人して黙っていた。安さんは一応云うだけの事を云って仕舞《しま》ったんだから、口を利かない筈《はず》であるが、自分は先方に対して、何とか返事をする義務がある。義務とかいては安さんに済まない。心底から感謝の意を表した上で、自分の考えも少し聞いてもらいたいのは山々であったが、何分《なにぶん》にも鼻の奥が詰《つま》って不自由である。しかも強《し》いて言葉を出そうとすると、口へ出ないで鼻へ抜けそうになる。それを我慢《がまん》すると、唇の両端《りょうはじ》がむずむずして、小鼻がぴく附いて来る。やがて鼻と口を塞《せ》かれた感動が、出端《では》を失って、眼の中にたまって来た。睫《まつげ》が重くなる。瞼《まぶた》が熱くなる。大《おお》いに困った。安さんも妙な顔をしている。二人ともばつが悪くなって、差し向いで胡坐《あぐら》をかいたまま、黙っていた。その時次の作事場で鉱《あらがね》を敲《たた》く音がかあんかあん鳴った。今考えると、自分と安さんが黙然《もくねん》と顔を見合せていた場所は、地面の下何百尺位《くらい》な深さだか、それを正確に知って置きたかった。都会でも、こんな奇遇は少《すく》ない。銅山《やま》の中では有ろう筈がない。日の照らない坑《あな》の底で、世から、人から、歴史から、太陽からも、忘れられた二人が、難有《ありがた》い誨《おしえ》を垂れて、尊《たっ》とい涙を流した舞台があろうとは、胡坐《あぐら》をかいて、黙然と互《たがい》の顔を見守っていた本人より外《ほか》に知るものはあるまい。

安さんは又煙草《たばこ》を呑《の》み出した。ぷかりぷかりと煙《けむ》が出た。その煙が濃く出ては暗がりに消え、濃く出ては暗がりに消える間に、自分は漸《よう》や《よう》く声が自由になった。

「難有《ありがた》いです。成程《なるほど》あなたの仰《おっし》ゃる通り人間のいる所じゃないでしょう。僕もあなたに逢うまでは、今日限り銅山《やま》を出様《でよう》かと思ってたんです。……」

流石《さすが》山を出て死ぬ積《つもり》だったとは云いかねたから、ここで一寸《ちょっと》句を切ったら、

「そりゃ猶更《なおさら》だ。早速帰るがいい」

と、安さんが勢《いきおい》をつけてくれた。自分は矢《や》っ張《ば》り黙っていた。すると、

「だから旅費はおれが拵《こしら》えてやるから」

と云う。自分は先きから旅費旅費と聞かされるのを、只《ただ》善意に解釈していたが、されば と云って毫《ごう》も貰《もら》う気は起らなかった。昨日飯場頭《はんばがしら》の合力《ごうりき》を断った時の料簡《りょうけん》と同じかと云うと、それとも違う。昨日は是非《ぜひ》貰いたかった、地平《じびた》へ手を突いてまで貰いたかった。然《しか》し草鞋銭《わらじせん》を貰うよりも、坑夫になる方が得だと勘定したから、手を出して頂きたい所を、無理に断ったんである。安さんの旅費は始めから貰いたくない。好意を空《むな》しくする

と云う点から見れば、貰わなければ済まないし、坑夫を已《や》めるとすれば貰う方が便利だが、それにも拘《かかわ》らず貰いたくなかった。これは今から考えると、全く向うの人格に対して、貰っては恥ずべき事だ、こちらの人格が下がるという念から萌《きざ》したものらしい。先方が如何《いか》にも立派だから、此方《こっち》も出来るだけ立派にしたい、立派にしなければ、自分の体面を損う虞《おそれ》がある。向うの好意を享《う》けて、相当の満足を先方に与えるのは、此方《こちら》も悦《よろこ》ばしいが、受けるべき理由がないのに、濫《みだ》りに自己の利得のみを標準《めやす》に置くのは、乞食と同程度の人間である。自分はこの尊敬すべき安さんの前で、自分は乞食である、乞食以上の人物でないと云う事実上の証明を与えるに忍びなかった。年が若いと馬鹿な代りに存外奇麗《きれい》なものである。自分は、

「旅費は頂きません」

と断った。

八十七

この時安さんは、煙草《たばこ》を二三ぶく吸《ふか》して、煙管《きせる》を筒へ入れかけていたが、自分の顔をひょいと見て、

「こりゃ失敬*した」

と云ったんで、自分は非常に気の毒になった。もし遣《や》るから貰《もら》って置けとでも強《し》いられたならきっと受けたに違《ちがい》ない。その後気をつけて、人が金を貰う所を見ていると、始めは一応辞退して、後では大抵懐《たいていふところ》へ入れる様《よう》だが、これは全くこの心理状態の発達した形式に過ぎないんだろうと思う。幸い安さんがえらい男で、「こりゃ失敬した」と云ってくれたんで、自分はこの形式に陥《おちい》らずに済んだのは難有《ありがた》かった。

安さんは、すぐさま旅費の件を撤回して、

「だが東京へは帰るだろうね」

と聞き直した。自分は、死ぬ決心が少々鈍った際だから、ことによれば、旅費だけでも溜《た》めた上、帰る事にしようと云う腹もあったんで、

「よく考えて見ましょう。いずれその中《うち》又御相談に参りますから」

と答えた。

「そうか。それじゃ、兎《と》に角路《かくみち》の分る所まで送ってやろう」

と煙草入《たばこいれ》を股引《ももひき》へ差し込んで、上から筒服《つつっぽう》の胴を被《かぶ》せた。自分はカンテラを提《さ》げて腰を上げた。安さんが先へ立つ。坑《あな》は存外登り安《やす》かった。例の段々を四五返《へん》通り抜けて、二度程四つん這《ば》いになったら、かなり天井の高い、真直《まっすぐ》に立って歩ける様な路へ出た。それをだらだらと廻《まわ》り込んで、右の方へ登り詰めると、突然第一見張所の手前へ出た。

安さんは電気灯の見える所で留《と》まった。

「じゃ、これで別れ様《よう》。あれが見張所だ。あすこの前を右へ附いて上がると、軌道《レール》の敷いてある所へ出る。それから先は一本道だ。おれはまだ時間が早いから、もう少し働いてからでなくっちゃあ出られない。晩には帰る。五時過《すぎ》ならいるから、暇があったら来るがいい。気を附けて行《ゆ》き玉《たま》え。左様《さよう》なら」

　安さんの影は忽《たちま》ち暗い中へ這入《はい》った。振り向いて、一口礼を云った時は、もうカンテラが角を曲っていた。自分は一人でシキの入口を出た。ふらふら長屋まで帰って来る。途中で色々考えた。あの安さんと云う男が、順当に社会の中で伸びて行ったら、今頃は何に成っているか知らないが、どうしたって坑夫より出世しているに違《ちがい》ない。社会が安さんを殺したのか、安さんが社会に対して済まない事をしたのか――あんな男らしい、すっきりした人が、そう無暗《むやみ》に乱暴を働く訳がないから、ことによると、安さんが悪いんでなくって、社会が悪いのかも知れない。自分は若年《じゃくねん》であったから、社会とはどんなものか、その当時明瞭《めいりょう》に分らなかったが、何しろ、安さんを追い出す様な社会だから碌《ろく》なもんじゃなかろうと考えた。安さんを贔屓《ひいき》にする所為《せい》か、どうも安さんが逃げなければならない罪を犯したとは思われない。社会の方で安さんを殺したとして仕舞《しま》わなければ気が済まない。その癖《くせ》今云う通り社会とは何者だか要領を得ない。ただ人間だと思っていた。その人間が何故《なぜ》安さんの様な好《い》い人を殺したのか猶更《なおさら》分らなかった。だから社会が悪いんだと断定はして見たが、一向社会が憎らしくならなかった。唯《ただ》安さんが可哀《かあい》想《そう》であった。出来るなら自分と代ってやりたかった。自分は自分の勝手で、自分を殺しにここまで来たんである。厭《いや》になれば帰っても差支《さしつかえ》ない。安さんは人間から殺されて、仕方なしにここで生きているんである。帰ろうたって、帰る所はない。どうしても安さんの方が気の毒だ。

八十八

安さんは堕落したと云った。高等教育を受けたものが坑夫になったんだから、成程《なるほど》堕落している様《よう》だから痛ましい。けれどもその堕落がただ身分の堕落ばかりでなくって、品性の堕落も意味しているに違ない。安さんも達磨《だるま》に金を注《つ》ぎ込むのかしら、坑《あな》の中で＊一六《いちろく》勝負をやるのかしら、ジャンボーを病人に見せて調戯《からかう》のかしら、女房を抵当《ていとう》に――まさか、そんな事もあるまい。昨日着き立ての自分を見て愚弄《ぐろう》しないもののないうちで、安さんだけは暗い穴の底ながら、十分自分の人格を認めてくれた。安さんは坑夫の仕事はしているが、心《しん》までの坑夫じゃない。それでも堕落したと云った。しかもこの堕落から生涯出る事が出来ないと云った。堕落の底に死んで活《い》きてるんだと云った。それ程堕落したと自覚していながら、生きて働いている。生きてかんかん敲《たた》いている。生きて――自分を救おうとしている。安さんが生きてる以上は自分も死んではならない。死ぬのは弱い。……

こう決心をして、何でも構わないから、一先《ひとまず》坑夫になった上として、出来るだけ急ぎ足で帰って来ると、長屋の半丁ばかり手前に初さんが石へ腰を掛けて待っている。雨は歇《や》んだ。空はまだ曇《くも》っているが、濡れる気遣《きづかい》はない。山から風が吹いて来る。寒くても、世界の明《あ》かるいのが、非常に嬉しい。自分が嬉しさの余り、疲れた足を擦《ず》りながら、いそいそ近附《ちかづ》いてくると、初さんは奇怪《けげん》な顔《かお》をして、

「やあ出て来たな。よく路《みち》が分ったな」

と云った。自分が案内に附けられながら、他《ひと》を置き去りにして、何とかして何とか、てててててと云う唄《うた》をうたって、大いに焦《じら》して置いて、他《ひと》が大迷《おおまご》つきに、迷《まご》ついて、穴の角へ頭を打《ぶ》っ附《つ》けて割って見様《みよう》とまで思った揚句《あげく》、やっとの事で安さんの御情《おなさけ》で出て来れば、「よく路が分ったな」と空《そら》とぼけている。その癖《くせ》親方が怖いものだから、途中で待ち合せて、一所《いっしょ》に連れて帰ろうと云う目算《もくろみ》である。自分は石へ腰を掛けて薄笑いをしているこの案内の頭の上へ唾液《つばき》を吐きかけてやろうかと思った。然《しか》し自分は死ぬのを断念したばかりである。当分はここに留《とど》まらなくっちゃならない身体《からだ》である。唾液を吐

きかければ、喧嘩《けんか》になるだけである。喧嘩をすれば負けるだけである。負けた上にスノコの中へ打《ぶ》ち込まれては折角《せっかく》死ぬのを断念した甲斐《かい》がない。そこで、こう云う答をした。

「どうか、こうか出て来ました」

すると初さんは猶更《なおさら》不思議な顔をして、

「へえ。感心だね。一人で出て来たのか」

と聞いた。その時自分は年の割にはうまくやった。旨《うま》くやったと云う位《くらい》だから、ただ自分の損にならないようにと云うだけで、それより以外に賞《ほ》める価値《ねうち》のある所作じゃないが、兎《と》に角《かく》十九にしては、中々複雑な曲者《くせもの》だと思う。と云うのは、こう聞かれた時に、安さんの名前がつい咽喉《のど》の先まで出たんである。所をとうとう云わずに仕舞《しま》ったのが自慢なのだ。随分《ずいぶん》くだらない自慢だが訳を話せば、こんな料簡《りょうけん》であった。山中組の安さんは勢力のある坑夫に違ない。この安さんがわざわざ第一見張所の傍《そば》まで見ず知らずの自分を親切に連れて来てくれたと云う事が知れ渡れば、この案内者は面目《めんもく》を失うに極《きま》っている。責任のある自分が、責任を抛《ほう》り出して、先へ坑《あな》を飛び出して仕舞ったと分る以上は――しかもそれが悪意から出たと明瞭に証拠だてられる以上は、此奴《こいつ》は親方に対して済ましちゃいられない。となると後できっと敵《かたき》を打つだろう。無責任が露見《ばれ》るのは痛快だが――自分は決して寛大の念に制せられたなんて耶蘇教流《*ヤソきょうりゅう》の嘘はつかない。――そこ

までは痛快だが、敵打《かたきうち》は大《おおい》に迷惑する。実の所自分はこの迷惑の念に制せられた。それで、

「ええ、色々路を聞いて出て来ました」

と大人しい返事をして置いた。

八十九

初さんは半分失望した様《よう》な、半分安心した様な顔附《かおつき》をしたが、やがて石から腰を上げて、

「じゃ親方の所へ行こう」

と又歩き出した。自分は黙って尾《つ》いて行った。昨日親方に逢ったのは飯場《はんば》だが、親方の住んでる所は別にある。長屋の横を半丁程上《のぼ》ると、石垣で二方《ほう》の角を取って平《なら》した地面の上に二階建がある。家は左程《さほど》見苦しくもないが、家の外《ほか》には木も庭もない。相変らず二階の窓から悪魔が首を出している。入口まで来て、初さんが外から声を掛けると、窓をがらりと開けて、飯場頭《はんばがしら》が顔を出した。米利安《メリヤス》の襯衣《シャツ》の上へどてらを着たままである。

「帰《けえ》ったか。御苦労だった。まあ彼方《あっち》へ行って休みねえ」

と云うが早いか初さんは消えてなくなった。後は二人になる。親方は窓の中から、自分は表に立ったまま、談話《はなし》をした。

「どうです」

「大概《たいがい》見て来ました」

「何処《どこ》まで降りました」

「八番坑まで降りました」

「八番坑まで。そりゃ大変だ。随分《ずいぶん》ひどかったでしょう。それで……」

と心持《こころもち》首を前の方へ出した。

「それで——矢《や》っ張《ぱ》り居る積《つもり》です」

「矢っ張り」

と繰り返したなり、飯場頭は昵《じっ》と自分の顔を見ていた。自分も黙って立っていた。二階からは依然《いぜん》として首が出ている。おまけに二つばかり殖《ふ》えた。この顔を見ると、厭《いや》で堪《たま》らない。飯場へ帰ってから、この顔に取り巻かれる事を思い出すと、ぞっとする。それでも居る気である。どんな辛抱《しんぼう》をしても居る気である。然《しか》し「矢っ張り居る積です」と断然答えて置いて、二階の顔を不意に見上げた時には、さすがに情《なさけ》なかった。こんな奴と一所《いっしょ》に置いてくれと、手を合せて拝まなければ始末がつかない様になり下がったのかと思うと、身体《からだ》も魂も塩を懸けた海鼠《なまこ》の様にたわいなくなった。その時飯場頭は漸《ようや》く口を利いた。奇麗《きれい》さっぱりと利いた。

「じゃ置く事にしよう。だが規則だから、医者に一遍《べん》見て貰《もら》ってね。健康の証明書を持って来なくっちゃ不可《いけ》ない。――今日と――今日は、もう遅いから、明日の朝、行《いっ》て見て貰ったらよかろう。――診察場《しんさつば》かい。診察場はこれから南の方だ。上がって来る時、見えたろう。あの青いペンキ塗《ぬり》の家《うち》だ。じゃ今日は疲れたろうから、飯場へ帰って緩《ゆっ》くり御休《おやすみ》」

と云って窓を閉《た》てた。窓を閉てる前に自分は一寸《ちょっと》頭を下げて、飯場へ引返した。緩くり御休と云ってくれた飯場頭の親切は難有《ありがた》いが、緩くり寝られる位《くらい》なら、こんなに苦しみはしない。起きていれば獰猛組《どうもうぐみ》、寝れば南京虫《ナンキンむし》に責められるばかりだ。たまたま飯《めし》の蓋《ふた》を取れば咽喉《のど》へ通らない壁土が出て来る。――然し居る。居ると極《き》めた以上は、どうしても居て見せる。少《すく》なくとも安さんが生きてるうちは居る。シキの人間がみんな南京虫になっても、安さんさえ生きて働いてるうちは、自分も生きて働く考えである。こう考えながら半丁程の路を降りて飯場へ帰って、二階へ上がった。上がると案のじょう大勢囲炉裏《いろり》の傍《そば》に待ち構えている。自分はくさくさしたが、出来るだけ何喰《なにく》わぬ顔をして、邪魔にならない様な所へ坐《すわ》った。すると始まった。皮肉だか、冷評だか、罵詈《ばり》だか、滑《こっ》稽《けい》だか、のべつに始まった。一々覚えている。生涯忘れられない程に、自分の柔《やわ》らかい頭を刺激したから、よく覚えている。然し一々繰返す必要はない。先《ま》ず大体昨日と同じ事と思えば好《い》い。自分は急に安さんに逢いたくなった。例の夕食《ゆうめし》を我慢《がまん》して二杯食って、みんなの眼につかない様にそっと飯場を抜け出した。

九十

山中組はジャンボーの通《とお》った石垣の間《あいだ》を抜けて、だらだら坂《ざか》の降《お》り際《ぎわ》を、右へ上《のぼ》ると斜《はす》に頭の上に被《かぶ》さっている大きな*槐《えんじゅ》の奥にある。夕暮の門口《かどぐち》を覗《のぞ》いたら、一人の掘子《ほりこ》がカンテラの灯《ひ》で筒服《つつっぽう》の掃除をしていた。中は存外静かである。

「安さんは、もうお帰りになりましたか」

と叮嚀《ていねい》に聞くと、掘子は顔を上げて一寸《ちょいと》自分を見たまま、奥を向いて、

「おい、安さん、誰か尋ねて来たよ」

と呼び出しにかかるや否《いな》や、安さんは待ってたと云わんばかりに足音をさせて出て来た。

「やあ来たな。さあ上《あが》れ」

見ると安さんは*唐桟《とうざん》の着物に*豆絞《まめしぼり》か何《な》にかの三尺を締めて立っている。丸で東京の*馬《べっ》

る。丁《とう》の様《よう》な服装《なり》である。これには少し驚いた。安さんも自分の様子を眺めて首を傾《かし》げてい

「成程《なるほど》東京を走ったまんまの形装《なり》だね。おれも昔はそう云う着物を着たこともあった

っけ。今じゃこれだ」

と両袖の裄《ゆき》*を引っ張って見せる。

「何と見える。車引《くるまひき》かな」

と云うから、自分は遠慮してにやにや笑っていた。安さんは、

「ハハハハ根性はこれよりまだ堕落しているんだ。驚いちゃ不可《いけ》ない」

自分は何と答えていいか分らないから、矢張《やは》りにやにや笑って立っていた。この時分は手持無沙汰《てもちぶさた》でさえあればにやにやして済ましたもんだ。そこへ行《ゆ》くと安さんは自分より遥か世馴《よな》れている。この体《てい》を見て、

「さっきから来るだろうと思って待っていた。さあ上れ」

と向うから始末をつけてくれた。この人は世馴れた知識を応用して、世馴れない人を救《たす》ける方の側だと感心した。こいつを逆にして馬鹿にされつけていたから特別に感心したんだろう。そこで安さんの云う通り長屋へ上って見た。部屋は矢っ張り広いが、自分の泊った所程でもない。電気灯は点《つ》いている。囲炉裏《いろり》もある。ただ人数《にんず》が少《すくな》い、しめて

五六人しかいない。しかも、それが向うに塊《かたま》ってるから、此方《こっち》はたった二人である。そこで又話を始めた。

「何時《いつ》帰る」

「帰らない事にしました」

安さんは馬鹿だなあと云わないばかりの顔をして呆《あき》れている。

「あなたの仰《おっ》しゃった事は、よく分っています。然《しか》し僕だって、酔興《すいきょう》にここまで来た訳じゃないんですから、帰るったって帰る所はありません」

「じゃ矢っ張り世の中へ顔が出せない様な事でもしたのか」

と安さんは鋭い口調で聞いた。何だか向うの方がぎょっとしたらしい。

「そうでもないんですが――世の中へ顔が出したくないんです」

と答えると、自分の態度と、自分の顔附《かおつき》と、自分の語勢《ごせい》を注意していた安さんが急に噴《ふ》き出した。

「冗談云っちゃ不可《いけ》ねえ。そんな酔狂《すいきょう》があるもんか。世の中へ顔が出したくないた何の事だ。贅沢《ぜいたく》じゃねえか。そんな身分に一日《いちんち》でも好《い》いからなって見てえ位《くらい》だ」

「代《かわ》れれば代って上げたいと思います」

と至極真面目《しごくまじめ》に云うと、安さんは、又噴き出した。

「どうも手の附け様がないね。考えて御覧な。世の中へ顔が出したくないものがさ、このシキへ顔が出したくなれるかい」

「些《ちっ》とも出したくはありません。仕方がないから――仕方がないんです。昨夕《ゆうべ》も今日も散々苛責《いじめ》られました」

安さんは又笑い出した。

九十一

「太《ふて》え野郎だ。誰が苛責《いじめ》た。年の若いものつらまえて。よしよしおれが今に敵《かたき》を打ってやるから。その代り帰るんだぜ」

自分はこの時大変心丈夫《こころじょうぶ》になった。なおなお留《と》まる気になった。あんな獰猛《どうもう》も此方《こっち》さえ強くなりゃ些《ちっ》とも恐ろしかないんだ、十把一束《じっぱひとからげ》に罵倒《ばとう》する位《くらい》の勇気が段々出てくるんだと思った。そこで安さんに敵は取ってくれないでも好《い》いから、どうか帰さずに当分置いて貰《もら》えまいかと頼んだ。安さんは、あまりの馬鹿らしさに、気の毒そうな顔をして、呆《あき》れ返っていたが、

「それじゃ、居るさ。――何も頼むの頼まないのって、そりゃ君の勝手だあね。相談するがものはないや」

「でも、あなたが承知して下さらないと、居にくいですから」

「折角《せっかく》そう云うんなら、当分にするが可《い》い。長く居ちゃ不可《いけ》ない」

自分は謹《つつし》んで安さんの旨《むね》を領《りょう》した。実際自分もその考えでいたんだから、これは決して御交際《おつきあい》の挨拶《あいさつ》ではなかった。それから色々な話をしたがシキの中の述懐と大した変りはなかった。ただ安さんの兄《あに》さんが*高等官になって長崎にいると云う事を聞いて、大いに感動した。安さんの身になっても、兄さんの身になっても、定《さだ》めし苦しいだろうと思うにつけ、自分と自分の親と結びつけて考え出したら何となく悲しくなった。帰る時に安さんが出口まで送って来て、相談でもあるなら何時《いつ》でも来るが好《い》いと云ってくれた。

　表へ出ると、いつの間《ま》にか曇った空が晴れて、細い月が出ている。路《みち》は存外明るい。その代り大変寒い。袷《あわせ》を通して、襯衣《シャツ》を通して、蒲鉾形《かまぼこなり》の月の光が肌まで浸《し》み込んで来る様だ。両袖を胸の前へ合せて、その中へ鼻から下を突込《つきこ》んで肩を出来るだけ聳《そび》やかして歩行《ある》き出した。身体《からだ》はいじけているが腹の中はさっきより大分豊《だいぶんゆたか》になった。何の当分のうちだ。馴れればそう苦にする事はない。何しろ一万人余《よ》もかたまって、毎日毎日一《いっ》所《しょ》に働いて、一所に飯を食って、一所に寝ているんだから、自分だって七日も練習すれば、一人前に堕落する事は出来るに違《ちがい》ない。——この時自分の頭の中には、堕落の二字がこの通りに出て来た。然《しか》しただこの場合に都合のいい文字《もんじ》として湧《わ》いて出たまでで、堕落の内容を明《あき》らかに代表していなかったから、別に恐ろしいとも思わなかった。それで、比較的元気づいて飯場《はんば》へ帰って来た。五六間《けん》手前まで来ると、何だかわいわい云っている。外は淋《さび》しい月である。自分は内《うち》の騒ぎを聞いて、淋しい月を見上げて、暫《しば》らく立っていた。そうしたら、どうも這入《はい》るのが厭《いや》になった。月を浴びて外に立っているのも、つらくなった。安さんの所へ行って泊めてもらいたくなった。一歩引き返して見たが、あんまりだと気を取り直して、のそのそ長屋へ這入った。横手《よこて》に広い間があって、上《あが》り口《ぐち》からは障子《しょうじ》で立て切ってある。電気灯が頭の上にあるから影は一つも差さないが、騒ぎは正《まさ》にこの中《うち》から出る。自分は下駄を脱いで、足音のしない様に、障子の傍《そば》を通って、二階へ上がった。段々を登り切って、大きな部屋を見渡した時、ほっと一息ついた。部屋には誰もいない。

ただ金さんが平たく煎餅《せんべい》の様になって寝ている。それから例の帆木綿《ほもめん》にくるまって、ぶら下がってる男もいる。然し両方とも極めて静かだ。居ても居ないと同じく、部屋は漠然《ばくぜん》としてただ広いものだ。自分は部屋の真中《まんなか》まで来て立ちながら考えた。床《とこ》を敷いて寝《ね》たものだろうか、但《ただ》しは着のみ着のままで、ごろりと横になるか、又は昨夕《ゆうべ》の通り柱へ倚《もた》れて夜《よ》を明《あか》そうか。ごろ寝は寒い、柱へ倚《よ》り懸《かか》るのは苦しい。どうかして布団《ふとん》を敷きたい。ことによれば今日は疲れ果てているから、南京虫《ナンキンむし》がいても寝られるかも知れない。それに蒲団《ふとん》の奇麗《きれい》なのを撰《よ》ったらよかろう。殊更《ことさら》日によって、南京虫の数が違わないとも限るまい。と色々な理窟《りくつ》をつけて布団を出して、そうっと潜《もぐ》り込んだ。

九十二

この晩の経験を記憶のまま、ここに書きつけては、自分がお話しにならない馬鹿だと吹聴《ふいちょう》する事になるばかりで、外《ほか》に何の利益も興味もないから已《や》める。一口に云うと、昨夜《ゆうべ》と同じ様《よう》な苦しみを、昨夜以上に受けて、寝るが早いか、すぐ飛び起きちまった。起きた後で、あれ程南京虫《ナンキンむし》に螫《さ》されながら、何故《なぜ》性懲《しょうこり》もなく又布団《ふとん》を引《ひ》っ張《ば》り出して寝たもんだろうと後悔した。考えると、全くの自業自得《じごうじとく》で、しかも常識のあるものなら誰でも避《よ》けられる、又避けなければならない自業自得だから、我れながら浅《あさ》ましい馬鹿だと、つくづく自分が厭《いや》になって、布団の上へ胡坐《あぐら》をかいたまま、考え込んでいると、又猛烈にちくりと螫された。臀《しり》と股《もも》と膝頭《ひざがしら》が一時《いちじ》に飛び上がった。自分は五位鷺《ごいさぎ》の様に布団の上に立った。そうして、四囲《あたり》を見廻《みまわ》した。そうして泣き出した。仕方がないから、紺の兵児帯《へこおび》を解《と》いて、四つに折って、裸の身体中《からだじゅう》所嫌わず、ぴしゃぴしゃ敲《たた》き始めた。それから着物を着た。そうして昨夜《ゆうべ》の柱の所へ行った。柱に倚《よ》りかかった。家《うち》が恋しくなった。父よりも母よりも、艶子さんよりも澄江さんよりも、家の六畳の間が恋しくなった。戸棚に這入《はい》ってる*更紗《さらさ》の布団と、*黒天鵞絨《くろビロード》の*半襟《はんえり》の掛かった*中形《ちゅうがた》の*掻捲《かいまき》が恋しくなった。三十分でも好《よ》いから、あの布団を敷いて、あの掻捲を懸けて、暖《あっ》たかにして楽々寝て見たい。今頃は誰かあの部屋へ寝ているだろうか。それとも自分が居なくなってから後《あと》は、机を据えたまんま、空《がら》ん胴《どう》にしてあるかしらん。そうすると、あの布団も掻捲も、畳んだなり戸棚に仕舞《しま》ってあるに違《ちが》いない。勿体《もったい》ないもんだ。父も母も澄江さんも艶子さんも南京虫に食われないで仕合《しあわ》せだ。今頃は熟睡《じゅくすい》しているだろう。羨《うらや》ましい。――それとも寝られないで、のつそつしているかしらん。父は寝られないと癇癪《かんしゃく》を起して、夜中に*灰吹《はいふき》をぽんぽん敲くのが癖だ。煙草《たばこ》を呑《の》むんだと云うが、煙草は仮托《かこつけ》で、実は、腹立紛《はらだちまぎれ》に敲き附けるんじゃないかと思う。今頃はしきりに敲いてるかも知れない。苦々しい倅《せがれ》だと思って敲いてるか、どうなったろうと心配の余り眼を覚まして敲いてるか。どっちにしても気の毒だ。然《しか》し此方《こっち》じゃそれ程にも思っていないから、先方《さき》でもそう苦にしちゃいまい。母は寝られないと手水《ちょうず》に起きる。中庭の小窓を明《あ》けて、手を洗って、桟《さん》を卸《おろ》すのを忘れて、翌朝《あくるあさ》よく父に叱られている。昨夜《ゆうべ》も今夜もきっと叱られるに違《ちが》いない。澄江さんはぐうぐう寝ている――どうしても寝ている。自分のいる前では、丸くなったり、四角になったり色々な芸をして、人を釣ってるが、居なくなれば、すぐに忘れて、平生《へいぜい》の通り御膳をたべて、よく寝る女だから、是非《ぜひ》に及ばない。あんな女は、今まで見た新聞小説*には決して出て来ないから、始めは不思議に思ったが、ちゃんと証拠があるんだから慥《たし》かである。こう云う女に恋着《れんちゃく》しなければならないのは、余《よ》ッ程《ぽど》の因果だ。随分《ずいぶん》憎らしいと思うが、憎らしいと思いながらも矢《や》ッ張《ぱり》惚《ほ》れ込んでいるらしい。不都合な事だ。今でも、あの色の白い顔が眼前《めさき》にちらちらする。怪《け》しからない顔だ。艶子さんは起きてる。そうして泣いてるだろう。甚《はなは》だ気の毒だ。然し此方《こっち》で惚れた覚《おぼえ》もなければ、又惚れられる様な悪戯《いたずら》をした事がないんだから、いくら起きていても、泣いてくれても仕方がない。気の毒がる事は、いくらでも気の毒がるが仕方がない。構わない事にする。――そこで最後には、外《ほか》の事はどうともするから、ただ安々《やすやす》と楽寝《らくね》がさせて貰《もら》いたい。不断《ふだん》の白い飯も虫唾《むしず》が走る様に食いたいが、それよりか南京虫のいない床へ這入《はい》りたい。三十分でも好いからぐっすり寝て見たい。その後でなら腹でも切る……。

九十三

こう考えていると又夜《よ》が明けた。考えている途中で何時《いつ》か寝たものと見えて、眼が覚めた時は、何にも考えていなかった。それからあとは、のそのそ下へ降りて行って、顔を洗って、南京米《ナンキンまい》を食う。万事昨日の通りだから、省いて仕舞《しま》う。九時の例刻を待ちかねて病院へ出掛ける。病院は一昨日《おととい》山を登って来る時に見た、青いペンキ塗《ぬり》の建物と聞いているから路も家《うち》も間違え様《よう》がない。飯場《はんば》を出て二丁ばかり行《ゆ》くと、すぐ道端《みちばた》にある。木造ではあるが中々立派な建築で、広さもかなりだけに、獰猛組《どうもうぐみ》とは丸で不釣合《ふつりあい》である。野蛮人が病気をするんでさえ既《すで》に不思議な位《くらい》だのに、病気に罹《かか》ったものを治療してやる為《ため》の器械《きかい》と薬品と医者と建物を具《そな》え附けたんだから、世の中は妙だと云う感じがすぐに起る。丸で泥棒が金を出し合って、小学校を建てて子弟を通学させてる様なもんだ。文明と蒙昧《もうまい》の両極端がこのペンキ塗の青い家の中で出逢って、一方が一方へ影響を及ぼすと、蒙昧が益《ます》益《ます》ぴんぴん蒙昧になってくる。下手《へた》に食い違った結果が起るもんだ。と考えながら歩いて来ると、又鬼共《おにども》が窓から首を出して眺めている。折角《せっかく》の考えもこの気味のわるい顔を見上げると忽《たちま》ち崩れて仕舞《しま》う。あの顔のなかに安さんの様なのが、たった一つでもあれば、生き返る程嬉しいだろうに、どれもこれも申し合せた様に獰猛の極致を尽している。あれじゃ、どうしたって病院の必要がある筈《はず》がないとまで思った。

天気だけは好都合にすっかり晴れた。赤土を劈《さい》た様な山の壁へ日が当る。昨日、一昨日の雨を吸い込んだ土は、東から差す日を受けて、まだ乾かない。その上照る日をいくらでも吸い込んで行《ゆ》く。景色は晴れがましいうちに湿《しっ》とりと調子づいて、長屋と長屋の間《あいだ》から、下の方の山を見ると、真蒼《まっさお》な色が笑《え》み割れそうに濃く重なっている。風は全く落ちた。昨夕《ゆうべ》と今朝とでは殆《ほとん》ど*十五度以上も違う様である。道傍《みちばた》に、たった一つ蒲公英《たんぽぽ》が咲いている。勿体《もったい》ない程奇麗《きれい》な色だ。これも獰猛とは丸で釣り合わない。

病院へ着いた。和土《たたき》の廊下が地面と擦《す》れ擦れに五六間《けん》続いている突き当りに、診察室と云う札《ふだ》が懸《かか》って、手前の右手に控所《ひかえじょ》と書いてある。今云った一間幅の廊下を横切《よこぎっ》て、控所へ這入《はい》ると、下は矢張《やは》り和土で、ベンチが二脚程並べてある。小さい硝子窓《ガラスまど》には受附と楷書《かいしょ》で貼り附けてある。自分はこの窓口へ行って、自分の姓名を書いた紙片《かみぎれ》を出すと、窓の中に腰を掛けていた二十二三の若い男が、その紙片を受取って、ありもしない眉《まみえ》へ八の字を寄せて、六《む》ずかしそうに篤《とく》と眺めた上、

「こりゃ御前《おまえ》か」

と、さも横風《おうふう》に云った。あまり好《い》い心持《こころもち》ではなかった。何の必要があって、こう自分を軽蔑するんだか不平に堪《た》えない。それで単に、

「ええ」

と出来るだけ愛嬌《あいきょう》のない返事をした。受附は、それじゃ、まだ挨拶《あいさつ》が足りないと云わんばかりに、しばらくは自分を睨《にら》めていたが、こっちもそれっ切り口を結んで立っていたもんだから、

「少し待っていろ」

と、ぴしゃりと硝子戸を締めて出て行《いっ》た。草履《ぞうり》の音がする。あんなにぱたぱた云わせ

なくっても好《よ》さそうなもんだと思った。

　自分はベンチへ腰を掛けた。受附はなかなか帰って来ない。ぼんやりしていると、眼の前にジャンボーが出て来た。金さんがよっしょいよっしょいと担《かつ》がれて来る所が見える。あれでも病院が必要なのかと思った。何の為《ため》に薬を盛って、患者を施療《せりょう》するのか、ほとんど意義をなさない。こんな体裁のいい偽善はない。病人はいじめるだけいじめる。ジャンボーは囃《はや》したいだけ囃す。その代り医者にかけてやると云うのか。鄭重《ていちょう》の至《いたり》である。

九十四

「おい、彼方《あっち》へ廻《まわ》れ」

　と突然受附の声がした。見ると受附は硝子窓《ガラスまど》の中に威丈高《いたけだか》に突立《つった》って、自分を眼下に睥睨《へいげい》している。自分は控所《ひかえじょ》を出た。右へ折れて、廊下伝いに診察場へ上がったら、薬の臭《におい》がぷんとした。この臭を嗅《か》ぐと等しく、自分も、もうやがて死ぬんだなと思い出した。死んでここの土になったら不思議なものだ。こう云うのを運命というんだろう。運命の二字は昔から知ってたが、ただ字を知ってるだけで意味は分らなかった。意味は分っても、納得が六《む》ずかしかった。*西洋人が筍《たけのこ》を想像する様《よう》に定義だけを心得て満足していた。

けれども人間の一大事たる死と云う実際と、人間の獣類《じゅうるい》たる坑夫の住んでいるシキとを結び附けて、二三日前まで不足なく生《お》い立った坊っちゃんを突然宙に釣るして、この二つの間に置いたとすると、坊っちゃんは始めて成程《なるほど》と首肯《しゅこう》する。運命は不可思議な魔力で可憐《かれん》な青年を弄《もてあそ》ぶもんだと云う事が分る。すると今まで只《ただ》の山であったものが、ただの山でなくなる。ただの土であったものが唯《ただ》の土でなくなる。青いばかりと思った空が、青いだけでは済まなくなる。この病院の、この診察場の、この薬品の、この臭いまでが夢の様な不思議になる。元来この椅子に腰を掛けている本人からしてが、何物だか殆《ほと》ど要領を得ない。本人以外の世界は明瞭《めいりょう》に見えるだけで、どんな意味のある世界か薩張《さっぱ》り見当がつかない。自分は、診察場と薬局とをかねたこの一室の椅子に倚《よ》って、敷物と、洋卓《テーブル》と、薬瓶《やくびん》と、窓と、窓の外の山とを見廻した。尤《もっと》も明瞭な視覚で見廻《みまわ》したが、凡《すべ》てがただ一幅《ぷく》の画《え》と見えるだけで、その他には何物をも認める事が出来なかった。

そこへ戸を開けて、医者があらわれた。その顔を見ると、矢《や》っ張《ぱ》り坑夫の類型《タイプ》である。黒のモーニングに縞《しま》の洋袴《ズボン》を着て、襟《えり》の外へ顎《あご》を突き出して、

「御前か、健康診断をして貰《もら》うのは」

と云った。この語勢《ごせい》には、馬に対しても、犬に対しても、是非《ぜひ》腹の内《なか》で云うべき程の敬意が籠《こも》っていた。

「ええ」

と自分は椅子を離れた。

「職業は何だ」

「職業って別に何にもないんです」

「職業がない。じゃ、今まで何をして生きていたのか」

「ただ親の厄介《やっかい》になっていました」

「親の厄介になっていた。親の厄介になって、ごろごろしていたのか」

「まあ、そうです」

「じゃ、ごろつきだな」

自分は答をしなかった。

「裸になれ」

自分は裸になった。医者は聴診器で胸と脊中《せなか》を一寸視《ちょっとみ》た上、いきなり自分の鼻を撮《つま》んだ。

「息をして見ろ」

息が口から出る。医者は口の所へ手を宛《あて》がった。

「今度《こんだ》口を塞《ふさ》ぐんだ」

医者は鼻の下へ手を宛《あ》てた。

「どうでしょう。坑夫になれますか」

「駄目だ」

「何所《どこ》か悪いですか」

「今書いてやる」

医者は四角な紙片《かみぎれ》へ、何か書いて抛《ほう》り出す様に自分に渡した。見ると気管支炎とある。

九十五

気管支炎と云えば肺病の下地である。肺病になれば助かり様《よう》がない。成程《なるほど》さっき薬の臭《におい》を嗅《か》いで死ぬんだなと虫が知らせたのも無理はない。今度はいよいよ死ぬ事になりそうだ。これから先《さき》二三週間もしたら、金さんの様によっしょいよっしょいでジャ、ジャ、ジャンボーを見せられて、その揚句《あげく》には自分がとうとうジャ、ジャ、ジャンボーになって、それから思う存分囃《はや》し立てられて、敲《たた》き立てられて、――尤《もっと》も新参だから囃してくれるものも、ないかも知れないが――との詰《つま》りは、――どうなる事か自分にも分らない。敲いてくれるものも、ないかも知れないが――とどの詰りは、――どうなる事か自分にも分らない。それは分らなくっても宜《よ》ろしい。生きて動いている今ですら分らない。ただ世界がのべつ、のっぺらぼうに続いているうちに、あざやかな色が幾通りも並んでるばかりである。

坑夫は世の中で、尤も穢《きた》ないものと感じていたが、斯様《かよう》に万物を色の変化と見ると、穢ないも穢なくないもある段じゃない。どうでも構わないから、どうとも勝手にするがいい。自分が懐手《ふところで》をしていたら運命が何とか始末をつけてくれるだろう。死んでもいい、生きてもいい。華厳《けごん》の瀑《たき》などへ行《ゆ》くのは面倒になった。東京へ帰る？　何の必要があって帰る。どうせ二三度咳《せき》をせくうちの命だ。ここまで運命が吹き附けてくれたもんだから、運命に吹き払われるまでは、ここにいるのが、一番骨が折れなくって、一番便利で、一番順当な訳だ。ここに居て、ただ堕落の修業《しゅうぎょう》さえすれば、死ぬまでは持てるだろう。肺病患者にほかの修業は六《む》ずかしいかも知れないが、堕落の修業なら――ふと往《い》きに眼に附いた蒲公英《たんぽぽ》に出逢った。さっきは勿体《もったい》ない程美しい色だと思ったが、今見ると何ともない。何故《なぜ》これが美しかったんだろうと、しばらく立ち留《と》まって、見ていたが、矢《や》っ張《ぱ》り美しくない。それから又あるき出した。だらだら坂《ざか》を登ると、自然と顔が仰向《あおむき》になる。すると例の通り長屋から、坑夫が頰杖《ほおづえ》を突いて、自分を見下《みおろ》している。さっきまではあれ程厭《いや》に見えた顔が丸で土細工の人形の首の様に思われる。醜くも、怖くも、憎らしくもない。ただの顔である。日本一の美人の顔がただの顔である如く、坑夫の顔もただの顔である。そう云う自分も骨と肉で出来たただの人間である。意味も何もない。

自分はこう云う状態で、無人の境《さかい》を行《ゆ》く様な心持《こころもち》で、親方の家《うち》までやって来た。案内を頼むと、うちから十五六の娘が、がらりと障子《しょうじ》をあけて出た。こう云う娘がこんな所に居よう筈《はず》がないんだから、平生《へいぜい》ならはっと驚く訳だが、この時は丸で何の感じもなかった。ただ器械《きかい》の様に挨拶《あいさつ》をすると、娘は片手を障子へ掛けたまま、奥を振り向いて、

「御父《おとっ》さん。御客《おきゃく》」

と云った。自分はこの時、これが飯場頭《はんばがしら》の娘だなと合点《がてん》したが、ただ合点したまでで、娘がまだそこに立っているのに、娘の事は忘れて仕舞《しま》った。所《ところ》へ親方が出て来た。

「どうしたい」

「行って来ました」

「健康診断を貰《もら》って来たかい。どれ」

自分は右の手に握っていた診断書を、つい忘れて、おや何処《どこ》へやったろうかと、始めて気が附いた。

「持ってるじゃないか」

と親方が云う。成程《なるほど》持っていたから、皺《しわ》を伸《の》して親方に渡した。

「気管支炎。病気じゃないか」

「ええ駄目です」

「そりゃ困ったな。どうするい」

「矢《や》っ張《ぱ》り置いて下さい」

「そいつあ、無理じゃないか」

「ですが、もう帰れないんだから、どうか置いて下さい。小使《こづかい》でも、掃除番でもいいですから。何でもしますから」

「何でもするったって、病気じゃ仕方がないじゃないか。困ったな。然《しか》し折角《せっかく》だから、まあ考えて見様《みよう》。明日までには大概《たいがい》様子が分るだろうから又来て見るがいい」

自分は石のようになって、飯場へ帰って来た。

九十六

その晩は平気で囲炉裏《いろり》の傍《そば》に胡坐《あぐら》をかいていた。坑夫共《ども》が何と云っても相手にしなかった。相手にする料簡《りょうけん》も出なかった。いくら騒いでも、愚弄《からかっ》ても、よしんば踏んだり蹴《け》ったりしても、彼等《かれら》は自分と共に一枚の板に彫り附けられた一団の像の様に思われた。寝るときは布団《ふとん》は敷かなかった。やはり囲炉裏の傍に胡坐をかいていた。みんな寝着いてから、自分もその場へ仮寝《うたたね》をした。囲炉裏へ炭を継ぐものがないので、火の気《け》が段々弱くなって、寒さが次第に増して来たら、眼が覚めた。襟《えり》の所がぞくぞくする。それから起きて表へ出て空を見たら、星が一杯あった。あの星は何しに、あんなに光ってるのだろうと思って、又内へ這入《はい》った。金さんは相変らず平たくなって寝ている。金さんはいつジャンボーになるんだろう。自分と金さんとどっちが早く死ぬだろう。安さんは六年このシキに這入ってると聞いたが、この先何年鉱《あらがね》を敲《たた》くだろう。矢《や》っ張《ぱ》り仕舞《しまい》には金さんの様に平たくなって、飯場《はんば》の片隅に寝るんだろう。そうして死ぬだろう。——自分は火のない囲炉裏の傍《はた》に坐《すわ》って、夜明《よあけ》まで考えつづけていた。その考えはあとから、あとから、*仕切りなしに出て来たが、何《いず》れも干枯《ひから》びていた。涙も、情も、色も香《か》もなかった。怖い事も、恐ろしい事も、未練も、心残りもなかった。

夜が明けてから例の如く飯を済まして、親方の所へ行った。親方は元気のいい声をして、

「来たか、丁度好《ちょうどい》い口が出来た。実はあれから色々探したが、どうも思わしい所がないんでね、——少し困ったんだが。とうとう旨《うま》い口を見附《めっけ》た。飯場《はんば》の帳附《ちょうつけ》だがね。こりゃ無ければ、なくっても済む。現に今までは婆さんが遣《や》ってた位《くらい》だが、折角《せっかく》の御頼みだから。どうだねそれならどうか、おれの方で周旋が出来様《できよう》と思うが」

「はあ難有《ありがた》いです。何でも遣ります。帳附と云うと、どんな事をするんですか」

「なあに訳はない。ただ帳面をつけるだけさ。飯場にああ多勢《おおぜい》いる奴が、やや草鞋《わらじ》だ、やや豆だ、ヒジキだって、毎日色々なものを買うからね。そいつを一々帳面へ書き込ん

どいて貰《もら》やあ好《い》いんだ。なに品物は婆さんが渡すから、ただ誰が何をいくら取ったと云う事が分る様にして置いてくれればそれで結構だ。そうすると此方《こっち》でその帳面を見て勘定日に差し引いて給金を渡す様にする。――なに力業《ちからわざ》じゃないから、誰でも出来る仕事だが、知っての通りみんな＊無筆《むひつ》の寄合《よりあい》だからね。君がやってくれると此方《こっち》も大変便利だが、どうだい帳附は」

「結構です、やりましょう」

「給金は少《すく》なくって、まことに御気の毒だ。月に四円だが。――食料を別にして」

「それで沢山《たくさん》です」

と答えた。然《しか》し別段に嬉しいとも思わなかった。漸《よう》やく安心したとまでは固《もと》より行かなかった。自分の坑山に於《お》ける地位はこれでやっと極《きま》った。

明日《あくるひ》から自分は台所の片隅に陣取って、かたの如く帳附を始めた。すると今まであの位《くらい》人を軽蔑していた坑夫の態度ががらりと変って、却《かえっ》て向うから御世辞《おせじ》を取る様になった。自分も早速堕落の稽古《けいこ》を始めた。南京米《ナンキンまい》も食った。南京虫《ナンキンむし》にも食われた。町からは毎日毎日ポン引《びき》が＊椋鳥《むくどり》を引張《ひっぱ》って来る。子供も毎日連れられてくる。自分は四円の月給のうちで、菓子を買っては子供にやった。然しその後《のち》東京へ帰ろうと思ってからは断然已《や》めにした。自分はこの帳附を五箇月間無事に勤めた。そうして東京へ帰った。――

自分が坑夫に就《つい》ての経験はこれだけである。そうしてみんな事実である。その証拠には小説になっていないんでも分る。

注

『坑夫』の成立に関する資料としては、談話『『坑夫』の作意と自然派伝奇派の交渉』（『文章世界』明治四十一年四月）があり、明治四十年頃の「断片四五」（以下「断片」とはこれを指す）には、『坑夫』素材メモが残されている。またモデルをめぐっては新聞記事「小説坑夫の主人公△煩悶慰安所に飛込む」（『東京日日新聞』明治四十一年八月十九日）がある。作中では主人公の入山する鉱山名は明記されていないが、「断片」には足尾銅山と書かれている。作品の背景について、詳しくは解説を参照されたい。

1章

東京を立ったのは昨夜の九時頃で…　東京から北へ歩いて四、五時間程度の距離となれば、中山道なら大宮あたり、奥州街道なら春日部《かすかべ》あたりが想像される。そこで仮眠したのち、夜明け前から また歩き出して、昼近くという時間経過となる。中山道で行くと、正確には北西にあたる。

神楽堂　神社の境内にあって、里神楽を上演する建物。「断片」に「夜九、大宮へ夜二時、神楽殿　三時間寐タ」とある。

鉄の才槌　頭の部分を鉄でつくった才槌で、金づちのこと。疲労から来る足の重さをたとえた。

袷　裏地のついた着物。

掛茶屋　街道沿いや行楽地などで、よしずがけにして人々が休めるような床几などを置いた休憩所。水茶屋などともいう。

尺 尺貫法による長さの単位。一尺は約三〇・三センチメートル。

鳥打帽 ハンチング。平たくて丸い、一枚じたての帽子。前びさしがついている。

久留米絣 筑後国(現、福岡県)久留米地方で産出される木綿織りの絣。絣はかすったような小さな模様のある織物。丈夫で、紺色のものが多く、普段着・労働着として用いられた。

兵児帯 男子や子供のつけるしごき帯。もとは薩摩の兵児(青年男子)がつけた。

俎下駄 俎板のような形をした、男ものの大きな駒下駄。

まむし 蝮指《まむしゆび》の略。手足の親指の第二関節を反らしながら、第一関節を曲げて蝮のかま首に似た形にすること。ここでは鼻緒を挟んで下駄の向きをかえようとしたこと。

間 長さの単位。一間は六尺(約一・八二メートル)。

半間 動作や性行が、間が抜けているあるいは中途半端なさま。とんま。

2 **いさくさ** いざこざ。もめごと。ごたごた。

代が違っている 時代が移り変わっている。出奔する前と後では、自分のいる「世界」が違っている。その違いを東京の「代」の違いに置き換えている。

定業の尽きるまで 「定業」は仏教語で、決定業《けつじょうごう》の略。善悪いずれか生死の果を必ず受けると定まっている心身の活動のすべてを指す。したがって、決められた運命のつきるまで、の意。

華厳の瀑 栃木県日光山中の滝で、雄大な美観で有名。高さ約百メートル。明治三十六年五月二十二日、第一高等学校学生の藤村操《ふじむらみさお》は「巌頭之感」を残し、十八歳でこの滝に投身自殺した。以後、華厳の滝への自殺者があいつぎ、しばしば新聞でも取り上げられた。藤村操は漱石の教え子でもあり、漱石自身、たびたび華厳の滝と若き自殺者について言及した。

浅間の噴火口　浅間山は、長野県と群馬県の県境にある活火山。標高二五四二メートル。火口への投身自殺が多かった。

3 **目倉縞**　盲縞。経糸と緯糸ともに藍で染めた紺糸で織ったもの。縞なのに見分けられないために名付けられた。

4 **のに**　接続助詞として用言の連体形を受けるのが一般だが、漱石はしばしば文頭に用いて接続詞のように使うことがある。

憐然　哀れで、かわいそうなさま。

得たり賢し　うまくいったと、思いどおりに事が運んだときの満足の言葉。

野にするかね、それとも山にするかね　「野」や「山」は人気がなく、自殺や野垂死《のたれじ》にする可能性の高い場所でもある。したがってどちらで死ぬつもりかという問いのこと。

娑婆気　現世に執着する心、俗念。

5 **いきみ出した答**　無理して出した答。「いきむ」は腹に力を入れてりきむこと。

朝日　口付き紙巻き煙草。明治三十七年七月、煙草が専売になって売り出された。二十本入りで六銭。

腹掛　職人や車夫などが着る作業衣。紺の木綿でつくり、胸・腹をおおい、細い共布を背中に交差させて着る。腹の部分に「隠し」「どんぶり」といったもの入れを付ける。

6 **星宿**　星座。古代中国で天球上の星を二十八宿に分けたことにちなむ。

7 **寄り切り**　「よりけり」の転。

労働問題　ここでは、「どてら」が言っている儲け口、働き口の具体的な仕事の中身の問題。労働者と資本家のあいだで起きる労働条件や賃金の改善をめぐる社会問題としての「労働問題」という言葉は、明治三十年頃の労働争議の多発に伴って普及した。内田魯庵《うちだろあん》『社会百面相』(明治三十五年)のなかに「労働問題」と題された一章がある。

神聖な労働　キリスト教に由来した労働観。『聖書』において人間の労働は、神の定めた人間の当然なすべき働きとされる。「労働が神聖なら神聖の労働を敢てしない遊食の民は即ち社会の屑だ」(内田魯庵『社会百面相』前掲)。

8 **撃剣**　剣術。剣道の古い呼び方。

9 **口占**　ここでは、話し手の心中がうかがえるような言葉や話し方。

煩悶　思いわずらって、悶え苦しむこと。藤村操の遺書「巌頭之感」(2「華厳の瀑」注参照)に「煩悶」の語があり、その自殺に前後して「煩悶」が明治三十年代の青年たちの流行語となった。

反覆　心変わりの結果、相手を裏切ること。『詩経』「小雅」に「此の反覆を畏《おそ》る」とある。

妖氛　妖気、禍々《まがまが》しい気配。

10 **理致**　道理にかなった趣旨。道理。『晋書』「王祥伝」に「理致清遠」とある。

鉱塊《あらがね》　粗金、粗鉱。自然のままの精錬されていない鉱物。元来「鉱」一字の訓が「あらがね」であり(一八六頁一四行)、それに「塊」を添えた造語。

11 **板橋街道**　板橋は江戸へ出入りする旧中山道の第一番の宿駅で、近世では江戸四宿のひとつとしてにぎわったが、明治十六年、上野—熊谷《くまがや》間に鉄道(のちの東北本線・高崎線)が開通すると、著しくさびれた。その板橋から大宮付近までを板橋街道とも言った。

我多馬車　「我多」は当て字。一頭立てまたは二頭立てで、鉄輪《かなわ》の粗末な乗合馬車のこと。ががたと大きな音を立てて揺れる。円太郎馬車とも言う。鉄道馬車、ついで電車の登場で次第に衰退し、明治四十年頃には東京市内からはほとんど姿を消した。

牛込の神楽坂　東京市牛込区の牛込見附から矢来《やらい》町へのぼる坂の付近(現、東京都新宿区北東部)。近くに若宮八幡、市谷《いちがや》八幡、筑土《つくど》八幡があり、神楽を奏したところから名付けられたという。明治中期から商店街・盛り場として栄えた。

所の名　「断片」には「其男ト前橋カラ汽車へ乗ル」とある。したがって群馬県前橋市のことと推測される。

12 **形態ばかりじゃない組織まで**　外側にあらわれる言動ばかりでなく、その内部を支える心の仕組みまで。

五色の糸　青、黄、赤、白、黒の五種類の色糸。古代中国の五行説をはじめ、仏教においても、密教などで五色に意味が付与されていた。七夕に女性が願いをこめて五色の糸を飾る風習もあった。

13 **続きもの**　一回だけで完結せずに連続して発表される読物。ここでは新聞連載の小説のこと。92「新聞小説」注参照。

停車場《ステーション》 前橋駅と推定される。足尾へ行くにはここから両毛線で宇都宮駅に向かい、日光線に乗り換えて日光、そこから細尾峠を越えるコースをたどる。両毛線は、明治二十三年一月、両毛鉄道会社によって開通、のち日本鉄道会社の保有となった。明治三十九年、鉄道国有法により国家に買収された。

14 **ポン引き** 世間知らずの若者や田舎者を甘い言葉でだまして、金品などをまきあげる者のこと。ここでは人夫などに売り飛ばすことをいう。

三等待合所 汽車の三等客用の待合所。乗車券には一等・二等・三等があり、三等がもっとも安く、現在の普通乗車券にあたる。待合所は一・二等客用と三等客用があった。

袖摩り合うも何とかの因念 普通は「袖振り合うも他生の縁」。見知らぬ人とのちょっとした出来事も前世からの深い宿縁によるものだという意味の成句。「因念」はふつう「因縁」。

15 **中折帽** ソフト。真ん中を縦に折ってくぼませた、つばのある帽子。

三が二程 三分の二ほど。

16 **赤い切符** 三等乗車券。汽車の乗車券は一等が白、二等が青、三等が赤と色分けされていた。

17 **腐爛目** 普通は「爛目」。眼のふちが赤く腫れてただれた病気。瞼の縁やまつげの根元に細菌が繁殖しておきる。

心緒 心の動き、すじみち。

転瞬の客気に駆られて… 「転瞬」はまばたきするほどの短い瞬間。「客気」は血気さかんな一時の元気のこと。

18 **ある人が、溺れかかったその刹那に、…**　イギリスの批評家・作家ド・クインシーの『阿片常用者の告白』に次の一節がある。「嘗《かつ》て私の近親者の一人が話してくれたところに依ると、彼女は子供の時、河に落ち、際どい時に助けられ、危うく命を取り止めたのであったが、その瞬間、自分の全生涯が極く些細な出来事に至るまで、まるで鏡に映るが如く、同時に目の前に並ぶのを見たという。彼女は咄嗟に自分の人生の全体と各部分を把握する能力を、身に付けたのだった」（野島秀勝訳、岩波文庫）。

19 **大きな宿**　栃木県宇都宮市と推定される。「断片」に前橋から汽車に乗ったのち、「宇都宮（暮方）」とある。奥州街道と日光街道の分岐点にあたる宿場として栄えた。

胎心　腹の中心。「胎」はここでは、体の中枢、心の奥底を指す「腹心」と同義。

かなつぼ眼　落ち窪んだ丸い眼。

20 **大道砥《し》の如し**　道が平らでまっすぐなこと、平坦で凹凸のないたとえ。『詩経』「小雅・大東篇」に「周道は砥《し》の如し、其の直きこと矢の如し」とある。

腰障子　障子の下の部分が板張り、あるいはふすまになっているもの。

里　長さの単位。一里は三十六町で約三・九キロメートル。

外界《げかい》　普通は「がいかい」と読み、外部の客観的世界を指す。「げかい」ならば「下界」（仏教語）と表記し、天上界に対するこの人間界、娑婆世界を意味する。宙を浮遊しているような「魂」が対するために、ふたつの意味をかけあわせたか。

御光　後光のこと。

21**千住の大橋**　荒川をはさんで、現在の荒川区南千住と足立区北千住を結ぶ橋。千住は江戸から出て日光街道・奥州街道の最初の宿場であり、江戸への出入り口のひとつだった。ただし千住から出発したのだとすれば、宇都宮方面には向かうが、前橋には出ない。

旅屋《はたごや》　普通は「旅籠屋」と書く。宿屋、旅館。

やたいち　「弥太一」と書く。「弥太」は豆腐を意味する。豆腐は白い壁に似ているところから、女房詞で「御壁《おかべ》」とも呼ばれた。そのオカベに、鎌倉時代の武将で埼玉県の岡部の地名の由来ともなる岡部六弥太の名前をかけて略したもの。「一」は酒一合のこと。豆腐一皿に酒一合を飲んだりする安直な煮売酒屋を指す。

22**赤毛布**《あかゲット》　「ケット」はブランケットの略。地方の人が都会に旅行するときに多く赤毛布を外套のように羽織ることから、「田舎者」の代名詞となった。

単衣《ひとえもの》　普通は「単物」「単衣物」と書く。裏地のついていない着物。夏前後に着る。

24**心は三世にわたって不可得なり**　「不可得」は仏教語で、諸法の空にして得られるべき実体のないこと、つまり、いくら求めても認知することはできないことを指す。『金剛経』に「須菩《しゅぼ》提《だい》よ、過去の心にも不可得なり、現在の心にも不可得なり、未来の心にも不可得なればなり」とある。

念　心の中で思うこと、考えること。仏教語として本来の意味は記憶して忘れないこと。

25**刻下感**　刻下を刻下として感ずること。「刻下」はただいま、目下、の意。

穢多　ほぼ中世から近世にかけての時期に特定の階層の人々を指して差別した呼称。とりわけ江戸時代には士農工商の身分制を補完するために、身分外の身分として「穢多」「非人」などが制度化され、卑賤視された。身分制が否定された明治以後も、長く差別が残り、むしろ一面では強化されて今日に到っている。ここで漱石は当時の差別意識に則ってこの呼称を比喩に用いている。

最初に三本、あとから一本、〆て五本　原稿が確認できないため、判断できないが、初出以来、この数字になっている。

26 **谷川**　地理的な記述に虚構がほどこされているため、判断しにくいが、宇都宮の「宿外れ」であれば姿川と思われる。しかし、「大変烈しい」という川の描写からすれば、日光の大谷《だいや》川の方が近い。大谷川は、日光・今市を流れる利根川水系のひとつで、中禅寺湖から鬼怒《きぬ》川に注ぐ。約二十五キロメートルのあいだに一千メートルの落差があり、水量も日光連山の雪解け水を集めて豊富だった。この川を利用して古河鉱業の水力発電所、精銅所などが作られた。

月賦　本来は割賦販売の一種であるが、ここでは「瀑」の流れる勢いを分割して引き延ばしたような急流であることの比喩として用いられている。

冷飯草履　藁を編んで作った粗末な草履のこと。緒も藁で、紙なども巻いていない。

27 **青山の墓地**　当時の東京市赤坂区青山南三丁目（現、東京都港区南青山）にある市営（都営）霊園。明治五年、公営墓地第一号として開設。初めは青山墓地といい、昭和十年から青山霊園と呼ぶようになった。面積約二十七万平方メートル。

山から小僧が飛んで来た　わらべうたの一節。もとの歌詞は、岡本昆石『あづま流行時代子供うた』（明治二十七年）によれば、「寒い時に云ふ」として「大寒小さむ。山から小僧が飛で来た。何とツて飛できた。寒いとツて飛で来た」とある。他に大田才次郎編『日本全国児童遊戯法』上巻

(明治三十四年)には、「大寒小寒、山から小僧が泣いて来た、なんといって泣いて来た、寒いとて泣いて来た」という歌詞も伝えられている。

28 **あぶり出しの駆落** 新聞に取り上げられた駆落ち事件は記事という間接性を免れないため、あぶり出しのような茫漠たる印象にしかならないこと。

電話 グラハム・ベルが発明した電話機が日本に渡来したのは、明治十年。最初に利用した工部省(逓信省)の役人は「まるで幽霊の声を聞くようだ」(『逓信事業史』昭和十五年)と告げた。明治二十三年には東京と横浜で電話交換業務が開始され、次第に各都市に普及した。明治三十三年には早くも街頭公衆電話ができている。

29 **待ち草臥の骨折損** 「骨折損の草臥儲」という成句のもじり。苦労したのに何の成果もなくただ疲労したこと。

大川端で眼の下三尺の鯉を釣る 「大川端」は隅田川の下流、とりわけ大川橋(吾妻橋)から河口付近の一帯。「眼の下」は一般に魚の眼から尾までの長さを指し、魚の大きさをはかる基準。大川端で「眼の下三尺」の巨大な鯉を釣ることがありえないように、不可能なこと。

30 **活版に印刷した心** 平板かつ類型的にのみとらえられて変わりようのない心。

33 **草鞋を売る所** 「断片」に「雨ノ日　夜日光へ着ク。ダイヤガハヲ溯ル。草鞋店へ這入る。其男主人ト話ス。此カラ峠ヘカヽルノハ難義ダカラトテ寐ル。夜着モナシ。殆ンド野宿」とある。「断片」に従えば日光から細尾峠を越えて足尾に入ろうとしたのである。けわしい山道で、約十五キロメートルほどある。

夜っぴて　夜《よ》一夜《ひとよ》が転訛して「よっぴとえ」となり「よっぴてえ」からさらに「よっぴて」になったという。夜もすがら。一晩中。

地震がゆって　「ゆって」は「揺って」。地震が起きて。

34 **窮して濫して**　行き詰まって、正しい道から外れて。徳の修まらない人間は困窮すると、たちまち正道から外れてしまう。『論語』「衛霊公篇」に「子曰く、君子固《もと》より窮す、小人窮すれば斯《すなわ》ち濫す」とある。

達して道を行って　大道に到達して、正しい道を踏んで。『論語』「季氏篇」に「義を行いて以て其の道を達す」、『孟子』「尽心章句上」に「達しても道を離れず」とある。

何となく落語じみて　ここでの語りについては、たとえば、胴と足がバラバラに行動する「胴切り」や「首提灯」などの落語が連想される。ともに江戸の小咄《こばなし》が原話で、同工異曲の噺も多く高座にかけられたという。五行前の「自滅の前座」に呼応している。

39 **丹砂**　「辰砂」とも言う。硫化水銀の鉱石。深紅色をしており、赤色の絵具、顔料の主要材料となる。「断片」に「翌日足尾着。草木モアルガ段々赤クナル」とある。

銅山　栃木県日光市足尾町にある足尾銅山がモデルとして考えられる(下図)。足尾は別子《べっし》、日立と並ぶ日本屈指の銅山。十七

『足尾銅山図会』より

世紀初頭には採掘が始まり、江戸時代には幕府直轄で精錬が行われた。維新後は民間経営に変わり、明治十年、古河市兵衛の所有となり、古河鉱業会社による本格的な鉱山事業が始まった。鉱脈の発見にともない、坑区がわかれ、本山《ほんざん》坑・通洞《つうどう》坑・小滝《こだき》坑の三地域からなる。明治十八年には生産量四一三一トンを数え、全国産銅量の四十パーセント近くに達した。

新しい町　おそらく足尾町の北東部にあたる本山地区と推定される。そこにあった「新しい郵便局」については、「暴動事件と足尾郵便局」(『万《よろず》朝報』明治四十年二月十五、六日)に「足尾町の郵便局は三等局なれど電信電話の設備もあり通信機関としては先づ完備したるものなり」とある。

橋　「断片」に「〇午後一時飯場へ着ク。(足尾橋ノ左ガ「シキ」ニナル。段々右ノ方ガ役人ノ住居。「シキ」カラ出ル「レイル」ニ就テ行クト工夫の長屋が沢山アル。三、六畳。長屋カラ右ヲ見テ左ニ銀山平ヲ見テ上ル。石崖ノ上ニ大キナ長家。顔色のイヤナ男ガ顔ヲ出シテ居ル」とある。

40 **シキ**　鉱山用語で、鉱山の坑内、あるいは採鉱区を指す。「山に口附て、穴を掘を、鋪《シキ》とも間歩《マブ》とも云ふ」(黒沢元重『鉱山至宝録』元禄四年)。

鉄軌《レール》　坑内の主要な坑道と選鉱所・精錬所を結んで、鉱石や資材を運ぶ電車の軌道。

飯場　坑夫のための共同の炊事場のことだが、転じて飯場頭が経営する独身の坑夫たちの共同住宅を指す。飯場頭あるいは頭役が坑夫の仕事内容から賃金、生活までを管理する飯場制度は、日本の後発的な産業資本の発展過程のなかで生み出され、労働力の確保と維持において効率的に機能した。

剣突を食った　語気強く叱られた。つっけんどんに言われた。江戸言葉。

ジャンボー じゃらんぽん（ぢゃらんぽん）。法会や葬儀で鳴らして用いる鐃鈸《にょうばち》の俗称で、転じて葬式を指す。じゃらんぼろん、じゃんぼう、じゃんぼんとも言う。

41

一夜半日の画 ひと晩だけあるいは一日の半分だけを切り取った、筋に起承転結のない絵のような断章をたとえたもの。

中学校 明治十九年、帝国大学を頂点とする中学校、小学校の教育体系が整備された。このとき中学校は各府県一校の尋常中学校と全国五校のみの高等中学校に分けられた。次第に尋常中学校の設置規制は緩和されて、校数を増す一方、明治二十七年には高等中学校が高等学校に改称、帝国大学予科として規定された。さらに明治三十二年の中学校令改正により尋常中学校は中学校と改称され、男子の高等普通教育機関として実科教育の廃止、修業年限五年と定められた。全国の中学生総数は明治三十一年に六万一千人、明治三十七年には十万人を越えた。

飯場頭 土木や建築工事の請負業者。飯場を経営した。一二六頁の「飯場掛」も同じ。鉱業主と契約を結んで、労働者の雇用・解雇、作業の請負・監督、賃金の分配、日常の管理などを行った。飯場頭は、作業箇所の割り当てによって賃金を実質的に決定できるほか、雇い入れ時の前貸金、賄料、布団代などの貸付代などを通して、労働者を実質的に支配した。資本家と労働者のあいだの中間搾取者であるとともに、労働者に対して親分―子分的な関係を取り結ぶことが多かった。しかし、足尾銅山などでは採掘技術も近代化し始めた明治三十三年頃から、請負制度が廃止に向かい、飯場頭の搾取者としての側面が強くなったという。

土釜 土竈。一二六頁八行に「土釜の炭俵の如く」とあるようにここでは土竈炭の略。土で造った竈で焼いた炭のことで、火つきがよい。駱駝《らくだ》炭とも言う。

42 **手前勘**　手前勝手に物事を判断すること。

43 **面摺**　剣道で顔面や頭部につける防具の面頰《めんぼお》によって擦れてできた痕。ここでは髪が抜けて額がひろくなっている様子。

口過　生活を立てること。生計。

下さらない　ありがたくない、いただけない。

板行　ここでは印判。印形。七一頁には「版行」とある。

44 **厘**　貨幣の単位。明治以降では銭の十分の一。円の千分の一。

慢性の自滅　じわじわと成り行きのなかで自滅していくこと。当初は自殺を考えながらも、とりあえずはそれを最後の手段として、まず世間から「逃亡」し、「死に近い状態」で生きつづけるという「自分」の願望。

白銅一箇　銅とニッケルの合金で造った白銅貨。五銭。明治二十一年より鋳造された。

草鞋銭　草鞋を買うための金銭。その程度の旅費のこと。また旅立ちに贈るわずかな金銭のことも言う。

合力《ごうりき》　「こうりょく」「ごうりょく」とも読む。金銭または物品を与え、援助すること。

木賃宿　粗末な安宿。もともとは近世における、食料持参で煮たきの代金だけを受け取る旅宿のこと。

46 **坑夫になるまでには…**　開坑・採鉱作業にあたる当時の坑夫たちは、技能習得と相互救済のために、友子《ともこ》同盟という江戸時代以来の職人ギルドを維持していた。友子とは一人前の坑夫のことで、この友子として認知されるには、三年三ヵ月十日に及ぶ見習い期間をへて、さらに坑夫として三年三ヵ月修業しなければならなかった。その第一段階の坑夫になるまでの見習いのことを指している。

掘子　坑内運搬夫。手子《てこ》・穿子《ほりこ》ともいい、切羽《きりは》から坑道まで鉱石を担いで運搬するなどの仕事にあたった。「穿子は坑夫一人に五六人宛《ずつ》附添ひて鉱石搬送の任に当り……」（「坑夫の労働状態」『東京朝日新聞』明治四十年二月十八日）。

シチュウ　支柱夫。坑道の保守作業にあたった。「支柱夫は坑道の岩石土砂崩落せんとする箇所に木材を横へ留木を施すの役に服するものなる」（「坑夫の労働状態」前掲）。

山市　「断片」に「ヤマイチ（坑夫候補生）」として、「長屋持ノ小供ハ十二三カラ「ヤマイチ」ニナル慾バカリデアル」とある。

日に一円にも二円にも当る事もある　明治十七年段階で坑夫の平均日給は労働時間六時間で五十銭、掘子は二十銭だった（大原順之助「足尾銅山現況」、『日本労働運動史料』第一巻所収）。

五分　飯場頭が坑夫からとったピンハネの割合。百分の五。

47 **ちょっきり結**　手軽にこま結びにすること。

席亭　演芸の常設小屋。寄席。

吶喊　大声で叫ぶこと。ときの声をあげること。

48 **出方**　寄席や劇場で客を席に案内したり、用を弁じたりする男衆。飯場の広間を「広い寄席」にたとえたことによる。

鳴海絞　尾張国(現、愛知県名古屋市)鳴海の西にある有松村でつくられる絞り染めのこと。木綿の藍染めで、浴衣地などに用いる。有松絞りともいう。

やに　「いやに」の略語。江戸言葉。へんに。妙に。このあとの坑夫たちの会話はほとんど江戸言葉で展開されるが、二村一夫の調査によれば、足尾銅山の坑夫の出身地は北陸四県、栃木・群馬の地元二県、ついで茨城・東京の順であり、東京府出身の占める比率は平均五パーセント前後であった。

倶利伽羅流　ごろつき風。不動明王の化身である倶利加羅竜王の図案を入れ墨にして背中に彫っている勇み肌の人物のような乱暴なやりかた。

兄《あにい》に類似した言語　「兄《あにい》」は勇み肌の若者の意。小峰大羽編『東京語辞典』(大正六年)には「仲間の者が他を推重して呼ぶ下層社会の語。転じて幅利《はばきき》の者を指して言ふ語」とある。談話『漱石一夕話』(明治四十年二月)で漱石は、談話筆記記事への不平として、自分の談話(『僕の昔』を指していると思われる)の調子が「いなせなお兄イさんになつてゐた」と述べている。

49 **三尺帯**　長さが三尺ほどの男もののしごき帯。職人・馬子・船頭・無頼漢などがしめた。背で結ばず、左右いずれかの前で結んだ。もとは三尺手拭を半纏の上から帯がわりにしめたことから言う。二六二頁には単に「三尺」と略して表記されている。

赤んべん　「赤んべえ」の訛った語。子供などが、指で下まぶたを引きのばし、赤い目裏を見せて威したりからかったりすること。ここではそれと見まがうような眼のこと。

願人坊主　僧形をした江戸時代の物乞いのこと。僧籍に入ろうと願っている乞食僧《こつじき》からくるという説と、代理の願かけや水垢離《みずごり》をする乞食からくるという説とがある。歌舞伎の所作事にも『願人坊主』（文化八年）がある。ここでは願人坊主を思わせる風体の坑夫。

50 **歯《よわい》されない**　「歯する」は立ち並ぶ、伍すること。『春秋左氏伝』「隠公十一年」に「敢て諸任を歯せず」とある。

51 **釈迦の空説法**　釈迦の説法のように内容は真理をふくんでいるが、現実性がないこと。

陳説　古臭い意見。陳腐な説。

御祭日　皇室の祭典のある祝日。当時では次のとおり。四方拝（一月一日）、元始祭（一月三日）、孝明天皇祭（一月三十日）、紀元節（二月十一日）、春季皇霊祭（春分の日）、神武天皇祭（四月三日）、秋季皇霊祭（秋分の日）、神嘗祭《かんなめ》（十月十七日）、天長節（十一月三日）、新嘗祭《にいなめ》（十一月二十三日）。

銀米　日本国内産の白米のこと。白銀のような輝きがあることから「銀舎利」とも言い、価値あるものとされた。

南京米《ナンキンめえ》　幕末期から明治以後にかけて中国や東南アジアから輸入した米の俗称。「壁土」のようとあるように、当時の輸入米は日本人の味覚にあわなかった。そのためこの俗称は長く侮蔑的に用いられた。「めえ」は「まい」の江戸訛り。

52 **熊の胆**　胆汁をふくんだ熊の胆嚢《たんのう》をほした漢方の胃腸薬。苦味がつよい。

木唄《きやり》　木遣唄の略。重い材木などを共同で運搬する作業のときに音頭をとる唄。祭礼の山車《だし》をひくときにも歌う。

金盥を圧しつぶして…　鐃鈸《にょうばち》のこと。シンバルに似た打楽器の一種で、突起した中央の穴に紐をつけた二枚の銅板を、左右の手にもって打ち鳴らす。寺院の葬儀・法会で用いる。奈良時代に仏教とともに中国から伝わった。

53 **金州**　なぜこの病気の坑夫が「金州」あるいは「金公」「金しゅう」と呼ばれるのかは不明。ただし「金州」を地名と解釈するならば、中国東北部の遼東半島南部の金州湾にのぞむ同名の都市がある(現、遼東省金県市)。日清戦争時に日本軍は花園口から上陸して、金州を通過して旅順攻略に向かった。『日本』新聞の従軍記者となった正岡子規もその地に寄留している。日露戦争のときにも金州・南山付近の戦闘が知られている。また明治三十七年四月、陸軍運送船金州丸が朝鮮新浦沖でロシア艦に撃沈され、搭乗していた陸軍の下士卒全員、船と運命をともにしたという事件も、当時は知られていた。

早桶　粗末で簡略な棺桶のこと。本式の棺桶を用意できないときに間に合わせる。

白金巾　「金巾」は canequim(ポルトガル語)で、綿布の一種。綿を糸として堅くよりあわせて織ったもの。織りがきわめて薄く目が細かい。

一駄の水　馬一頭に背負わせるぐらいの分量の水。ここは、馬に水桶を背負わせるのと同じように、の意。

54 **黒市組**　飯場はそれぞれ組を名乗っていた。本山坑では、い組、ろ組、は組といろは順を用いていたが、さらに飯場頭の姓や出身地などさまざまな組名があった。「断片」では、主人公が最初に寄った飯場は「笹又組」とある。

カンテラ　灯火具の一種。語源はラテン語の candela、あるいはオランダ語の kandelaar。古くは金属製か陶製、明治以後では銅製かブリキ製の容器に石油を入れ、綿糸を芯に火をともす携帯用の照明具。一八二頁に形態の記述がある。

毘沙門様　毘沙門天のこと。須弥山《しゅみせん》の第四層にいて、四天王の随一として、夜叉《やしゃ》・羅刹《らせつ》などの鬼神を率いて北方を守護する天神。わが国では七福神の一。

55 両　「両」は江戸時代の貨幣の単位。明治四年五月に政府は新貨条令によって従来の金一両を一円に切り替え、円・銭・厘の貨幣単位に改めたが、以後も一般庶民の一部には両・貫・文の単位を使う習慣が残った。

電気灯　電灯のこと。明治三十八年、足尾町の古河鉱業の社宅にも電灯がついた。

56 筒服《つつっぽう》　筒袖の着物の俗称。袂がなく筒状の袖の着物。

広袖　袖口の下方を縫い合わせずにおく衣服。ねんねこ・どてらの類。

めりやす　靴下の意味をあらわすスペイン語 medias がなまった言葉。綿糸あるいは絹糸で伸縮自在なように編んだ布地。機械編みにより、明治以後普及した。二五九頁に「米利安」とある。普通は「莫大小」と宛てる。ここは、メリヤスの肌着のこと。

57 被布　襟肩に丸みのある小襟をつけて左右の前身頃に竪襟《たてえり》をつけた上衣。着物の上に着て、上前と下前の竪襟を合わせて、紐で留める。公家、僧侶や隠者が着たが、のちに婦人・小児も用いた。

廂髪　前髪と鬢《びん》とを突き出して結う束髪の一種。明治三十七年頃、女優川上貞奴《かわかみさだやっこ》が西洋風を模して始め、女学生はじめ都市部の若い女性の間に流行した。

58 **南京虫**　有吻《ゆうふん》類に属する昆虫。明治維新前後、外国の船舶・貨物について渡来し、繁殖した。昼間は隠れているが、夜になると人間や家畜の血を吸う。吸われるときにかすかな痛みがあり、のち皮膚の表面が赤く腫れて数日間かゆい。

60 **生息子**　うぶな息子。「生娘」の類語。

小倉　小倉織りのこと。北九州の小倉地方でつくられる木綿の織物で、経糸を細かく密に、緯糸を数本合わせて厚く織っている。たいへん丈夫で、男ものの帯や袴、学生服などに用いられた。

御仕着　『足尾銅山図会《ずえ》』(『風俗画報』臨時増刊二三四号、明治三十四年七月)によれば、坑夫の格好は次のように記されている。「坑内衣とて裁ちたる縹《はなだ》色の筒袖、尻切半纏《しりきりばんてん》(銅山筒ポウと称し、役員の外は事務所の給仕まで之を着し居れり。)に細帯(兵子帯もあり)を纏ひ、ヱボ(イボか)とかいひて、藁芯《わらしん》を疣結《いぼゆい》に編みたる尻当をかひ、股引を着し、草鞋を穿ち、古びたる鳥打帽子の類を戴き、各自左手に、針金にて吊りたるカンテラを携帯せり」。一三八頁挿絵(『大阪朝日新聞』第四十六回)も参照。

内閣の小使　下級の官吏。紺の詰襟の制服を着ていた。

61 **三斗俵坊《さんだらぼ》っち**　普通は「桟俵法師」と書く。米をつめる俵の両端にあてる、藁で編んだ円形のふた。「さんだわら」「さんだらぼうし」と言う。

アテシコ　尻あて。腰掛けて休息するために尻のあたりに下げている一種の藁ぶとん。「断片」に「アテシコ　中デ腰ヲツク時ノ用意」とある。

斤　「斤」は重さの単位。一斤が百六十匁、約六百グラムにあたる。したがって五斤はおよそ三キログラム。
饅頭笠　饅頭の上半分を切ったようなかたちの上が浅く丸いかぶり笠。籐《とう》や菅《すげ》、竹などでつくる。
筍笠　竹の皮をさいて編んだかぶり笠。竹の皮笠とも言う。
カップ、　cup. 取っ手のついた茶碗。ここではその取っ手のこと。
勝栗　栗の実を干したのち、臼でつき、殻と渋皮をとったもの。ここでは「初さん」の無骨な親指の先をなぞらえた。
62**脂っこい**　「脂こい」に同じ。かよわい。こわれやすい。
豪義　普通は「豪気」「強気」と書く。威勢のいいさま。豪放なさま。
こなさられる　けなされる、くさされる。「こなす」は言いつぶす、けなす、おろす。
中っ腹　心中腹を立ててむかむかすること。怒りを発散できずに中途半端なさま。向かっ腹。
すのこ　坑夫用語。もとは「簀子縁」のことで、角材(簀子)を並べて作った建物外側の濡れ縁。ここでは坑内で掘り出した鉱石を投げ込む穴に張り出した板縁から転じて、その穴自体を指す。二〇九頁には「スノコ」とある。
63**見張所**　銅山内には会社の現場員のつめる見張所が何カ所かあり、本文中にあるように「坑夫の出入だの労働の時間だの」を管理した。
野風雑　横柄でずうずうしいさま。ぬっとしてえらそうな顔をしていること、横風《おうふう》。野放図の訛ったことば。
64**へな土**　黒くて粘った水底の泥土。粘土。単に「へな」とも言う。

65 **種油**　菜種油。菜種から採取される半乾性油。灯火用、食用に使用された。

東京の車夫を思い出して　当時、人力車の車夫が下り坂にさしかかったときに、客に下りであることを知らせて、体が前のめりにならないよう注意を与えた。「おい、下りるよ」という言葉が東京の記憶を引き出したのだろう。

愛宕様　愛宕神社のこと。現在の東京都港区芝公園の隣の愛宕山という小高い丘の頂にある。慶長八(一六〇三)年、徳川幕府により建立された。祭神は火産霊神《ほむすびのかみ》、日本武尊《やまとたけるのみこと》。神社へ登る八十六段の男坂の石段が有名。

66 **傘の化物**　『百鬼夜行図』や怪談などで登場する空想上の化物。一つ目と口のある番傘で、柄のところが一本足になっている。

天巧を奪う　神のしくんだような自然のたくみを自らのものとすること。宋の朱子『隠士画壁記』に「天巧を奪ひて鬼胆を破る」とある。

67 **作事場**　一般に建築や土木などの作業を行う場所。作業場と同じ。ここでは採掘場。下図は「来客坑内衣を着して採鉱を観るの図」(『足尾銅山図会』〈60「御仕着」注参照〉より)。

書蠹《のむし》　紙魚《しみ》の異名。蠹魚、衣魚などとも書く。書物や布地を食う害虫。普通は「蠹」一字で「のむし」と読む。「蠹書《としょ》」は虫の食い散らした本。

四つや丸太　樹皮を剥いで鮫皮で磨いた足場用の杉丸太のこと。武蔵国(現、東京都・埼玉県)の多摩川と荒川のあいだの台地から多量に産出され、四谷に集荷されたのでこの名がある。「四ツ谷丸太」とも書く。

68 **玉**　女、とりわけ芸者・娼婦を指す隠語。一一九頁に「御白粉をつけた新しい女までいる」とあったように、坑夫の収入を目当てに多くの女郎屋があった。

69 **達磨**　本来は中国の禅宗の祖師・達磨大師の坐禅した姿に似せた張子のこと。底を重くして倒れてもすぐ起き直るようにつくられている。商売繁盛・開運出世の縁起物として飾られる。転じてすぐころぶことから売春婦を指す隠語になった。ここでは後者の意味に、「神様」としての本来の意味をかけた。

70 **胎内潜り**　山岳や霊場などで、宗教的な意味のこめられた狭い洞窟や岩の割れ目を通り抜けること。またその洞窟や割れ目自体を指す。行者や修験者たちは霊場全体を他界としてとらえ、そこを巡歴することで死と再生の儀礼を行った。

71 **箕**　農具の一。脱穀や選別などの他に、運搬具として用いる。薄いへぎ板や割り竹を編んで作る。

73 **咄痴て**　うろたえて。あわてて。「とっちて」は「とちって」の訛り。「咄痴」は当て字。

74 **下谷**　東京市下谷区(現、東京都台東区)の一部。上野の東南部を指し、上野に対して下谷と呼ばれたという。低地であるうえに、下水を兼ねた細流が走り、浸水による災害が多かった。明治三十九年にも一月、七月と二度、豪雨による出水が浅草、本所、下谷を襲った。

五位鷺　コウノトリ目サギ科の鳥。体長約六十センチメートル。「五位鷺」の名は、醍醐《だいご》天皇の命によりこの鷺を捕らえようとしたところ、素直に従ったので、天皇から五位の位を賜ったという故事による。立ち姿が凜々しく、謡曲や絵画のモチーフともなった。

75 **一昼夜に三回の交替**　坑夫たちの労働時間が三交替制の八時間となったのは、明治三十年代前半のことと推測される。それ以前は六時間の四交替制だった。

76 **鶍《いすか》の嘴《はし》**　物事がくい違って期待するようにならないこと。「いすか」は、スズメ目アトリ科の鳥で、体長約十八センチメートル。上下のくちばしが湾曲してくい違って交差していることから、この成句がある。

蜀の桟道　中国の秦(現、陝西省)から蜀(現、四川省)に行くたいへん険阻で名だたる道。絶壁に木を組み合わせてつくった道がつづいていた。「蜀道」とも言う。人生の困難さのたとえにも用いられる。李白の楽府《がふ》『蜀道は難し』に「蜀道の難きは青天に上るよりも難し」とある。

疝気　大小腸、腰、腹のあたりの病の総称。殊に下腹部に発作的に劇痛を来たして反復する状態。ここでは、下腹部の痛みのために前屈みで腰のひけた体勢になることをたとえた。

77 **相び合って**　あゆみ合って。ヘボン『和英語林集成』(一八八六年)に「AIBIAI, AU 歩合(ayumi-au)」とある。「あいび」は「あゆび」の転。

稠和《ちゅうわ》　普通「ちょうわ」と読み「調和」に同じ。「稠」は音、義とも「調」に通じる。漱石はしばしば「稠和」と書く。

片輪　車の片方の輪のことで、本来両輪あるべきものがその均衡を失った状態を表現したもの。近い言葉に「片端」がある。これは、不完全なこと、また肉体的、あるいは精神的・知能的な障碍があること、またそうした人を指す蔑称。後者の意味では一般的に差別用語の一つとされる。「不具《かたわ》」(一〇三頁三行)も同じ。

現参　出くわすこと。「見参」に通ずる。「見参」は異なる身分のもの同士が対面すること。

競り卸して　値を下げて。せりの用語で「競り上げる」という言葉があるが、それにちなんだ語。また劇場で舞台や花道の役者や大道具を奈落に下げることを「迫下」(せりおろし・せりさげ)と言う。「突然として暗中から躍り出した」という後の文脈から、この舞台用語がかけ合わされている可能性もある。

78 **〆高**　総計した高、合計高。ここでは上りにおける「余分の税」である体の重みを加えた総重量。

79 **から**　助詞の「から」から接続詞に転用された語。だから。そこで。

大切　大喜利とも書く。歌舞伎などの芝居で、その日の興行の最後の一幕のこと。切狂言。転じて物事の最後を指す場合にも用いる。ここでは死を目前にした人生の最後の場面をたとえている。

三途　三途の川のこと。仏教で、死んだ人間が冥土に行く途中で渡らなければならない川。

承当《しょうとう》　普通「じょうとう」と読む。禅語。会得、領得すること。『碧巌録《へきがんろく》』第一則「本則」に「武帝は達磨の公案を承当《うけとめ》得たり」とある。

80 **九寸五分**　鍔のない短刀のこと。九寸五分は三十センチメートル程の刃の長さ。「合口《あいくち》」「匕首《あいくち》」「懐刀《ふところがたな》」とも言う。

死んで銅像になりたがる　記念銅像の建設はむろん西洋化の影響である。東京市内では、明治二十一年に靖国神社前の大村益次郎像が建ったのを嚆矢として、上野の西郷隆盛像、皇居前の楠正成像などがあいついで建てられた。日露戦争後は銅像建設のピークで、万世橋広場の広瀬武夫・杉野孫七像など数多くの銅像が建てられた。

がんがらがん　空っぽであることの形容。ここは何もなくて支えにならないさま。同時に梯子を外して真っ逆さまに落下したときのさまが想定されているような言い回し。

81 **土竜《もぐらもち》**　もぐら。「むぐらもち」とも言う。鉱山で穴を掘る仕事をたとえた。

明盲目　目が見えていながら、物事の把握や理解に乏しい人を卑しめていう言葉。このときに心中で言った言葉は「自分」に似ず、坑夫たちの言葉とまったく同質になっている。

人つけ　「人をつけにする」の略。人をばかにするという意味の江戸語。

土蜘蛛　蜘蛛の一種。地蜘蛛とも言う。樹の根元や垣根、石垣の地面に接するあたりに細長い袋状の巣をつくる。巣の半分は地中にあり、昆虫を引き込んで食べる。転じて古代、大和朝成立期に朝廷の支配に服さず反抗をくりかえした先住民を蔑視した呼称。穴居生活を送り、悪逆と規定されたのが名の由来である。『古事記』『日本書紀』に登場し、以後も源頼光の説話とからめて能楽『土蜘蛛』、歌舞伎所作事などの題材となった。

82 **近寄るがものはない**　近寄る必要はない。近寄るまでもない。二六五頁には「相談するがものはない」とある。

蒼ん蔵　「青蔵」「青ん蔵」とも書く。青白く顔色のわるい者を卑しめていう言葉。青びょうたん。

明海《あかるみ》　明るいところ、「明るみ」。「海」は当て字。

83 **羅宇《らう》**　煙管《きせる》の火皿と吸い口のあいだの管。ラオス産の斑竹でつくるため、この名がある。「らお」

とも読む。

雁首　煙管のたばこをつめる部分。

84 **七年目**　公訴の期限が切れる、つまり時効(期満免除)が成立する最後の年。当時の刑法第五十八条には「刑ノ執行ヲ遁レタル者法律ニ定メタル期限ヲ経過スルニ因テ期満免除ヲ得」とあり、第五十九条の規定によれば七年目で時効となるのは「禁錮罰金」に相当する罪である。

87 **失敬**　「失敬」という言葉がよく使われたのは、中産階級の育成を目指した中学校・高等学校などの教育環境においてである。「安さん」の出身や教養をよく示している。

88 **一六勝負**　賭事の一種。さいころの目が「一」が出るか「六」が出るかを賭けて勝負する。

耶蘇教流の嘘　キリスト教を信ずる者が寛大な心をもって人を赦す、などと言うことに、主人公が偽善を感じていることの表明。明治四十三年の談話『対話』に次の一節がある。「私は何が嫌ひだつて耶蘇坊主が偽善の面を被るのほど嫌ひなものは無い。クリストの教はハンブル〔謙虚〕で有らねばならぬと説きながら、其《その》自分がハンブルどころか、まるで反対なんだから驚ろく」。

90 **槐**　マメ科の落葉高木。高さ十―二十メートルになる。北海道から九州まで幅広く街路樹や庭木として植えられた。

唐桟　紺色の地に蘇《す》芳《おう》染めの赤糸か、浅黄糸の入った縦縞の綿織物。当初オランダ人によって南方諸国から輸入され、日本の染織界に大きな影響を与えた。

豆絞　絞染めの一種で、豆つぶほどの円形を一面に染めたもの。手拭などに用いた。

馬丁《べっとう》　「べっとう」は別当。馬《ば》丁《てい》も別当も馬飼いや乗馬の口取りをする人。

裄　着物の背の縫った所から袖口までの長さ。

91**高等官**　大日本帝国憲法下における官吏の等級の一。高等官の任免には天皇の裁可が必要だった。親任式のある親任官以下一等官から九等官までに分かれる。一等官、二等官は勅任官、三等官以下は奏任官とされた。なお、「断片」では作中の「安さん」にあたる人物の兄は「福岡日報の主筆」をしていると語ったとある。

92**更紗**　模様染め布の一種。近世初期に外国から輸入された。綿布や絹布に手描きか、型染めしたもの。インドやジャワ製が多く、日本で模倣したものを「和更紗」という。ふとん表や風呂敷、下着や胴服などに用いる。

黒天鵞絨《くろビロード》　「天鵞絨」はビロード veludo(ポルトガル語)。パイル織りの一種。綿・絹・毛などで織り、細かい毛羽を立てて、表面をやわらかくなめらかに仕上げる。豪華な感触で、ベルベットとも言う。

半襟　掛け襟の一種。本襟の半分の長さ。襦袢《じゅばん》にかけて飾りとする。ここでは搔捲の襟元に「黒天鵞絨」の生地がつけられている。

中形　型染めの一種。中形の大きさの染め型を用いた模様染め。浴衣地に多用された。

搔捲　綿入れの夜着の一種。搔捲を着て掛布団に入ると、襟元が包まれるので肩が冷えずに暖かい。

灰吹　煙草盆に付いていて、吸い殻を落としたり、たたきいれたりする竹製の筒。吐月峰ともいう。

化。

手水　本来は手や顔を洗うこと。転じて便所、あるいは便所で用を足すこと。「てみず」の音便

新聞小説　新聞に連載された小説。日本における新聞小説のはじまりは『平仮名絵入新聞』（明治八年）の「岩田八十八の話」と言われているが、その後、明治二十年代後半になって『読売新聞』の尾崎紅葉、『万朝報』の黒岩涙香、『報知新聞』の村上浪六など、新聞と小説の関係が強まっていく。紅葉の『金色夜叉』（『読売新聞』）、徳冨蘆花『不如帰《ほととぎす》』（『国民新聞』）、菊池幽芳『乳姉妹』（『大阪毎日新聞』）など明治三十年代のベストセラーはほとんど新聞連載の小説である。新聞というメディアの性格上、家庭で読みうる内容の小説が求められ、恋愛や家庭悲劇に社会的な要素をほどよくまじえたものが多かった。

93 **十五度以上**　気温の温度差の数字。当時では摂氏でなく華氏であらわすことが多く、この数値も摂氏とは考えにくい。華氏は氷点を三十二度、沸点を二百十二度とする温度の測り方で、それによる十五度の差を摂氏に換算すると、約八・三度になる。初夏の足尾銅山における朝晩の温度差として考えれば、妥当なところだろう。

94 **西洋人が筍を想像する様に**　言葉の意味だけは知っているが、その言葉によって指示されている対象を知らないことのたとえ。「筍」を食用にしているのは中国、日本、東南アジア、アフリカの一部である。欧米では東南アジアの植民地から「竹」が輸入され、bamboo という「竹」を指す言葉も生まれたが、生育する植物として生活に定着することはなかった。

96 **仕切りなしに**　途切れることなく。「引っきりなしに」の江戸言葉。「仕切」は当て字。

無筆の寄合 文字を読み書きできないものたちの集まり。

椋鳥 江戸言葉。本来は江戸へ出てきた田舎者を嘲っていう。椋鳥はスズメ目ムクドリ科に属する鳥。山間部より平野部に多く、村落付近の森、社寺境内の林、公園などに棲息する。ときに大群をなして飛ぶ。

（紅野謙介）

解説

紅野謙介

村上春樹の『海辺のカフカ』(二〇〇二年)に、家出したカフカ少年が図書館で夏目漱石の全集を読みふけるという話が出てくる。

カフカ少年と司書の大島さんは、漱石の作品のなかでも「評判がよくないもののひとつ」である『坑夫』について対話する。この小説には「なにか教訓を得たとか、そこで生き方が変わったとか、人生について深く考えたとか、社会のありかたについて疑問を持ったとか、そういうことはとくには書かれていない」。しかし、不思議に「なにを言いたいのかわからない」ところに惹かれると少年は語る。これに応じて大島さんは、『坑夫』は「不完全」ではあるものの、「不完全であるが故に人間の心を強く引きつける――少なくともある種の人間の心を強く引きつける」と興味深い言い方で答える。『海辺のカフカ』のなかでも印象的なエピソードのひとつであり、漱石に対する作者の敬意の込められた一場面である。

さて、その『坑夫』は、いわれるとおりこれまで夏目漱石の小説のなかでもとりわけ扱いにくい小説とされてきた。批評や研究も、他の漱石作品に比べて、多いとはいえない。おそらく若い読者のなかには、村上春樹の小説によって『坑夫』という小説の存在を知った人も多いのではないか(こうした関係からだろうか、村上春樹の小説の翻訳者として知られるジェイ・ルービンが『坑夫』の英訳版"The Miner"を二〇〇七年に本にしている)。

『吾輩は猫である』に始まり、『明暗』にいたる漱石の小説は、その大半が東京の山の手に住む高学歴で世に容れられない知識人の小市民を登場人物とし、同じような階層の男女を中心に描いていた。そのなかに並べると、『坑夫』という小説は明らかに異色である。自殺まで考えて家出をした十九歳の青年が目的もないまま、松原を歩いている場面から始まり、怪しげなポン引きに誘われて北関東にある鉱山に連れられていく。青年の家族は漱石作品の人物群と近い中産階級であるが、いったんそこからはみ出てしまった彼の前に現れるのは、怪しげな周旋人、根無し草のホームレスたち、そして鉱山の地底深く、闇の中で働く坑夫たちである。

結局、彼は地の底で会った「安さん」の忠告と事前の検査で坑夫になることもできず、しばらく鉱山の事務係をやって東京に戻る。家出と自殺願望の原因には少年の恋愛体験が絡んでいるが、それはわずかに過去の記憶として語られるだけで、物語の現在のなかで恋愛が始まることもないし、冒険譚も成功譚もない。漱石自身の実体験はむろんのこと、その生活圏からもはるかに遠い場所が舞台になる。知られているように、たまたま漱石の周辺に出入りしていた人物から仕込んだ間接的伝聞が素材になったことから（『漱石全集』第十九巻の「断片四五」にそのメモがある）、小説を経験主義的に読みたい人たちにとっては実験的習作という程度の扱いになった。

たしかに華やかさには欠けるし、物語的快楽には乏しい。奇妙な読後感と落ち着きどころのなさはそのとおりである。しかし、ほんとうにそれだけだろうか。ふわふわと漂いながら、暗い穴ぐらに降りていき、目に見えない深いところで大事なものに触れていく、そういう「坑夫」の仕事になぞらえながら、小説を書くことをめぐるシリアスな思索がここにはあると思う。

『坑夫』が発表されたのは一九〇八（明治四十一）年である。この年の一月一日から『東京朝日新聞』『大阪朝日新聞』の両紙に連載されるようになり、四月六日までつづいた（それぞれ休載日とか回数が異なるが、それはひとまず措く）。そして同年九月、『野分』とともに、春陽堂から『草合《くさあわせ》』という標題の単行本として刊行された。漱石の小説史でいえば、『虞美人草』と『三四郎』のあいだに位置する。新聞社の専属作家となっての二作目にあたる。

小説の書き出しは、その奇妙さでひときわ群を抜いている。「さっきから松原《まつはら》を通《とお》ってるんだが、松原と云《い》うものは絵で見たよりも余《よ》っ程《ぽど》長いもんだ。何時《いつ》まで行っても松ばかり生《は》えていて一向要領を得ない」と始まる。「さっきから」とあるように、この語り手は今まさにその「松原」のつづく街道を歩いているかのように話し始める。「絵で見たよりも」とあり、思い描いていた既知のイメージとはまったく違う、未だ知らない現実に初めて直面して、「一向要領を得ない」で朦朧《もうろう》とした意識にある。

「自分」が歩いているのは「目的《めあて》」があるからではない。家にはもう戻らないと決意して東京を飛び出してきた。昨日までの「いさくさ」が頭の中でこんがらがって、すっかり混乱している。未来は「焼き損《そく》なった写真の様《よう》に曇《くも》っている」し、この曇った世界が「漠然《ばくぜん》と際限《さいげん》もなく行手《ゆくて》に広がって」いて、抜け出すこともできそうにない。ひとつひとつを明確にとらえる視野と見通しを欠いたまま、「自分」はぼんやりした世界を手探りでめちゃくちゃに歩いている。

こうした始まりからして不思議な感覚を与える。現在進行形で進められる語りは先行きが不透明で、どこへ向かうのかはっきりしない。そもそも小説の語りは、過去の完了した出来事を整理することによって成り立つ。実際、この小説でも途中から語り手が「その後《のち》色々経験をして見たが、こんな矛盾《むじゅん》は到る所に転がっている」(三)と注釈しはじめるように、このときの家出と鉱山行きの体験をへて何年もたったのちに語っていることが示される。したがって、当初の現在進行形は、過去の出来事を語りながら、あたかもそのときの一瞬一瞬を甦らせて語っているかのような、読者をたばかったフィクションの表現である。しかし、そうした意図的な操作によるものだとしても、世界そのものが不透明な状態になったなかで、人と世界とを探り探り、進んでいかなければならない不安とおののきがひとまずここには表されている。世界はいったん意味のつながりを失ってしまった。「自分」のなかで、そうした意味のつながりを支える世界の蝶番《ちょうつがい》が外れてしまい、ひとつひとつがばらばらの意味をなさない断片のように見える。

それでも、「自分」は頭だけの抽象的な存在ではない。街道の茶屋で怪しげな男に声をかけられたとき、「嫌悪《けんお》の念」が萌《きざ》したにもかかわらず、人からの呼びかけに「一種の温味《あたたかみ》」を感じて、近づいてしまった。死ぬつもりだったはずである。にもかかわらず、言葉をかけられたときに応じてしまう「自分」がいる。そのことを「自分」でも奇妙に思いながら対応する。こうした意識と身体との、知性と感情との「矛盾」に充ちた、まとまりのないばらばらになった存在として「自分」が描き出される。それは少なくとも、一般的な同時代の小説の水準からはかけ離れた描き方であった。

ここで語り手が「よく小説家がこんな性格を書くの、あんな性格をこしらえるのと云って得意がっている」が、「本当の事を云うと性格なんて纏《まとま》ったものはありゃしない。本当の事が小説家などにかけるものじゃなし、書いたって、小説になる気づかいはあるまい」と言葉を挟むのは、この『坑夫』自体が同時代の小説に対する批評を含んでいたからである。類型的な人物表現を批判して、「性格」を描き出すことを目指した近代小説が、しかし、「性格」をゴールとしてしまうことに、漱石は疑問を呈した。人間はそんなに簡単にまとまったものとして描けない。まとまりがなく、収拾がつかないなかで人は生き、さまよい、迷路に迷い込む。

総体として、語り手の現在地点が置き直されることで、とりとめのない過去の出来事はもう一度、時間の遠近法のもとに整理されるのだが、それにしてもあの瞬間を生きた「自分」の不透明感は読者にとっても生々しい手応えとして残る。多くの読者がこの時間的な分かりにくさにとまどったのも無理はない。物語の構造として、初めから不安定なままで中心人物が登場し、不安定なままで推移し、地の底での出会いと忠告があったとはいえ、依然として不安定なままで退場していく。それでは小説ではないのではないか。

物語を前提に小説を楽しもうとする読者からすれば、『坑夫』は中途半端な小説ということになる。作家はこのように読んでほしい読者像を想定し、読者は一般的にそうした期待の読者に自分を調整していくものだが、『坑夫』の場合はそれがうまくいっていない。だから、多くの読者はあれっと思い、とまどいを禁じ得なかった。しかし、実際にその小説を手に取る読者がいつも同じとはかぎらない。同時代の読者にはうまく受け容れられなかったが、しかし、カフカ少年のように、むしろ既存の世界観からずり落ちてしまったものがたどる危うい行程そのものに共感を抱く読者も出て来た。かえって違和感のなかに新鮮さが見出された。だからこそ画期的な小説、それまでにないまったくユニークな、突出した小説でもあったのである。

作中で鉱山の名は明らかにされていないが、「自分」は東京からやみくもに「北の方」へと歩き出している。しかも日光に近い北関東の「銅山」となれば、足尾銅山がすぐに思い浮かぶだろう。一八七七(明治十)年、古河市兵衛が経営に着手してから急速に発展、鉱毒事件を引き起こす一方、東洋一の生産量を誇る銅山として日本の近代化に大きく貢献したのが足尾銅山である。のち一九七三(昭和四十八)年に閉山、一九八八(昭和六十三)年には製錬所の稼働も停止された。いまでは近代化の光と影をともに背負った「産業遺産」として、その歴史的価値が議論されている場所である。

『坑夫』連載の一年前、足尾銅山では坑夫一千余名が低賃金や劣悪な労働条件による酷使に怒り、暴動を起こして事務所等を焼き打ちするという事件が起きた。「足尾暴動」と呼ばれたこの事件は、同じ『東京朝日新聞』でも一九〇七(明治四十)年二月に連続して報道されたばかりであった。その前には日本最初の公害事件ともいうべき足尾鉱毒事件もあって、日露戦争以前から足尾銅山についてはさまざまな報道がなされた。当時の絵入り雑誌『風俗画報』も「足尾銅山図会」という臨時増刊号(一九〇一年七月)を出しているほどである。それらによれば、坑夫になれば儲かる、とポン引きが誘ったように、坑夫たちには苛酷な労働の一方で高い賃金が与えられていたが、日露戦争前後から急速に経営方針が変わり、彼らの生活は厳しくなった。落盤事故などによる生命の危険や健康被害があるにもかかわらず、「貧民窟」のような小屋をあてがわれ、さらに飯場制度の親分―子分的な関係のなかで中間搾取が行われた。いったんその世界に入ると抜けられない。その極点で暴動事件が起きたのである。事件のさなかにはダイナマイトによって施設が爆破され、暴徒化した坑夫たちの鎮圧に軍隊が出動した。

長蔵が働き口の周旋を言い出して君も「すぐ坑夫になれる」と言ったとき、「自分」は「世の中に労働者の種類は大分《だいぶん》あるだろうが、そのうちで尤《もっと》も苦しくって、尤も下等なものが坑夫だとばかり考えて」いたのはそのためである。鉱山へ行ってからも「自分」は出会った坑夫たちの排斥的なまなざしに対して、「人間と受取れない意味の畜生《ちくしょう》奴《め》」(四十九)、「半獣半人」(五十四)と心の内で罵る。当時の一般的な見解のとおりに、「坑夫」を地の底で働く最低辺の下層労働者と受けとめていたのである。

こうした差別的な表現が『坑夫』には随所にある。もちろん労働に貴賤の区別があるはずがない。とはいえ、そうした公式論とはべつに、現実の社会にはつねに差別や格差の固定化、偏見や先入観が渦巻いている。人はつねに差別や偏見に足を取られ、苦しみ悩んできた。やっかいなのは、差別されている側は差別に敏感になるが、差別する側は差別していること自体に自覚も痛みもないことである。まして小説は特別に公明正大なヒーローやヒロインを描くものではない。主要登場人物もまたどこにでもいる人物たちである。差別や偏見から自由でないふつうの人間を描きながら、社会的な配慮から、彼らの内にある問題点を見えないようにしてしまうことは小説家として果たしてどうだろうか。公共性を考慮することと、わたしたちのなかにある差別や偏見をとらえることのあいだで、どのようにふるまうべきなのか。

さらに『坑夫』には、「自分」が茶屋で買い与えられた芋を食う場面で、「芋中《いもちゅう》の穢多《えた》とも云わるべきこの御薩《おさつ》」(二十五)という言い回しが出てくる。芋のなかでもとりわけ汚いという意味で用いられた「穢多」という言葉は、部落差別に基づく差別語の最たるもので、いまでは一般的に禁じられた言葉のひとつである。しかも、ここで「穢多」は比喩として用いられている。つまり芋一般を想定したうえで、そのなかの最下等の芋に対して、この比喩を当てているのだ。差別語・差別表現をめぐる問題で、無意識の差別がもっとも強くあらわれるのは比喩のレベルにおいてである。面と向かって差別的な言辞を吐くことよりも、比喩表現のような、ある対象をとらえる参照系のなかに差別語が入っていることが、発話者の深い差別意識をあらわすことになる。こうした差別論の常識に照らし合わせるならば、この語り手たる「自分」は紛れもなく差別意識の所有者であり、作者の夏目漱石もその誹りを免れることはない。

あらためて説明するまでもないが、部落差別は中世以降の職業や地域差別から始まって、身分制社会を支える補完装置として固定化された。いったんは差別撤廃を唱えた近代以後も、政治は差別を温存助長することによって日本の旧秩序の安定に利用してきたのである。一方、人々の娯楽ともなる物語は、こうした差別の構造を取り込むことによって、境界線を越える冒険の強度を高め、差別しながらも、タブーの向こう側にいる〈美男美女〉のイメージに魅了されるストーリーを提供しつづけた。物語はむしろ差別によって肥えふとったのである。

『坑夫』はその意味でいえば、まぎれもなく差別的な表現が頻出するテクストである。だからこそ、一九三五(昭和十)年の『漱石全集』以後は、『坑夫』から「穢多」の表記は消され、「、、」の伏字とされてきた。さまざまなテクストのなかでも、初出や初版の漢字表記を仮名にして「ゑた」とされたのがわずかにあるほどで、本来の言葉に戻ったのは、一九九〇年代に出た新版の『漱石全集』第五巻で六十年ぶりのことであった。そのときどきに最良と思われる選択がおこなわれてきているのだろうが、伏字がしょせん伏字でしかないのも事実である。むしろ伏字の記号性が、より隠微な差別を助長し、公共の空間では書けない、口に出来ない言葉に対してフェティシュな関心を誘発することはまちがいない。

では、この小説は全体として差別的であるか。坑夫自体が社会的な偏見を受けていたことは、先にも見たとおりである。その地位について「自分」は「牛から馬、馬から坑夫という位《くらい》の順」(二十三)というふうに、やはり比喩的で、かつ差別的に言い表している。もともと社会の「相当の地位」に生まれた「自分」は、家出してすっかり過去の価値観を捨て去ったはずであったが、にもかかわらず固定観念となっていた当時の差別意識からまったく抜け出せていない。捨てたはずが捨て切れていない、死を覚悟して自由になったはずが自由になっていないという半端な存在のままで、「自分」は物語のなかを動いていく。

目の前に浮かぶのは、「薄穢《うすぎた》なく垢《あか》づいた」煙草であり、「恐ろしい蠅《はえ》」のたかった揚《あげ》饅頭《まんじゅう》であり、「腐爛目《ただれめ》」の男である。境界線上にこれらの言葉が配置され、その延長に「芋中の穢多」があらわれ、銅山に至って「人間と受取れない意味の畜生奴」、「半獣半人」に出会う。しかし、それらの言葉が「自分」のなかで無効になる瞬間が小説には描かれる。物語的にロマンティックに美化されるのではない。固定化された差別は、実際に境界の向こう側の世をむごたらしく放置する。しかし、その差別を支える言葉は、言葉とその意味内容が合致しなくなり、ずれを示し始めるところに、『坑夫』の『坑夫』たるゆえんがある。

たとえば「坑夫」という表題の言葉にしても、当初「自分」が思い描いた意味内容は次々に変わらざるをえない事態に陥る。坑夫の仕事は、一概に「坑夫」とくくれないさまざまな種類と内容を持っていた。一万人もいる労働者は、飯場頭《はんばがしら》の原さんによれば「掘子」「シチュウ」「山市」「坑夫」と四つに分かれ、さらにさまざまな飯場と組に分かれる。親切なものもいれば、「獰猛《どうもう》」なものたちもいる。「自分」と一緒に銅山に連れてこられる小僧がいるように、世間にも家族にも見捨てられた子供たちが激しい労役を強いられているケースもある。語り手はそうした現実をきちんととらえている。

「シキ」や「ジャンボー」などの隠語がこの小説ではたくさん登場するが、鉱山での独特の語彙との出会いを、この小説はこう書いている。長蔵が「自分」たち四人を鉱山に案内していくなかで、「所長の家」を指したあと、左の方を見ながら、「此方《こっち》がシキだよ、御前さん、好《い》いかね」と言った。

> 自分はシキと云う言葉をこの時始めて聞いた。余《よ》っ程《ぽど》聞き返そうかと思ったが、大《おお》方《かた》これがシキなんだろうと思って黙っていた。あとから自分もこのシキと云う言葉を明瞭に理解しなければならない身分になったが、矢張《やっぱり》始めにぼんやり考え附いた定義とさした違《ちがい》もなかった。（四十）

この言葉の「定義」やいわれは、ほとんど理解されないまま使用され、受け渡される。分かっているかのように使われればそれでいい。「シキ」という言葉が「鋪」という漢字をあて、採鉱区を示す言葉であるということは、ここでは重要ではない。「長屋」の窓からのぞいている人々のあまりにも色の悪い顔がつづくのを見て、「シキと云う意味をよく了解しない癖に、成程シキだな」と感じる。その数がかぎりなく多いことから「仕舞《しまい》にはシキとは恐ろしい所だ」と思い知る。与えられた言葉と全体的なイメージが結び着き、何となく分かったようになる。それによって意思伝達はなされていく。

だから、「自分」が「飯場」という言葉の意味をある坑夫に尋ねて、「箆棒《べらぼう》め、飯場たあ飯場でえ」と剣突をくらうのは無理もない。「凡《すべ》てこの社会に通用する術語は、シキでも飯場でもジャンボーでも、みんな偶然に成立して、偶然に通用しているんだから、滅多《めった》に意味なんか聞くと、すぐ怒られる」。そのなかに慣れ、適応していく以外にない。しかしこの小説は、この認識が単なる鉱山の隠語に出会ったとまどいを語るものではなく、「凡てこの社会に通用する術語」をめぐるものであることを示す。根拠のないまま、流通していく言葉。そこに適応していくよう求められ、曖昧なままにそこに従っていくのだとして、しかし、果たして言葉と意味はほんとうに対応しているのか。

こうした亀裂に出会うため、「自分」は過去の彼が住まう世界から脱落して、「坑夫」のいる異なる世界へと移動して来なければならなかった。ポン引きの長蔵に引き込まれていくときにも、「儲かる」という言葉と「自分」の「神聖な労働」という言葉が交錯し、互いの言葉の体系がすれちがっていることを示唆していた。

分かっているかのように見えながら、人と人の間で交わされる言葉は必ずしも意味を共有していない。先の「自分」が真っ黒な「芋」を「穢多」という比喩で形容したすぐ後で、転がり落ちた一本をすぐ拾った「赤毛布《あかゲット》」は茨城訛《なま》りで「この芋《えも》は好芋《えええも》だ」と応じ、小僧は瞬く間にぺろりとたいらげた。差別的な比喩はたちまち相対化されてしまった。「自分」は自身の言語体系と、異なる言語体系や価値観をもったものたちのはざまに落ちていく。

落ちていった先に、鉱山の穴のなかでの暗闇めぐりがあり、同じ言語体系を持つ坑夫の「安さん」との出会いがある。暗闇をへて、病による死の覚悟もくぐり抜け、身を隠すにふさわしいと考えた「下等」な「坑夫」たちの世界にも失格した「自分」は、ようやく過去の「自分」でもない、ポン引きの長蔵の世界でもない、坑夫たちの世界でもない、その底にあるものに気づく。

とどの詰りは、――どうなる事か自分にも分らない。それは分らなくっても宜《よ》ろしい。生きて動いている今ですら分らない。ただ世界がのべつ、のっぺらぽうに続いているうちに、あざやかな色が幾通りも並んでるばかりである。（九十五）

「のっぺらぽう」でありながら「あざやかな色」が幾通りも並ぶ世界。この認識の後に、次のような一節が来る。「坑夫は世の中で、尤《もっと》も穢《きた》ないものと感じていたが、斯様《かよう》に万物を色の変化と見ると、穢ないも穢なくないもある段じゃない」。この小説のなかで「穢」という字が「汚」と区別されて用いられていることを考え合わせると、あの差別語がこの一節に取り込まれながら、みごとに解体されているのが分かる。

もはや長屋に並ぶ坑夫たちの顔も「醜くも、怖くも、憎らしくもない」。それらは「ただの顔」であり、美人の顔も坑夫の顔も自分の顔も「骨と肉で出来たただの人間」

の顔である。そこには意味も何もない。恐ろしいものとしてイメージしたのは、こちら側の価値観の反映である。慣れてしまえば、長蔵や坑夫たちの価値観に移動するだけである。そのどちらもからずり落ちてしまったことによって、「自分」は「あざやかな色」の世界を発見する。しかし、そこが幸福であるかどうか、語り手は留保する。

金さんはいつジャンボーになるんだろう。自分と金さんとどっちが早く死ぬだろう。安さんは六年このシキに這入《はい》ってると聞いたが、この先何年鉱《あらがね》を敲《たた》くだろう。矢《や》っ張《ぱ》り仕舞《しまい》には金さんの様に平たくなって、飯場《はんば》の片隅に寝るんだろう。そうして死ぬだろう。——自分は火のない囲炉裏《いろり》の傍《はた》に坐《すわ》って、夜明《よあけ》まで考えつづけていた。その考えはあとから、あとから、仕切りなしに出て来たが、何《いず》れも干《ひ》枯《から》びていた。涙も、情も、色も香《か》もなかった。怖い事も、恐ろしい事も、未練も、心残りもなかった。（九十六）

たたみかけるような言い方をしながら、それは「のっぺらぽう」の世界であることを語る。世界はそのようなかたちで動いていく。

人々の価値観、世界観というものが固定化された言葉の体系によって成り立つのであれば、その一見して秩序だった世界が実は根拠のない、かりそめのものに過ぎないことをこの小説は差し出している。差別表現をふくむ言葉の無根拠、世界の無根拠を見つめるまなざしがここに垣間見える。

むろん、人は言葉のなかで生きる。わたしたちはそれぞれの共同体の慣用的な言語体系のなかで育ち、生きるしかない。「坑夫」になれずに「帳附《ちょうつけ》」となった「自分」は五ヶ月をへて東京に帰っていく。その後、回想している現在まで何をしてきたのかはついに語られない。しかし、今もなお語り出そうとすれば遠近法をかき乱され、あたかも過去をふたたび生き直すかのような不透明感に陥る、あのときの体験を忘れることはできずにいる。そして、不確かな言葉、根拠のない言葉によってもう一度、みずからの生の転換点をとりあえず取り押さえようとした。そのとりあえずの暫定のなかで、「あざやかな色」と「のっぺらぽう」の共存する世界を見つめること――『坑夫』は、こうしたかたちで夏目漱石の他の小説以上に、いまなお、わたしたちを揺さぶりつづけている。

『坑夫』について

『坑夫』は、夏目漱石が一九〇八(明治四十一)年の元日より、『東京朝日新聞』ならびに『大阪朝日新聞』に発表した作品である。その後、単行本『草合《くさあわせ》』(一九〇八年九月、春陽堂)に『野分』と共に収められた。本文庫における本文は、一九九四年四月に岩波書店より刊行された『漱石全集』(一九九三年版)第五巻の本文に準拠し、それに岩波文庫として読みやすい本文を提供するための修訂を加えたものである(方針については巻末「編集付記」を参照されたい)。準拠した『漱石全集』はそれまでの数次にわたる岩波書店刊行の『漱石全集』と編集の方針を異にするものであるため、それによる本文の相違について以下に簡単に触れておきたい。

岩波文庫として『坑夫』が最初に刊行されたのは一九四三年十一月であり、この時の本文は一九三五年十月に刊行された『漱石全集』第四巻(岩波書店)に準拠していた。この全集は概ね単行本(『坑夫』の場合は『草合』)の本文に基づく方針であったが、その後一九九三年から刊行された新全集は漱石の自筆原稿を最大限尊重することを方針とした。しかし『坑夫』の自筆原稿はその存在が知られていない(伊藤整・荒正人編『漱石文学全集』第四巻〔一九七一年一月、集英社〕巻末の「本文校訂について」によれば、一五〇字あまりのわずかな原稿断片が現存するという）ため、この全集では新聞初出に拠っている。

単行本『草合』では冒頭から結末までがひとつながりになっているのに対して、新聞連載は掲載一回分ごとに章分けがなされる。『坑夫』に先立つ漱石の朝日新聞紙上の最初の連載小説『虞美人草』では、現存する自筆原稿上に漱石自身による連載一回分の分量の指示がなされているため、『坑夫』の場合も同様の指示がなされていたことが考えられる。しかし、上述のように『坑夫』は『東京朝日新聞』と『大阪朝日新聞』の両紙に掲載されたが、両者はその体裁ならびに形式、さらには本文そのものも全く同じではない。たとえば連載回数も、『東京』が九十一回であるのに対して、『大阪』では九十六回で終了している。また、一回に掲載される分量が『大阪』ではほぼ均等であるのに対し、『東京』は休載日などがあった関係で変動しており、挿絵も『大阪』にのみ見られ（野田九浦画。本文庫の挿絵はここから一部を収録した）、『東京』には付されなかった。これらの背景には、この朝日新聞紙上における漱石第二作となる作品の依頼が『大阪』からなされていたという事情があると考えられる。原稿も漱石から直接『大阪』宛に送られ、『東京』は『大阪』で作られた校正刷を送ってもらい、それを原稿に代わるものとして新たに組版を作成したと推測される。なお、『大阪』の挿絵も途中（連載第五十七回）から省略されるが、これは『大阪』からの依頼が当初三十回ほどのものであったのが、大幅に伸びてしまったことが関係しているのであろう(漱石の一九〇七年十二月十日付、鈴木三重吉宛書簡参照)。

このようなことから、一九九三年版『漱石全集』では、『大阪朝日新聞』に掲載された本文にもとづいて全集本文が製作されている。その結果、この全集を底本とした本文庫でも、旧版の岩波文庫にはなかった章分けがなされている。なお、当該全集巻末の「校異表」には、全集本文と『東京朝日新聞』、『大阪朝日新聞』ならびに『草合』所載の本文との異同が示されているので、その「後記」と合わせて参照されたい。

(岩波文庫編集部)

〈編集付記〉

一、本書の底本には、岩波書店刊『漱石全集』第五巻(一九九四年刊)を用いた。

二、本文中、当時の社会通念に基づく、今日の人権意識に照らして不適切な語が見られるが、作品の歴史性に鑑み原文通りとし、新たな差別の助長を防ぐために、問題のある表現には注・解説で言及した。

三、次頁の要領に従って表記がえをおこなった。なお、本書の振り仮名については底本がいわゆる総ルビであるためそれに基づき、適宜取捨選択を加えて整理をおこなった。

岩波文庫(緑帯)の表記について

近代日本文学の鑑賞が若い読者にとって少しでも容易となるよう、旧字・旧仮名で書かれた作品の表記の現代化をはかった。そのさい、原文の趣をできるだけ損なうことがないように配慮しながら、次の方針にのっとって表記がえをおこなった。

(一) 旧仮名づかいを現代仮名づかいに改める。ただし、原文が文語文であるときは旧仮名づかいのままとする。
(二) 「常用漢字表」に掲げられている漢字は新字体に改める。
(三) 漢字語のうち代名詞・副詞・接続詞など、使用頻度の高いものを一定の枠内で平仮名に改める。
(四) 平仮名を漢字に、あるいは漢字を別の漢字に替えることは、原則としておこなわない。
(五) 振り仮名を次のように使用する。
(イ) 読みにくい語、読み誤りやすい語には現代仮名づかいで振り仮名を付す。
(ロ) 送り仮名は原文通りとし、その過不足は振り仮名によって処理する。
例、明に → 明《あきらか》に

(岩波文庫編集部)

坑《こう》　夫《ふ》

1943年11月15日　第1刷発行
2014年 2 月14日　改版第1刷発行
2024年 4 月 5 日　第5刷発行

作　者　夏目《なつめ》漱石《そうせき》

発行者　坂本政謙

発行所　株式会社 岩波書店
〒101-8002 東京都千代田区一ツ橋 2-5-5

案内 03-5210-4000　営業部 03-5210-4111
文庫編集部 03-5210-4051
https://www.iwanami.co.jp/

印刷・精興社　製本・牧製本

ISBN 978-4-00-360019-1　　Printed in Japan

読書子に寄す

──岩波文庫発刊に際して──

岩波茂雄

真理は万人によって求められることを自ら欲し、芸術は万人によって愛されることを自ら望む。かつては民を愚昧ならしめるために学芸が最も狭き堂宇に閉鎖されたことがあった。今や知識と美とを特権階級の独占より奪い返すことはつねに進取的なる民衆の切実なる要求である。岩波文庫はこの要求に応じそれに励まされて生まれた。それは生命ある不朽の書を少数者の書斎と研究室とより解放して街頭にくまなく立たしめ民衆に伍せしめるであろう。近時大量生産予約出版の流行を見る。その広告宣伝の狂態はしばらくおくも、後代にのこすと誇称する全集がその編集に万全の用意をなしたるか。千古の典籍の翻訳企図に敬虔の態度を欠かざりしか。さらに分売を許さず読者を繋縛して数十冊を強うるがごとき、はたしてその揚言する学芸解放のゆえんなりや。吾人は天下の名士の声に和してこれを推挙するに躊躇するものである。このときにあたって、岩波書店は自己の責務のいよいよ重大なるを思い、従来の方針の徹底を期するため、すでに十数年以前より志して来た計画を慎重審議この際断然実行することにした。吾人は範をかのレクラム文庫にとり、古今東西にわたって文芸・哲学・社会科学・自然科学等種類のいかんを問わず、いやしくも万人の必読すべき真に古典的価値ある書をきわめて簡易なる形式において逐次刊行し、あらゆる人間に須要なる生活向上の資料、生活批判の原理を提供せんと欲する。この文庫は予約出版の方法を排したるがゆえに、読者は自己の欲する時に自己の欲する書物を各個に自由に選択することができる。携帯に便にして価格の低きを最主とするがゆえに、外観を顧みざるも内容に至っては厳選最も力を尽くし、従来の岩波出版物の特色をますます発揮せしめようとする。この計画たるや世間の一時の投機的なるものと異なり、永遠の事業として吾人は微力を傾倒し、あらゆる犠牲を忍んで今後永久に継続発展せしめ、もって文庫の使命を遺憾なく果たさしめることを期する。芸術を愛し知識を求むる士の自ら進んでこの挙に参加し、希望と忠言とを寄せられることは吾人の熱望するところである。その性質上経済的には最も困難多きこの事業にあえて当たらんとする吾人の志を諒として、その達成のため世の読書子とのうるわしき共同を期待する。

昭和二年七月